욱리자, 한 수 앞을 읽는 처세의 미학

일러두기

- 각 장의 시작과 꼭지마다 언급된 인용문은 명明나라 초기 유기劉基가 쓴 《욱리자郁離子》를 발췌·번역한 것이다. 인용에 대한 출처는 《욱리자》에서 발췌했을 경우에는 장만 밝혔다.
- 번역은 원문에 충실하되 독자의 이해를 돕기 위해 풀어 썼다.
- 인명을 포함한 외국어표기는 국립국어원 외국어표기법과 용례에 따라 표기했으며 최초 1회 병기를 원칙으로 했다. 단, 본문의 이해를 돕기 위해 필요한 경우 다시 병기했다.
- 중국 인명은 한자명을 기준으로 하되, 신해혁명 이후의 현대 인물은 괄호 안에 중국어 발음을 병기했다.
   예: 곽말약郭沫若(궈모뤄)
- 본문에 전집이나 총서, 단행본 등은 《 》로, 개별 작품이나 장제목 등은 〈 〉로 표기했다.

WISDOM CLASSIC | 14

욱리자

한 수 앞을 읽는 처세의 미학

신동준 지음

위즈덤하우스

명태조明太祖 주원장朱元璋을 도와 새 왕조 건립에 대공을 세운 유기劉 基는 주원장 휘하의 인물 가운데 가장 학문이 깊었다. 유기는 죽은 지 130여 년이 지난 정덕제正德帝 때 태사太師로 추증되었다. 태사는 군사를 총지휘하는 조정대신 대표로서, 신하 가운데 최고 자리에 해당한다.

명나라 조정은 왜 그를 태사로 추증하고 나섰던 것일까? 주원장을 띄우기 위해서는 토사구팽에서 살아남은 누군가를 집중 조명할 필요 가 있었다. 유기가 여기에 꼽혔다. 그는 명나라 초기 토사구팽의 참극 에서 거의 유일하게 살아남았던 공신이다. 명나라 중엽에 그에 대한 신격화 작업이 이루어졌던 근본배경이다. 이후 유기는 "강을 건너 북 벌의 천하평정 책략을 낸 책사로 유일무이한 존재였고, 명나라 개국의 기틀을 닦은 문신 가운데 으뜸이다[渡江策士無雙, 開國文臣第一]"라는 칭송을 얻게 되었다.

21세기 현재까지 중국인이 제갈량諸葛亮과 더불어 유기를 역대 최고의 지낭智囊으로 꼽게 된 것도 이와 무관할 수 없다. 실제로 중국에서는 "천하를 셋으로 나눈 것은 제갈량이고, 강산을 하나로 통일한 것은 유백온劉伯溫(유기)이다!"라는 격언이 회자되고 있다.

유기는 비록 신격화 과정에서 크게 미화된 면이 있기는 하나 여러 면에서 제갈량과 유사한 모습을 보인 것이 사실이다. 제갈량이 뛰어난 계책으로 한漢나라를 구하는 데 일조했다면, 유기는 탁월한 방략으로 백성을 도탄에서 구하고 명나라를 세우는 데 크게 기여했다. 죽을 때의 모습도 닮았다. 제갈량이 간신의 준동蠢動 속에 마지막 북벌에 나섰다가 진몰한 것처럼 유기 역시 말년에 무함誣陷을 받고 노심초사하다가 문득 병을 얻어 세상을 떠나고 말았다. 후대인들은 천수를 다하지 못한 두 사람의 죽음을 크게 애석해했다.

원래 유기는 원元나라 때 가끔씩 치르는 진사시험에 합격한 당대의 수재였으나 한족 출신인 까닭에 출세에 한계가 있었다. 결국 지방관을 전전하다가 마흔일곱에 파직된 후 고향으로 내려가 산속에 기거하며 울분 속에 《욱리자郁離子》를 썼다. 일각에서 《욱리자》가 아닌 답답한 심사에서 속세를 떠난 사람 내지 울분에 찬 불꽃을 뜻하는 《울리자鬱離子》로 보는 이유다. 그러나 《명사明史》〈유기전劉基傳〉을 비롯해 후대의 대다수 주석가들은 《울리자》보다는 밝은 문명文明을 뜻하는 《욱리자郁離子》로 기록했다. 《주역周易》에서 리離는 화火를 뜻한다. 유기가 야만국 몽골의 원나라를 물리치고 문명국 명나라의 건국을 예언했다는 것이다. 꿈보다 해몽인 격이나 유기가 주원장을 도와 새 왕조 건립에 대공을 세운 점에 비추어볼 때 전혀 틀린 해석은 아니다.

　욱리자郁離子는 유기 자신을 대변하는 가상 인물이다. 원나라 말기의 어지러운 세태를 통렬히 비판하며 치세의 구현 방략을 논하고 있는 것이 특징이다. 중국문학사의 관점에서 볼 때《욱리자》는《장자莊子》로부터 시작되는 우언문학의 전통을 잇고 있다.《욱리자》에 나오는 우화는 진실과 거짓, 탐욕과 파멸, 허세와 기만, 교만과 비굴, 근면과 나태, 현실과 이상, 착취와 도탄, 술책과 의리 등 우리가 일상에서 마주치는 모든 문제를 다룬다. 신랄한 풍자로써 독자들로 하여금 모순과 비리로 얼룩진 난세의 현실을 직시하도록 도와주고 있다. 실제로 이 책에는 주옥같은 경구와 격언이 가득하다. 다음 격언이 이를 방증한다.

　도룡자屠龍子가 말을 잃은 뒤 마구간을 고쳤다. 누군가 늦었다고 하자 도룡자가 이같이 반박했다.

　"팔뚝이 부러진 뒤 의술을 배워도 결코 늦은 것이 아니다. ……가뭄이 든 7월이면 벼가 살지 못하지만, 그래도 베어내면 저절로 자라나는 돌벼라도 기대할 수 있다. 늦었다고 여겨 포기하면 농토는 끝내 황폐해지고 말 것이다."

　　　　　　　　　　　　　　　　　　　　― 제146장 〈실마치구失馬治廄〉

　가물 때 배를 마련하고, 더울 때 갖옷을 마련하라.

　　　　　　　　　　　　　　　　　　　　― 제119장 〈한주열구旱舟熱裘〉

온갖 역경에도 굴하지 않는 강고한 의지와 끊임없이 스스로를 채찍질하는 자강불식自強不息을 주문한 것이다. "소 잃고 외양간 고친다"는 우리말 속담과 대비된다. 이 속담은 일이 일단 틀어지면 손을 써도 소용이 없다는 뜻으로 자포자기와 같다. 소가 없는 외양간이라 해도 고치는 게 더 나은 것임은 말할 것도 없다. 이처럼《욱리자》에는 뛰어난 격언이 넘친다.

객관적으로 볼 때 소를 잃기 전에 미리 방비하는 게 최상이다. 그러기 위해서는 천하대세의 물줄기가 뒤바뀌는 조짐을 미리 읽을 줄 아는 안목이 있어야 한다. 오동잎이 한참 떨어진 뒤 가을이 온 것을 아는 것은 범인凡人도 하는 일이다. 현자의 반열에 오르려면 마당의 오동나무 잎이 절로 떨어질 때 가을이 다가오고 있음을 읽을 줄 알아야 한다. 그것이 바로 선견지명先見之明이다. 본서의 제목을《욱리자, 한 수 앞을 읽는 처세의 미학》으로 정한 이유다.

난세는 모든 것이 급변한다. 천하대세의 물줄기가 뒤바뀌는 조짐을 읽지 못한 채 고식적인 모습을 보이는 것은 패망의 길이다. 임기응변臨機應變이 필요한 이유다. 마키아벨리Niccoló Machiavelli도 이를 통찰했다. 《군주론 Ii Principe》제25장의 대목이다.

위기 때 임기응변할 줄 아는 군주만이 살아남을 수 있으나 그런 군주는 매우 드물다. 타고난 성품을 바꾸기 어렵기 때문이다. 특히 외길을 걸어 늘 성공을 거둔 경우는 더욱 심하다. 신중한 행보로 일관한 군주가 과감히 행동해야 할 때 어찌할 줄 몰라 당황해하다가 이내 패망하는 이유다. 천하대세의 물줄기가 뒤바뀌는 조짐을 읽고 기왕의 성공방식을 과감히 바꿀 줄 알면 그간의 행운도 바뀌지 않을 것이다.

이처럼 임기응변은 사물의 변화 조짐을 읽고 미리 대비하는 지략이 개입되어 있다. 엉겁결에 만들어낸 방편이 요행히 통하는 임시변통臨時變通과 엄히 구분된다. 난세에는 특히 임기응변이 절실히 필요하다. 어제의 필부가 문득 황제가 되고, 어제의 황제가 필부로 전락하는 이변이 빚어지기 때문이다. 개인이나 기업의 만화 같은 역전극도 이때 펼쳐진다.

미·중이 치열한 각축을 벌이는 21세기 난세의 한복판에 한반도가 있다. 국가 차원의 절묘한 대응이 절실한 이유다. 개인 및 기업도 하등 다를 것이 없다. 위기를 기회로 만들 줄 아는 지혜가 필요하다. 관건은 미세한 조짐을 읽고 재빨리 변신하는 데 있다. 《욱리자》가 바로 이를 역설한 책이다. 한 수 앞을 내다보는 안목을 키우는 데 《욱리자》만큼 좋은 고전도 흔치 않다. 난세를 슬기롭게 헤쳐나간 천하의 지낭 유기의 삶이 그대로 녹아 있기 때문이다.

본서는 《욱리자》 181장 가운데 한 수 앞을 읽는 처세에 부응하는 우화만을 절반가량을 추려낸 뒤 크게 다섯 개 분야로 나누었다. 반복무상한 인심을 논한 1장, 패망의 조짐을 언급한 2장, 처세의 방략을 논한 3장, 용인의 이치를 언급한 4장, 치국평천하의 도리를 논한 5장이 그것이다.

　현재 중국의 많은 정치지도자와 기업지도자가《욱리자》에 나오는 경구와 격언을 수시로 인용하고 있다. 지피지기知彼知己 차원에서라도 중국의 각 분야 지도층이《욱리자》를 탐독하는 이유를 정확히 알 필요가 있다. 필자가 본서를 펴낸 이유다.《욱리자》에 나오는 경구와 격언은 현대인에게 많은 것을 생각하게 만든다. 이를 자신의 지혜로 삼는 것은 전적으로 독자들의 몫이다.

2015년 봄 학오재學吾齋에서

신동준

차례

| 머리말 | 한 수를 먼저 읽는 혜안 · 004

| 제1장 | 상대의 마음을 먼저 파악한다

사람은 이익을 탐하는 존재다 · 015 | 섣부른 참언은 화를 부른다 · 019 | 과욕은 참사를 낳는다 · 024 | 관계가 결과를 바꾼다 · 031 | 자신감은 필요하나 자만심은 경계한다 · 035 | 의리를 지키는 자가 목숨을 지킨다 · 039 | 화와 복은 하나다 · 044 | 독선은 독배와 같다 · 047 | 좋은 말보다 필요한 말을 한다 · 051 | 얕은 지식은 금세 바닥을 보인다 · 055 | 상황이 변하면 심경도 변한다 · 058 | 겉모습에 현혹되면 실질을 잃는다 · 063

| 제2장 | 흥망의 조짐을 미리 읽는다

작은 징조를 놓치면 전체 흐름도 놓친다 · 069 | 가게의 개가 사나우면 손님이 끊긴다 · 074 | 강산은 변해도 본성은 변하기 어렵다 · 078 | 검소함을 빌어 인색함을 꾸미지 않는다 · 083 | 나에게 아부하는 자는 나를 해치는 적이다 · 087 | 리더의 패망은 간신의 아첨 하나면 족하다 · 093 | 작은 이익에 연연하다 큰 이익을 놓친다 · 099

| 제3장 | 상황의 흐름을 앞서 지배한다

좌절은 있어도 포기는 없다 · 107 | 기회를 엿보는 자에게 역전의 때는 온다 · 111 | 남을 속이다가 자신이 속는다 · 117 | 어설픈 재능은 재앙이다 · 123 | 많은 재주는 시기를 부른다 · 129 | 자만은 지혜의 눈을 가린다 · 134 | 끝 모르는 욕심이 불행의 시작이다 · 141 | 원수는 물에 새기고 은혜는 돌에 새긴다 · 148 | 혼자로 부족하면 함께 채운다 · 153 | 의심스러우면 부리지 말고, 부리면 의심하지 않는다 · 158 | 마음은 드러내되 재주는 감춘다 · 162

| 제4장 | 관계의 우위를 우선 선점한다

부족한 여러 사람이 탁월한 한 사람을 이긴다 · 169 | 혼자 살려 하면 함께 죽는다 · 173 | 내 편이 아니어도 적으로 만들지 않는다 · 178 | 얄팍한 술수는 금세 바닥을 드러낸다 · 182 | 마음의 크기가 성공의 크기를 좌우한다 · 187 | 모두 일하는 것은 아무도 일하지 않는 것과 같다 · 191 | 장점은 주목하고 단점은 개선한다 · 194 | 교묘한 속임은 투박한 성실만 못하다 · 199 | 운명이 아닌 스스로를 믿는다 · 204 | 준비 없는 결단은 재앙을 부른다 · 208

| 제5장 | 임기응변으로 판을 미리 주도한다

발 빠른 결단이 승패를 가른다 · 217 | 증세가 다르면 처방도 다르다 · 223 | 힘은 적을 만들고 덕은 힘을 낳는다 · 227 | 하찮은 일에 마음 쓰지 않는다 · 232 | 행동이 아닌 능력에 주목한다 · 237 | 꿈도 함께 꾸면 현실이 된다 · 243 | 사람은 이익이 없으면 떠난다 · 247 | 함께 꿈꾸고 함께 성장한다 · 252 | 눈앞의 작은 이익을 넘어 큰 이익을 본다 · 256

| 부록 | 유기 연표 · 260
| 참고문헌 | 262

제1장

상대의 마음을
먼저 파악한다

郁離子

사람은 이익을 탐하는 존재다

━ 욱리자가 산에 살 때, 밤에 살쾡이가 닭을 잡아갔다. 급히 쫓아갔으나 따라잡지 못했다. 이튿날 종자가 닭을 미끼로 삼아 그곳에 덫을 만들어 넣었더니 살쾡이가 들어왔다가 잡혔다. 살쾡이는 몸이 묶여 있는데도 닭을 발로 잡고 입에 물고 있었다. 빼앗으려 했으나 죽어가면서도 이를 놓지 않았다. 욱리자가 탄식했다.

"사람이 재물과 이익을 탐하다 죽는 것도 이와 같다. 송宋나라에 한 마을을 다스리던 자가 뇌물 때문에 소송에 걸린 적이 있다. 옥관獄官이 심문해도 계속 속이면서 피의 사실을 인정하지 않았다. 매질을 해도 아무 소용이 없자 관원이 그에게 말하기를, '인정하면 네 죄를 다시 고려해보겠지만 인정하지 않는다면 맞아 죽게 될 것이다. 어째서 가벼운 쪽을 택하지 않는 것인가?'라고 했다. 결국 그는 끝내 인정하지 않다가 맞아 죽고 말았다. 죽어갈 즈음 아들을 불러 은밀히 말하기를, '그 재물을 잘 보관해라. 내가 죽음과 바꾼 것이다'라고 했다. 사람들이 모두 그를 비웃었다. 그의 행동이 살쾡

이와 무엇이 다르겠는가?"

郁離子居山, 夜有狸取其雞, 追之弗及. 明日從者覗其入之所以雞, 狸來而繫焉, 身縲而口足猶在雞, 且掠且奪之, 至死弗肯舍也. 郁離子歎曰, "人之死貨利者, 其亦猶是也夫? 宋人有爲邑而以賂致訟者, 士師鞫之, 隱弗承, 掠焉, 隱如故. 吏謂之曰, '承則罪有數, 不承則掠死, 胡不擇其輕?' 終弗承以死. 且死, 呼其子私之曰, '善保若貨, 是吾以死易之者.' 人皆笑之, 則亦與狸奚異焉?"

— 제112장 〈산거야리山居野狸〉

해설 　재화와 이익을 지키기 위해 목숨을 거는 소인의 어리석음을 지적하고 있다. 세상에는 목숨이 훨씬 중요한데도 이런 어리석은 선택을 하는 자들이 매우 많다. 이익을 향해 무한 질주하는 인간의 호리지성好利之性이 그만큼 강렬하다는 반증이다. 호리지성이 노골적으로 드러난 세태를 흔히 염량세태炎凉世態라고 표현한다. 따뜻하거나 세력이 있는 쪽에 붙는다는 뜻의 추염부세趨炎附勢 내지 추염부열趨炎附熱과 같은 뜻이다. 모두 권세 있는 사람에게 아부하는 것을 비유할 때 사용한다. 21세기 현재까지 수신서로 널리 읽히는《명심보감明心寶鑑》에는 이러한 세태를 통렬히 비판하는 대목이 나온다.

가난하면 시끄러운 저잣거리에 살아도 아는 체하는 사람이 없고, 부유하면 깊은 산속에 살아도 먼 친척이 찾아온다. 세상 물정은 차고 더운 데를 가려 눈을 돌리고, 사람의 얼굴빛은 지위 고하를 좇아 달라진다. 사람의 의리는 가난한 곳에서 끊기고, 세상 물정은 재산가의 눈치를 본다. 가난하면 온갖 고생을 다 맛보도록 알아주는 사람이 없고, 옷차림이 남루하면 남에게 업신여김을 당하는 이유다. 말의 걸음이 느린 것은 단지 야위었기 때문이고, 사람이 풍류를 즐기지 못하는 것은 단지 곤궁하기 때문이다. 인정이란 모두 군색窘塞하면 멀어지게 마련이다.

제자백가 가운데 인간의 호리지성을 가장 적나라하게 파헤친 집단은 법가法家다. 법가사상을 집대성한 한비자韓非子는 모든 인간관계가 이기심과 이해관계의 끈으로 연결되어 있다는 사실을 통찰했다. 그는 호리지성이 극명하게 드러나는 특정 시점에 주목했다. 풍년과 흉년에 인심이 다르게 나타난 배경을 깊이 파고들었던 것이다.《한비자韓非子》〈오두五蠹〉에 이와 같은 기록이 있다.

흉년이 든 이듬해 봄에는 어린 동생에게도 먹을 것을 주지 못하지만, 풍년이 든 해의 가을에는 지나가는 나그네에게도 음식을 대접한다. 이는 골육지간을 멀리하고 나그네를 아끼기 때문이 아니라 식량의 많고 적음에 따른 것이다. 옛날 사람이 재물을 가볍게 여긴 것은 어질기 때문이 아니라 재물이 많았기 때문이고, 요즘 사람이 재물을 놓고 서로 다투는 것은 인색하기 때문이 아니라 재물이 적기 때문이다.

맹자孟子가 인간의 본성이라 이야기한 인의예지仁義禮智 역시 풍년이 들어 나그네에게 곡식을 주는 선행에 불과하다는 주장이다. 식량이 모자랄 경우 예의염치禮義廉恥는 설 땅이 없다. 관중管仲은《관자管子》〈목민牧民〉에서 호리지성과 예의염치의 상호관계를 이같이 요약해놓았다.

나라에 재물이 많고 풍성하면 먼 곳에 사는 사람도 찾아오고, 땅이 모두 개간되면 백성이 안정된 생업에 종사하며 머물 곳을 찾게 된다. 창고가 가득 차야 백성이 예절을 알고, 의식衣食이 족해야 영욕榮辱을 알게 된다.

정치의 출발은 먹고 입는 데서 출발한다는 관중의 언급은 한비자의 입장과 궤를 같이하는 것이다. 관중이 《관자》 전편에 걸쳐 백성에게 이로움을 안기는 이민利民을 역설한 배경이 여기에 있다. 사마천司馬遷이 《사기史記》에서 관중을 추종하며 이른바 상가商家 이론을 집대성한 이유다. 사마천은 〈화식열전貨殖列傳〉에서 호리지성을 이같이 비유했다.

천하가 희희낙락한 것은 모두 이익을 위해 모여들기 때문이고, 천하가 흙먼지가 일 정도로 소란스러운 것은 모두 이익을 찾아 떠나기 때문이다. 지금 조趙나라와 정鄭나라 땅의 미인들은 얼굴을 아름답게 꾸미고 긴 소매를 나부끼며 경쾌한 발놀림으로 춤을 추어 보는 이들의 눈과 마음을 설레게 만든다. 그들이 천리 길을 마다하지 않고 달려가는 것은 부를 좇아 물불을 가리지 않고 내달리는 것과 같다.

난세의 심도가 깊어질수록 인간의 호리지성이 더욱 극명하게 나타난다. 염량세태가 기승을 부리는 이유다. 난세에 유기처럼 큰일을 이루고자 하면 염량세태의 근본배경인 호리지성에 대한 통찰이 절실하다.

섣부른 참언은 화를 부른다

■ 욱리자의 말이 천리마를 낳았다. 사람들이 말하기를, "이 말은 천리마이 니 반드시 궁궐의 마구간으로 보내시오"라고 했다. 욱리자도 기뻐하며 그 들의 말을 좇아 도성인 남경南京으로 갔다. 천자는 말을 관장하는 태복太僕 에게 명해 지방의 공물 목록을 찾아보게 했다. 태복이 말했다.

"좋은 말입니다. 그러나 북방의 명마 산지인 기冀 땅에서 태어난 말은 아 닙니다."

그러고는 그 말을 궐 밖에서 기르게 했다. 남궁자조南宮子朝가 욱리자에게 말했다.

"희화산은 천제가 있는 곳으로 검푸른 깃이 있는 까치가 사오. 그 새는 부화할 때부터 다른 새와 달랐소. 천하의 새 가운데 오직 봉황만이 그와 비 슷할 뿐이오. 이에 그 새는 봉황의 도를 따르고, 봉황의 뜻을 세우고, 봉황 과 같은 울음으로 천하에 명성을 떨치고자 했소. 그러나 이를 본 매가 그에 게 말하기를, '옛날 성인은 나무 신주를 만들어 모셨는데 후대인은 흙으로 빚어 모신다네. 그것은 선왕의 생각이 지금 사람들처럼 치밀하지 못했기 때문이 아니네. 정성스러운 마음을 구했을 뿐 모습이 닮기를 바란 것은 아니었기 때문이지. 지금 세상은 반대일세. 그런데도 자네는 다시 옛날로 돌아가려고 하네. 울지 않으면 그만이지만 만일 울고자 하면 벌을 받을 것일세'라고 했소.

　그러나 이 까치는 끝내 맑은 소리로 울어댔소. 그 소리를 들은 온갖 동물이 몸을 흔들며 즐거워했으나 흉한 새인 황오黃鶩는 그가 자신보다 나을까 봐 몹시 두려워했소. 이에 종달새를 시켜 서왕모西王母의 사자에게 '저 까치는 소리가 이상해 상서롭지 못합니다'라고 헐뜯게 했소. 서왕모의 사자는 독을 지닌 짐새를 시켜 매일 까치를 핍박해 북쪽으로 쫓아내도록 조치했소. 까치는 깃털이 빠진 채로 북쪽 해변에 이르렀는데 꼬리가 짧은 까치가 이를 보고는 마구 쪼아댔소. 이때 목을 쪼여 거의 죽을 지경이 되었소. 지금 천하가 그대를 받아들이지 않으니 그대는 봉황을 닮은 유창幽昌이 되기는커녕 저 까치 같은 신세가 될 뿐이오. 나는 그것을 알 수 있소."

郁離子之馬, 挈得騕褭焉. 人曰, "是千裏馬也, 必致諸內廄." 郁離子說, 從之. 至京師, 天子使太僕閱方貢, 曰, "馬則良矣, 然非冀產也." 置之於外牧. 南宮子朝謂郁離子曰, "熏華之山, 實維帝之明都, 爰有紺羽之鵲, 菢而弗朋, 惟天下之鳥, 惟鳳爲能屍其形, 於是道鳳之道, 志嶠之志, 思以鳳之鳴鳴天下, 奭鳩見而謂之曰, '子亦知夫木主之與土偶乎? 上古聖人以木主事神, 後世乃以土偶. 非先王之念慮不周於今之人也, 敬求諸心誠, 不以貌肖, 而今反之矣, 今子又以古反之. 弗鳴則已, 鳴必有戾.' 卒鳴之, 咬然而成音, 拂梧桐之枝, 入於青雲, 激空穴而殷巖屺, 松·杉·柏·楓莫不振柯而和之, 橫體豎目之聽之者, 亦莫不蠢蠢焉, 熙熙焉. 鶩聞而大惕, 畏其挻己也, 使鷃讒之於王母之使曰,

'是鵲而奇其音, 不祥.' 使鴝日逐之, 進幽昌焉. 鵲委羽於海濱, 鸇鷂遇而射之, 中膈幾死. 今天下之不內, 吾子之不爲幽昌而爲鵲也, 我知之矣."

— 제1장 〈천리마千里馬〉

해설 불공평한 인사와 시기하는 자들의 무함 등으로 인해 인재가 능력을 제대로 평가받지 못하는 현실을 강력하게 비판하고 있다. 까치 는 유기 자신을 상징한다. 자신의 불우한 처지를 빗대어 설명한 것이 다. 유기는 원나라 무종武宗 지대至大 4년(1311), 지금의 절강성 온주溫州 인 처주處州 청전현靑田縣에서 태어났다. 그의 증조부는 유호劉濠로, 송나 라 말기 한림으로 일했던 바가 있다. 그는 어려서부터 학문에 뛰어났 다. 그의 스승 정복鄭復이 유기의 부친 유약劉爚에게 이같이 말한 바가 있다.

"유기는 장차 대군大君의 문인門人이 될 것이오!"

황제의 측근이 될 것이라는 의미다. 그는 스물셋에 진사 시험에 합 격한 뒤 고안현高安縣의 현승에 제수되었다. 청렴하고 강직한 관원으로 명성이 높았다. 이후 절강행성에서 불렀으나 사양하고 귀향했다. 얼마 후 다시 기복起復해 강절유학부제거가 되었으나 어사를 탄핵했다가 직 책을 잃었다.

원나라 혜종惠宗인 순제順帝 지정至正 6년(1346), 대도大都로 올라가 〈북 상감회北上感懷〉 등을 지었다. 당시 나이 서른여섯이었다. 2년 뒤인 지정 8년(1348), 절강행성의 유학부제거에 제수되었다. 이때 방국진方國珍이 해상海上에서 봉기해 인근 군현을 약탈했다. 그는 원래 소금 행상이었으나 해적들의 난에 편승해 형제와 더불어 해상에서 반란을 일으켰던 인물이다. 이후 그는 원나라에 반항하거나 귀순하는 등 변덕을 부렸다. 원나라가 존재할 때는 식량 해상수송에 종사한 일도 있어 높은 벼슬을 얻어 세력을 유지했다. 방국진의 반복무상한 행보는 결국 유기에게 치명적으로 작용했다. 이는 유기가 법가에 입각해 방국진에 대한 엄벌을 강조한 데 따른 것이었다.

당시 원나라 관원들이 방국진을 제어하지 못하자 행성에서 유기를 원수부 도사로 삼았다. 유기는 지금의 절강성 서남부의 경원현慶元縣 일대에 여러 성을 쌓아 도적을 압박하면 방국진의 기세도 막힐 것으로 생각했다. 이때 원나라 조정의 좌승 티리티무르[帖裏帖木兒]가 방국진을 달래고자 했다. 이에 유기가 극력 반대했다. 방씨 형제들이 먼저 난을 일으켰으니 남김 없이 주살해 후대를 징계해야 한다는 것이 논거였다.

이 이야기를 전해 들은 방국진이 두려운 나머지 유기에게 후한 뇌물을 전했으나 유기가 받지 않았다. 이내 사람을 시켜 해상으로 대도에 이른 뒤 실권자에게 뇌물을 주게 했다. 마침내 순제가 방국진에게 관직을 내렸다. 이어 유기에 대해서는 황제의 위복威福을 멋대로 행사했다고 책망하면서 소흥紹興을 다스리도록 했다. 일종의 좌천이었다. 얼마 후 육지에서도 도적이 벌 떼처럼 일어나자 절강행성에서 다시 유기를 불러 이를 토벌하도록 했다. 이에 유기는 행원판行院判 석말의손石抹宜孫과 함께 고향인 처주를 지키게 되었다.

이때 나름의 공을 세워 경략사經略使 이국봉李國鳳이 유기의 공을 상주했다. 그러나 조정대신들은 방국진 때문에 이를 무시한 채 총관부판을 제수하면서 병사兵事는 맡기지 않았다. 화가 닌 유기가 이내 관직을 버리고 고향인 처주 청전현으로 돌아온 뒤 불후의 명저인《욱리자》를 저술하기 시작했다. 지정 19년(1359)의 일이다. 당시 그의 나이 마흔아홉이었다.

난세에는 무함과 참언讒言이 난무한다. 특히 유기처럼 재주가 많은 사람의 경우는 집중적인 견제를 받을 공산이 크다. 유기는 성정이 곧아 직언을 잘했다. 난세에 이런 모습을 보이면 적을 많이 만들 수 있기에 위험하다. 낙향하기는 했으나 산속에 칩거하며《욱리자》를 저술한 것은 잘한 일이다. 결과적으로 이것이 전화위복의 계기로 작용했기 때문이다. 저술에 착수한 지 1년 뒤인 지정 20년(1360)에 주원장과의 만남이 이루어졌다. 유기의 명성을 들은 주원장이 사람을 보내 초빙했던 결과다.

과욕은 참사를 낳는다

■ 제수濟水 남쪽의 제음濟陰 땅에 사는 한 상인이 황하黃河를 건너다가 배를 잃어, 부초浮草 위에 올라가 큰소리로 살려달라고 외쳤다. 어떤 어부가 배를 타고 구하러 가자 그가 도달하기도 전에 상인이 다급히 외쳤다.

"나는 제수 가에 사는 부자요. 나를 구해주면 100금金을 주겠소."

어부가 그를 싣고 육지에 이르자 그는 10금을 주었다. 어부가 말했다.

"아까는 100금을 약속하더니 지금 겨우 10금을 주니 이는 원래 약속과 다른 게 아니오?"

상인이 발끈하며 말했다.

"그대는 어부요. 하루 수입이 얼마나 된다고 그러는 것이오. 문득 10금을 얻게 되었는데도 부족하다는 말이오?"

어부가 실망해 물러났다. 훗날 상인이 여량呂梁을 따라 내려오다가 배가 바위에 부딪혀 엎어졌다. 마침 그 어부가 그곳에 있었다. 어떤 사람이 그에게 물었다.

"왜 구해주지 않는 것이오?"

어부가 대답했다.

"저 사람은 약속한 돈을 주지 않았던 사람이오."

그러고는 배를 강가에 대고는 이를 구경했다. 결국 상인은 익사하고 말았다. 욱리자가 말했다.

"누군가 말하기를, '상인은 재물을 중시하고 생명을 가볍게 여긴다'고 했다. 처음에는 그 말을 믿지 않았으나 지금은 이를 알게 되었다. 일찍이 장자방張子房이 유방劉邦에게 말하기를, '지금 군사를 이끌고 나온 진秦나라 장수는 상인의 자식이니 재물을 이용해 공략할 만합니다'라고 했다. 이는 습관과 성품이 인품을 만든다는 것을 지적한 것이 아닌가? 전설적인 부호인 도주공陶朱公의 큰아들이 돈을 아끼려다가 동생을 죽게 만든 일화도 같은 맥락이다. 맹자는 말하기를, '술책은 신중할 수밖에 없다'고 했다. 실로 믿을 만한 이야기다!"

濟陰之賈人, 渡河而亡其舟, 棲於浮苴之上, 號焉. 有漁者以舟往救之, 未至, 賈人急號曰, "我濟上之巨室也, 能救我, 予爾百金." 漁者載而升諸陸, 則予十金. 漁者曰, "向許百金, 而今予十金, 無乃不可乎!" 賈人勃然作色曰, "若漁者也, 一日之獲幾何, 而驟得十金猶爲不足乎?" 漁者黙然而退. 他日, 賈人浮呂梁而下, 舟薄於石又覆, 而漁者在焉. 人曰, "盍救諸?" 漁者曰, "是許金而不酬者也." 艤而現之, 遂沒. 郁離子曰, "或稱賈人重財輕命, 始吾或不信, 而今知有之矣. 張子房謂漢王曰, '秦將賈人子, 可啖也.' 抑所謂習與性成者與? 此陶朱公之長子所以死其弟也. 孟子曰, '故術不可不愼也.' 信哉!"

— 제42장 〈고인賈人〉

작은 이익 때문에 신용을 저버릴 경우 오히려 큰 우환을 만날 수 있음을 지적하고 있다. "상인은 재물을 중시하고 생명을 가볍게 여긴다"는 이야기를 인용한 것이 그렇다. 이는 통상적인 경우를 언급한 것이다. 거상巨商은 이와 다르다. 먼 앞날을 내다보고 투자를 하는 까닭에 나중에 얻는 이익이 헤아릴 수 없을 정도로 크다.

사마천은 《사기》에서 이런 거상들을 대거 소개해놓았다. 대표적인 인물이 바로 범리范蠡다. 《사기》 〈월왕구천세가越王句踐世家〉에 따르면 범리는 뱃길을 이용해 제齊나라로 들어간 뒤 이름을 치이자피鴟夷子皮로 바꾸었다. 치이鴟夷는 오왕吳王 부차夫差가 오자서伍子胥를 죽인 뒤 그의 시신을 담은 가죽 부대를 뜻한다. 범리는 자신도 오자서와 운명이 같다고 생각해 이같이 자칭했다고 한다.

범리는 해변 가에서 농사를 지었다. 온 힘을 다해 노력하자 얼마 후 곧 재산이 수십만 금에 달하게 되었다. 제나라 사람들이 이 이야기를 듣고 상국으로 천거했다. 한동안 상국으로 있던 범리가 문득 이같이 탄식했다.

"집에서는 1,000금의 재산을 이루고, 벼슬은 상국에까지 이르렀으니 보통 사람으로는 정점까지 간 것이다. 존귀한 이름을 오랫동안 지니고 있는 것은 불길하다."

그러고는 곧 상국의 인장을 돌려준 뒤 재산을 친구와 마을 사람들에게 나누어주고는 귀중한 보물만 챙겨 가족들과 함께 지금의 산동山東 정도定陶인 도陶 땅으로 갔다. 그곳은 천하 각지의 물산이 모이는 곳이었다. 범리는 스스로를 '도주공'으로 칭하면서 아들과 함께 농사를 지으며 장사를 겸했다. 물건을 사서 쌓아두었다가 시기를 보아 되파는 방법으로 1할의 이윤을 남겼다. 오래지 않아 막대한 재산을 모으자 사람들이 크게 칭송했다.

범리는 도 땅에 살면서 막내아들을 낳았다. 막내아들이 청년이 될 무렵, 둘째 아들이 사람을 죽인 죄로 초楚나라에 갇히게 되었다. 범리가 말했다.

"살인을 했으면 죽어 마땅하다. 그러나 1,000금을 보유한 사람의 자식은 시장바닥에서 죽지 않는다!"

그러고는 막내아들에게 황금 1,000금을 건네주면서 이를 자금으로 사용해 둘째 아들을 구하게 했다. 막내아들이 막 떠나려 할 때 장남이 동생을 구출하는 일을 자청했다. 허락지 않자 장남이 말했다.

"장남이 집안일을 살피므로 그를 가독家督이라고 부릅니다. 지금 동생이 죄를 지었는데 저를 보내지 않고 막내를 보내는 것은 제가 현명치 않기 때문입니다."

장남이 자결하려 하자 어머니가 황급히 이를 만류하며 범리에게 간청했다.

"지금 막내를 보내도 둘째를 살려낼지 알 수 없는 일인데 그보다 먼저 큰애를 잃게 생겼으니 어찌하면 좋겠습니까?"

도주공이 할 수 없이 장남을 보내면서 편지 한 통을 건네주었다. 오랜 친구인 장莊 선생에게 보내는 서신이었다. 장남에게 당부했다.

"그곳에 도착하는 즉시 장 선생 댁에 이 1,000금을 가져다주도록 해라. 그가 하자는 대로 따르되 절대 다투어서는 안 된다."

장남은 떠날 때 수백 금의 황금을 따로 챙겼다. 그는 초나라에 도착해 수소문 끝에 겨우 성벽에 기대어 지은 허름하기 그지없는 장 선생의 집을 찾을 수 있었다. 장남이 편지와 황금 1,000금을 건네자 장 선생이 말했다.

"어서 서둘러 여기를 떠나고 머물지 마라. 또한 동생이 나올지라도 절대 그 까닭을 묻지 말아야 한다."

장남은 한적한 곳에 머물며 자신이 따로 가져온 황금을 초나라 집정에게 바쳤다. 당시 장 선생은 비록 빈궁하게 살고는 있었으나 청렴결백해 군왕 이하 모든 사람이 그를 스승처럼 존경했다. 그는 일이 성사된 후 황금을 돌려줄 생각이었다. 황금을 건네받았을 때 부인에게 이같이 말했다.

"이것은 도주공의 것이오. 내가 병사해 미리 돌려주지 못할지라도 당신이 잊지 말고 돌려주기 바라오. 절대 손대지 마시오."

장남은 장 선생의 속마음도 모르고 황금이 별다른 효과를 발휘하지 못한 것으로 생각했다. 장 선생이 적당한 시기를 가려 입궐한 뒤 초나라 왕에게 말했다.

"천기를 보니 어떤 별이 갑자기 움직였습니다. 이는 초나라에 불리한 조짐입니다."

"그렇다면 어찌하면 좋겠소?"

"오직 덕을 베풀어야 이를 없앨 수 있습니다."

"과인이 장차 그리할 것이오."

그러고는 곧 사자를 시켜 금·은·동을 수장한 세 개의 창고를 봉하게 했다. 도주공 범리의 장남에게 뇌물을 받은 집정이 깜짝 놀라 말했다.

"내왕이 곧 사면을 할 듯하오."

"어떻게 그것을 알 수 있습니까?"

"대왕은 매번 대사면을 할 때마다 세 개의 창고를 봉하게 했소. 어젯밤에 사자를 보내 그같이 했소."

장남은 대사면 조치로 동생이 당연히 나올 터인데 공연히 장 선생에게 1,000금을 보냈다는 생각이 들었다. 장남이 장 선생을 다시 찾아갔다. 그를 본 장 선생이 크게 놀랐다.

"아니, 자네는 아직도 이곳을 떠나지 않은 것인가?"

"지금 대사면이 논의되고 있다고 하니 동생은 당연히 풀려날 듯합니다. 이에 하직인사를 드리러 왔습니다."

장 선생은 그가 황금을 다시 가져가고 싶어 하는 것을 알고는 이같이 말했다.

"방으로 들어가 황금을 가져가도록 하게."

장 선생은 범리의 장남에게 배신당한 것이 수치스러워 이내 입궐해 초나라 왕에게 이같이 말했다.

"신이 저번에 별의 움직임에 대해 말씀을 드리자 대왕이 덕을 베풀어 보답하고자 했습니다. 그런데 사람들이 수군대기를, '도주공이 황금으로 왕의 측근을 매수했는데 이번 대사면도 백성을 아껴서가 아니라 도주공의 아들을 위한 것이다'라고 했습니다."

초나라 왕이 대로했다.

"내가 비록 부덕하다고는 하나 어찌 황금에 눈이 어두워 도주공의 아들을 위해 덕을 베풀 수 있겠는가?"

서둘러 범리의 아들을 처형한 뒤 다음 날에야 사면령을 내렸다. 장남은 동생의 시신을 이끌고 귀국했다. 부인과 마을 사람들이 모두 슬퍼하자 도주공이 홀로 씁쓸히 웃으면서 이같이 말했다.

"나는 큰애가 동생을 죽음에 이르게 할 것을 알고 있었다. 둘째가 죽은 것은 큰애가 동생을 사랑하지 않기 때문이 아니라 단지 돈을 지나치게 아낀 나머지 이를 쓸 줄 몰랐기 때문이다. 큰애는 어려서부터 나와 함께 고생을 했고, 살기 위해 고난을 겪어 함부로 돈을 쓰지 못한다. 그러나 막내는 태어날 때부터 내가 부유한 것만 보았으니 어떻게 돈이 생기는 줄 알 수 있겠는가. 그래서 막내는 쉽게 돈을 쓰고 아까워하지 않았다. 내가 막내를 보내려고 했던 것은 바로 이 때문이다. 큰애는 성장한 배경이 막내와 달라 도저히 그같이 할 수 없었던 것이다. 그래서 둘째가 끝내 죽게 된 것이다. 이치가 이러하니 굳이 슬퍼할 것은 없다. 나는 오히려 밤낮으로 둘째의 시신이 도착하기를 기다렸다."

범리의 장남은 앞서 살펴본 상인과 유사한 모습을 보였다가 동생을 황천으로 보냈던 셈이다. 두 사람의 행보는 염량세태의 전형에 해당한다. 위기에 빠졌을 때 아쉬운 소리를 했다가 위기를 벗어나자마자 이내 신뢰를 저버린 것이 그렇다. 이는 결국 부메랑이 되어 되돌아왔다. 난세일수록 이익에 혹해 신뢰를 저버리는 섣부른 행보를 삼가야 한다. 유기가 맹자의 말을 인용해 "술책은 신중할 수밖에 없다"고 언급했던 이유다.

관계가 결과를 바꾼다

■ 위영공衛靈公이 하루는 크게 화를 내며 총애하던 미자하彌子瑕를 채찍질해 궁에서 내쫓았다. 미자하는 두려운 나머지 사흘 동안 감히 조정에 들어가지 못했다. 위영공이 대부 축타祝它에게 물었다.

"미자하가 과인을 원망하고 있는가?"

축타가 대답했다.

"그런 일은 없었습니다."

"왜 원망하지 않는 것인가?"

축타가 대답했다.

"군주는 개를 보지 못했습니까? 개는 사람에게 의지해 먹고삽니다. 주인이 노해 때리면 깨갱대며 달아납니다. 그러나 먹을 것이 필요하면 겁먹은 표정으로 다시 옵니다. 맞은 일을 깨끗이 잊어버립니다. 지금 미자하는 군주의 개입니다. 군주를 올려다보며 먹고사는 자입니다. 하루라도 군주의 신임을 받지 못하면 하루의 끼니를 얻어먹지 못하니 어찌 원망할 리가 있겠습니까?"

위영공이 말했다.

"과연 그렇겠소!"

衛靈公怒彌子瑕, 抶出之. 瑕懼, 三日不敢入朝. 公詣祝鮀曰, “瑕也懟乎?” 子
魚對曰, “無之.” 公曰, “何謂無之?” 子魚曰, “君不觀夫狗乎? 夫狗依人以食
者也, 主人怒而抶之, 嗥而逝. 及其欲食也, 蒀蒀然復來, 忘其抶矣. 今瑕君狗
也, 仰於君以食者也, 一朝不得於君, 則一日之食曠焉, 其何敢懟乎?” 公曰,
“然哉!”

— 제48장 〈미자하彌子瑕〉

해설 　아첨으로 먹고사는 자의 비참한 모습을 절묘하게 비유하고
있다. 군주의 개에 비유된 미자하의 행보 역시 염량세태의 한 단면이라
할 수 있다. "군주의 신임을 받지 못하면 하루의 끼니를 얻어먹지 못하
니 어찌 원망할 리가 있겠습니까?"라는 축타의 반문이 이를 보여준다.
이는 더 많은 먹이를 주는 새 군주가 나타나면 이전의 군주를 물어버
릴 수도 있음을 암시한다.

　《공자가어孔子家語》〈곤서困誓〉와 전한前漢 말기에 유향劉向이 쓴《신서
新序》에는 위영공이 미자하를 물리치게 된 배경을 짐작하게 하는 일화
가 나온다. 이에 따르면 위나라의 현대부 사추史鰌는 생전에 현자를 천
거하는 데 힘썼다. 위영공이 미자하를 총애하는 것에 대해 여러 번 충
고했지만 듣지 않았다. 사추는 임종 당시, 아들에게 시체를 창문 밖에
내놓고 염을 하지 말라고 명했다. 분상을 온 위영공이 이를 보고 괴이

하게 여겨 연유를 묻자 아들이 이같이 대답했다.

"나는 거백옥蘧伯玉을 천거하지 못했고, 미자하를 물리치게 하지 못했다. 살아서 임금을 바르게 이끌지 못했으니 죽어서도 예를 갖출 필요가 없다'는 유언을 남기셨습니다."

이에 감동한 위영공이 미자하를 내쫓고 거백옥을 등용했다고 한다. 죽으면서까지 간한다는 뜻의 시간屍諫 성어가 여기서 나왔다.

《춘추좌전春秋左傳》을 보면 위영공은 위의공衛懿公과 더불어 춘추春秋시대의 대표적인 암군暗君으로 나온다. 위영공은 동성애로 유명했다. 그 상대가 바로 미자하였다. 《한비자》 〈세난說難〉에 유명한 일화가 나온다. 당시 위나라 법에 따르면 군주의 수레를 몰래 타는 자는 발을 자르는 월형刖刑에 처하도록 되어 있었다. 미자하의 모친이 병에 들었을 때 어떤 사람이 밤에 몰래 와서 미자하가 위영공의 수레를 슬쩍 빌려 타고 나간 사실을 알렸다. 위영공이 이를 전해 듣고 오히려 그를 칭찬했다.

"효자로다. 모친을 위하느라 발이 잘리는 형벌까지 잊었구나!"

다른 날, 미자하가 위영공과 함께 정원에서 노닐다가 복숭아를 따게 되었다. 먹어보니 맛이 아주 달았다. 반쪽을 위령공에게 주자 위령공이 칭송했다.

"나를 사랑하는구나! 맛이 좋은 것을 보고는 과인을 잊지 않고 맛보게 하는구나."

세월이 흘러 미자하의 용모가 쇠하고 총애가 식었다. 한번은 위영공에게 죄를 짓게 되었다. 위영공이 책망했다.

"이자가 전에 과인의 수레를 몰래 타고 나간 일도 있고, 또 자신이 먹던 복숭아를 과인에게 먹인 일도 있다."

결국 미자하는 쫓겨나고 말았다. 여기서 나온 성어가 여도지죄^{餘桃之}다. 먹고 남은 복숭아의 죄란 뜻으로 지나친 총애가 도리어 큰 죄의 원인으로 변할 수 있다는 경고의 의미를 담고 있다. 이를 두고 한비자는 〈세난〉에서 이같이 평해놓았다.

미자하의 행동은 변함이 없었다. 전에 칭찬받던 일이 후에 책망을 받게 된 것은 군주의 애증이 변했기 때문이다. 군주에게 총애를 받을 때는 지혜를 내는 것마다 군주의 뜻에 부합해 더욱 친밀해졌지만, 미움을 받을 때는 아무리 지혜를 짜내도 군주에게는 옳은 말로 들리지 않아 벌을 받고 더욱 멀어지기만 한다. 군주에게 간언을 하거나 논의를 하고자 하는 자는 먼저 자신이 과연 군주에게 총애를 받고 있는지, 아니면 미움을 받고 있는지 여부를 잘 살핀 뒤 유세해야만 한다.

총애의 대상과 강도는 시간이 지나면서 바뀐다. 애증이 들쭉날쭉 변하기 때문이다. 한비자가 군주 앞에서 유세하고자 할 때 반드시 군주가 자신을 신뢰하고 있는지 여부부터 따져보라고 충고한 이유다. 미자하는 이를 간과했다. 크게 보면 미자하는 군주가 보여주는 염량세태의 희생양에 해당한다. 위영공의 변덕 가능성을 예상치 못했던 결과다.

자신감은 필요하나 자만심은 경계한다

■ 송나라 왕 언偃은 초나라 위왕威王을 미워해 초나라의 비리를 말하기를
좋아했다. 아침에 조회를 할 때면 반드시 초나라를 욕해 웃음거리로 삼았
다. 그러고는 또 이같이 말했다.

"초나라의 무능이 이와 같으니, 실로 심하구나! 내가 장차 초나라를 얻게
되리라!"

신하들도 이구동성으로 맞장구를 쳤다. 송나라에 방문한 초나라 사람들
이 초나라의 단점을 억지로 꾸며 송나라가 자신들을 받아들이도록 했던 이
유다. 백성과 대신 모두 그 말을 조정에 전하며 마구 떠들어댔다. 결국 모
두 초나라가 정말 송나라만 못하다고 여겼다. 맨 처음 그 말을 만들어낸 사
람조차 어리둥절하게 되었다. 마침내 송나라가 초나라 정벌을 꾀하게 되었
다. 대부 화주華犨가 간했다.

"송나라가 초나라의 적수가 되지 못한 지 매우 오래되었습니다. 마치 전
설적인 들소[犣牛]와 두더지의 관계와 같습니다. 설령 군주의 말과 같다 할

지라도 초나라의 힘은 송나라의 열 배나 됩니다. 송나라가 1이라면 초나라는 10에 해당하니 열 번 승리해도 한 번 패하는 것과 비기기 어렵습니다. 어찌 나라의 운명을 걸고 쉽사리 군사를 동원할 수 있겠습니까?"

그러나 언왕은 듣지 않고 마침내 군사를 일으켜 영수穎水 가에서 초나라 군사를 격파했다. 언왕이 더욱 교만해졌다. 화주가 다시 간했다.

"제가 알건대, 소국이 대국을 이긴 것은 대국이 아직 소국에 대해 제대로 된 방비책을 세우지 않았기 때문입니다. 요행이 늘 있는 것이 아니니 너무 믿어서는 안 됩니다. 전쟁을 장난삼아 해도 안 되지만 적을 모욕해서도 안 됩니다. 어린아이도 모욕해서 좋을 일이 없는데 하물며 대국의 경우는 어떻겠습니까? 지금 초나라는 겁내고, 군주는 더욱 자만에 차 있습니다. 대국이 겁내고 소국이 자만심에 차 있으니 이내 화가 닥칠 것입니다."

언왕이 크게 노하자 화주는 제나라로 달아났다. 이듬해 송나라가 다시 초나라를 공격했다. 초나라 군사가 송나라 군사를 격파했다. 송나라가 이내 패망하고 말았다.

宋王偃惡楚威王, 好言楚之非, 旦日視朝必詆楚以爲笑, 且曰, "楚之不能若是, 甚矣! 吾其得楚乎?" 群臣和之, 如出一口. 於是行旅之自楚適宋者, 必構楚短以爲容. 國人大夫傳以達於朝, 狃而揚, 遂以楚爲果不如宋, 而先爲其言者亦惑焉. 於是謀伐楚, 大夫華犫諫曰, "宋之非楚敵也舊矣, 猶犧牛之於鼢鼠也. 使誠如王言, 楚之力猶足以十宋, 宋一楚十, 十勝不足以直一敗, 其可以國試乎?" 弗聽, 遂起兵敗楚師於潁上. 王益逞, 華犫復諫曰, "臣聞小之勝大也, 幸其不吾虞也. 幸不可常, 勝不可恃, 兵不可玩, 敵不可侮. 侮小人且不可, 況大國乎? 今楚懼矣, 而王益盈. 大懼小盈, 禍其至矣!" 王怒, 華犫出奔齊. 明年宋復伐楚, 楚人伐敗之, 遂滅宋.

해설 송나라 왕 언은 전국戰國시대 말기 송나라에서 처음이자 마지막으로 왕을 칭했던 송강왕宋康王을 말한다. 그로 인해 송나라는 열국의 협공을 받아 패망하고 말았다. 유기는 여기서 자신의 실력을 제대로 파악하지도 않고 방자한 모습으로 미래를 대비할 경우 패망한다는 사실을 지적하고 있다. 대국이 겁을 내며 앞날을 대비하고 있는 상황에서 소국이 자만심에 차 방자한 모습을 보일 경우 이내 패망할 수밖에 없다. 사서에는 언왕이 꼽추의 등을 가르고, 이른 아침에 강을 건넌 자의 정강이를 절단하는 등의 만행을 저지른 것으로 기록해놓았다. 걸송桀宋이라는 지탄을 받았던 이유다.

물론 송나라가 패망한 후 그의 생전 행보를 악의적으로 왜곡했을 가능성도 배제할 수 없다. 《사기》 〈송미자세가宋微子世家〉에 따르면 척성군剔成君 원년(기원전 370년), 송나라 환후桓侯 벽辟이 재위 3년 만에 죽자 아들 척성군이 즉위했다. 척성군 41년(기원전 329), 공자 언偃이 형 척성군을 급습하자 척성군이 제나라로 달아났다. 공자 언은 재위 11년인 기원전 318년에 왕을 칭했다. 그는 왕을 칭한 후 동쪽으로 대국 제나라를 쳐 다섯 개 성읍을 빼앗고, 남쪽으로 초나라를 쳐 300리에 달하는 땅을 손에 넣고, 이어 서쪽으로 진군해 위나라를 격파했다. 간단치 않은 인물이었음을 짐작할 수 있다.

그가 간과한 점은 너무 급격히 성장하는 바람에 제나라와 초나라 등을 모두 적국으로 만들었던 데 있다. 강대국 군주의 질투심을 자극했던 것이다. 이런 행보를 보이는 것은 패망을 자초한 것이나 다름없다. 난세일수록 신중한 외교 책략이 필요한 이유다. 전국시대 말기에 수많은 종횡가縱橫家가 우후죽순처럼 일어나 천하를 주물렀던 것이 그렇다. 《전국책戰國策》은 이들의 활약을 집대성한 책이다. 《전국책》에도 언왕의 일화가 나온다. 여기서는 그의 시호를 강왕康王으로 기록해놓았다. 그의 죽음을 계기로 송나라가 멸망한 까닭에 시호가 있을 턱이 없다. 패망한 군주의 시호를 편안할 강康이라고 한 것은 풍자 차원에서 나왔을 공산이 크다.

의리를 지키는 자가 목숨을 지킨다

■ 진秦나라와 초나라가 서로 미워했다. 초나라 좌윤 극오郤惡가 진나라로 달아난 뒤 초나라의 잘못에 대해 심하게 비판했다. 진나라 왕이 크게 기뻐하며 오대부로 삼고자 했다. 종횡가인 진진陳軫이 만류했다.

"저희 마을에 시가에서 쫓겨나 재혼한 여인이 있었습니다. 매일 새 남편에게 전 남편의 잘못을 말했는데 둘이 심히 의기가 투합했습니다. 어느 날 또다시 남편의 총애를 잃고 성의 남쪽 동네에 손님으로 머무는 사람에게 다시 시집을 갔습니다. 그러고는 이전처럼 두 번째 남편을 욕했습니다. 세 번째 남편이 두 번째 남편에게 이 말을 전하자 두 번째 남편이 웃으며 말하기를, '그 여인이 그대에게 한 말이 전에 내게 했던 말과 똑같소'라고 했습니다. 지금 초나라에서 온 좌윤이 초나라의 잘못에 대해 심하게 말하고 있으니 장차 군주에게 죄를 짓고 다른 나라로 가면 초나라에 하던 식으로 군주를 비방할 것입니다."

진나라 왕이 그 말을 듣고는 극오를 등용하지 않았다.

秦楚交惡, 楚左尹郤惡奔秦, 極言楚國之非, 秦王喜, 欲以爲五大夫, 陳軫曰,
"臣之裏有出妻而再嫁者, 日與其後夫言前夫之非, 意甚相得也. 一日, 又失
愛於其後夫, 而嫁於郭南之寓人, 又言其後夫如昔者. 其人爲其後夫言之, 後
夫笑曰, '是所以語子者, 猶前日之話我也.' 今左尹自楚來, 而極言楚國之非,
若他日又得罪於王而之他國, 則將移其所以訾楚者訾王矣." 秦王由是不用
郤惡.

— 제74장 〈극오분진郤惡奔秦〉

해설 의리를 지키는 것은 자신의 목숨을 살리는 길이기도 하다.
새 군주를 섬기면서 이전의 군주를 욕하면 이내 의리 없는 자로 낙인찍
혀 목숨을 잃을 소지가 크다. 새 군주의 환심을 사기 위해 이전 군주를
욕하면 언젠가 또다시 다른 사람의 환심을 사기 위해 지금의 군주를 욕
할 것으로 생각되기 때문이다. 난세의 군웅群雄은 염량세태를 잘 알고
있기에 이런 행태를 보이는 자를 신뢰하지 않는다. 아무리 실력이 뛰어
날지라도 반복무상을 일삼는 자를 곁에 두고 일할 수는 없는 일이다.

죽음의 문턱에서 의리를 지켜 목숨을 구한 대표적인 인물로 초한전
楚漢戰 당시 당대 최고의 병법가인 한신韓信의 책사로 활약한 괴철蒯徹을
들 수 있다. 유방은 항우項羽와 일진일퇴의 공방전을 벌이면서 한신을
극도로 경계하고 있었다. 무략도 무략이지만 현실적으로 무력면에서
최강이었기 때문이다. 항우와 유방이 치열한 공방전을 전개할 때 한신
은 무려 30만 대군을 이끌고 있었다. 항우와 유방이 공히 싸우다가 지
쳐 나가떨어지면 앉은 자리에서 이부지리를 취할 수 있었다. 유방이 한

신을 경계한 것은 당연했다.

당시 괴철은 사상 최초로 주군인 한신에게 삼국이 정립하는 천하삼분지계天下三分之計를 건의했다. 삼국시대에 제갈량이 유비劉備에게 지시했던 천하삼분지계는 엄밀히 따지면 괴철의 계책을 되풀이한 것에 지나지 않는다. 그만큼 괴철의 계책이 뛰어났다. 그럼에도 한신은 이를 받아들이지 않았다. 훗날 유방의 부인 여후呂后의 독수에 걸려 토사구팽을 당한 결정적인 배경이 여기에 있다. 죽기 직전에 한신은 괴철의 말을 듣지 않은 것을 후회했으나 이미 때가 늦었다. 한신은 죽기 직전에 탄식을 내뱉었다.

"아, 내가 왜 천하를 셋으로 나누어 가지라는 괴철의 천하삼분지계를 쓰지 않았던 것인가? 끝내 일개 아녀자에게 속아 죽게 되었으니 이 어찌 천운이 아니겠는가!"

한신이 참수를 당할 때 유방은 진희秦稀의 반란을 진압하고 있었다. 반란을 평정한 후 장안으로 돌아온 유방은 한신이 죽었다는 소식을 듣고는 한편으로는 기쁘면서도 한편으로 가련한 생각이 들어 여후에게 물었다.

"한신이 죽으면서 무슨 말을 했소?"

"참모의 계책을 쓰지 않은 것이 한스럽다고 했습니다."

유방이 소리쳤다.

"그는 바로 괴철이다!"

그러고는 곧바로 괴철을 잡아들이게 했다. 괴철이 잡혀오자 유방이 물었다.

"네가 한신에게 모반을 가르쳤는가?"

"그렇습니다. 그는 신의 계책을 쓰지 않았기 때문에 죽임을 당한 것입니다. 신의 계책을 썼다면 폐하가 어떻게 그를 죽일 수 있었겠습니까?"

유방이 발끈했다.

"이자를 속히 팽살烹殺하도록 하라!"

팽살은 가마솥 안의 펄펄 끓는 물에 넣어 삶아 죽이는 것을 말한다. 괴철이 탄식했다.

"아, 원통하다. 허무하게 팽살을 당하게 되다니!"

유방이 꾸짖었다.

"네가 모반을 가르치고도 무엇이 원통하다는 것인가?"

괴철이 대답했다.

"진나라가 실록失鹿하자 천하의 모든 사람이 이를 좇았습니다. 실록의 시기에는 재주가 많고 빨리 달리는 자가 먼저 잡는 법입니다. 도척盜跖의 개는 성군인 요堯임금을 보고 짖었습니다. 이는 요임금이 어질지 않기 때문이 아닙니다. 개는 본래 주인이 아닌 사람을 보면 짖게 마련입니다. 당시 신은 오직 한신만 알았을 뿐 폐하는 알지 못했습니다. 지금 천하에는 정예한 기개로 날카로운 칼을 지니고 천하를 취하고자 하는 자가 너무 많습니다. 단지 역량이 미치지 못해 그리하지 못할 뿐입니다. 장차 그들을 모두 팽살할 수 있다고 생각하는 것입니까?"

실록은 천하의 주인이 가려지지 않은 난세를 뜻한다. 사슴을 뜻하는 녹鹿은 대권을 상징한다. 천하를 놓고 다투는 것을 축록逐鹿, 천하의 대권을 장악하는 것을 득록得鹿, 대권을 잃는 것을 실록으로 표현하는 이유다. 할 말이 없게 된 유방이 좌우에 명했다.

"괴철을 풀어주도록 하라!"

괴철은 당대 최고의 책사였다. 사서의 기록을 토대로 보면 결코 장량張良에 뒤지지 않았다. 오히려 더 뛰어난 바가 있다. 그러나 그 역시 주인을 잘못 만났다. 한신이 그의 계책을 받아들였다면 역사는 전혀 다른 방향으로 흘렀을 것이다. 한 수 앞을 읽는 괴철의 충언을 듣지 않은 한신의 패망은 자업자득의 성격이 짙었다.

주목할 것은 괴철이 실록 운운하며 끝까지 소신을 굽히지 않았던 점이다. 그가 비굴하게 사과하며 목숨을 구했다면 이내 팽살을 당하고 말았을 것이다. 난세일수록 의리와 소신이 중요한 이유다.

화와 복은 하나다

■ 구장句章 땅의 농부가 풀로 울타리를 덮었다. 하루는 우연히 찍찍거리는 소리를 들어 풀을 들추었다가 꿩을 잡게 되었다. 이후 다시 덮어놓고는 또 다시 꿩을 잡고자 했다. 다음 날 가서 주의해 들어보니 전처럼 찍찍거리는 소리가 나는 듯했다. 그가 재빨리 풀을 들추었다가 이내 독사에게 손을 물려 죽고 말았다. 욱리자가 말했다.

"이는 작은 일이지만 커다란 교훈이 될 수 있다. 천하에는 뜻밖의 복이 있지만 뜻밖의 화도 있다. 소인배들은 화와 복이 서로 기대며 그 안에 숨어 있다는 사실을 모른다. 요행이 늘 있는 것으로 여기는 이유다. 실의失意는 늘 득의得意한 데서 비롯된다. 이로운 면만 보고 해로운 면을 보지 못하거나, 살아남는 것만 알고 패망하는 것을 모르기 때문이다."

句章之野人, 翳其藩以草. 聞喈喈之聲, 發之而得雉. 則又翳之, 冀其重獲也. 明日往聆焉, 喈喈之聲如初, 發之而得蛇, 傷其手以斃. 郁離子曰, "是事之小, 而可以爲大戒者也. 天下有非望之福, 亦有非望之禍. 小人不知禍福之相倚伏

也, 則僥倖以爲常. 是故失意之事, 恒生於其所得意, 惟其見利而不見害, 知存
而不知亡也."

해설 　화와 복이 서로 기대며 숨어 있다는 이른바 화복상의禍福相倚
에 대해 경고하고 있다. 이와 같은 내용이 《도덕경道德經》 제58에 나온
다. 해당 대목이다.

화여, 복이 의지하고 있구나! 복이여, 화가 숨어 있구나! 누가 그 궁극窮極을
알겠는가?

구장의 농부가 독사에게 손을 물려 죽은 것은 지나치게 횡재를 노리
며 이익을 밝힌 후과다. 《한비자》 〈오두〉에 나오는 수주대토守株待兎 일
화와 취지를 같이한다. 흔히 한 가지 일에만 얽매이다 변통할 줄 모르
고 발전하지 못하는 어리석은 사람을 비유하는 말로 사용된다. 이는 횡
재를 노리는 염량세태에서 비롯된 것이다. 해당 대목이다.

전에 송나라의 어떤 농부가 밭을 갈다가 잠시 밭 가운데 있는 나무그루터기
위에서 쉬고 있을 때였다. 마침 토끼 한 마리가 달아나다가 그루터기에 부딪
쳐 목이 부러져 죽었다. 이를 본 농부는 이후 쟁기를 놓고 그루터기를 지키
며 토끼가 오기를 재차 기다렸다. 그러나 다시는 토끼를 얻을 수 없었다. 결
국 그는 송나라의 웃음거리가 되고 말았다. 지금 고대 제왕의 정치를 좇아

현재의 백성을 다스리고자 하는 것은 모두 송나라 농부처럼 수주대토의 어리석음을 범하는 것과 같다.

《회남자淮南子》〈인간훈人間訓〉에 나오는 새옹지마塞翁之馬 일화는 이와 정반대다. 옛날 변경에 한 노인이 살고 있었다. 하루는 노인이 기르던 말이 국경을 넘어 오랑캐 땅으로 달아났다. 마을 사람들이 위로의 말을 전하자 노인은 태연자약했다.

"이 일이 복이 될지 누가 압니까?"

몇 달 뒤, 달아났던 말이 암말 한 필과 함께 돌아왔다. 사람들이 이를 축하했으나 노인은 전혀 기쁜 표정을 짓지 않았다.

"이 일이 화가 될지 누가 압니까?"

며칠 뒤, 노인의 아들이 그 말을 타다가 떨어져 다리가 부러지고 말았다. 마을 사람들이 위로를 하자 노인은 역시 무덤덤하게 말했다.

"이 일이 복이 될지 누가 압니까?"

얼마 후, 북쪽 변경에서 전쟁이 나 젊은이들이 모두 입대하게 되었다. 노인의 아들은 다리가 부러진 까닭에 전장에 나가지 않아도 되었다. 여기서 새옹지마 성어가 나왔다. 새옹실마塞翁失馬로 표현하기도 한다.

인간 세상에서 일어나는 모든 일은 새옹지마를 닮았다. 난세일수록 염량세태에 휘말리며 눈앞에 펼쳐진 작은 이익에 연연해서는 안 되는 이유다.

독선은 독배와 같다

■ 이명犁冥이 양보산에 놀러갔다가 뜻밖에 마노瑪瑙(옥돌)를 얻었다. 미옥美玉으로 여겨 장에 내다 팔고자 했다. 어떤 사람이 충고했다.

"그것은 마노요. 옥과 비슷한 돌일 뿐이오. 옥의 값으로 팔려고 하면 남의 웃음만 사고 끝내 팔지 못할 것이오. 왜 마노의 값에 내놓지 않는 것이오? 그리한다면 비록 바라는 만큼은 아니더라도 능히 거래할 수는 있을 것이오."

그러나 그는 이를 믿지 않고 품에 안고 바다로 나갔다. 북쪽 연燕나라에 닿을 즈음 커다란 파도가 일었다. 선원들이 크게 놀라 배 안의 사람들을 두루 찾아다니며 말했다.

"이는 필시 배 안에 보물이 있어 바다의 용이 욕심을 낸 탓이오. 보물이 있으면 속히 갖다 바칠지라도 결코 애석하지 않을 것이오. 이를 아끼면 우리 모두 빠져 죽고 말 것이오."

이명이 가슴을 치며 통곡했다. 그 까닭을 묻자 이같이 대답했다.

"실은 내게 큰 보물이 있소. 지금 그것을 바치려니 슬퍼하지 않을 수 있소?"

품을 뒤져 살펴보니 마노였다. 선원이 멍한 표정으로 파도의 무서움도 잊은 채 웃으며 말했다.

"용궁에는 그대 같은 사람이 없으니 이 보물을 알아보지 못할 것이오."

犁冥之梁父之山, 得瑪瑙焉, 以爲美玉而售之. 人曰, "是瑪瑙也, 石之似玉者也. 若以玉價售, 徒貽人笑, 且卒不克售, 胡不實之? 雖不足爾欲, 售矣." 弗信, 則抱而入海, 將之燕, 適海有怪濤, 舟師大怖, 遍索於舟之人曰, "是必舟有寶, 而龍欲之耳. 有, 則亟獻之無惜. 惜, 胥沒矣." 犁冥拊膺而哭, 問其故, 曰, "餘實有重寶, 今將獻之, 不能不悲耳?" 索而視之, 瑪瑙也. 舟師啞然, 忘其怖而笑曰, "龍宮無子, 不能識此寶也."

— 제117장〈용궁무자龍宮無子〉

해설 자신의 입장만 내세울 경우 세인의 웃음거리가 될 수밖에 없다는 사실을 지적하고 있다. 제자백가 가운데 독선을 가장 경계한 사람이 한비자다. 그는 독선과 독재를 엄히 구분했다. 독재는 좌우의 의견에 흔들리지 않고 독자적으로 결단하는 것을 말한다. 군주의 독재는 군주가 군신들과 사안을 충분히 검토한 뒤 결단하는 것을 뜻한다.《한비자》〈현학顯學〉의 해당 대목이다.

군주는 여러 건의를 들을 때 그 말이 옳으면 응당 받아들여 널리 선포하며 그를 등용해야 한다. 그르다고 판단되면 응당 물리치고 삿된 의견의 뿌리를 뽑아야 한다. 요즘 군주들은 그리하지 않는다. 옳은데도 채택하지 않고, 그른데도 없애지 않으면 그 나라는 이내 패망한다.

그가 말하는 독재는 신하들과 원활히 의견을 교환하는 소통 리더십을 전제로 한 것이다. 제어장치도 없이 권력을 멋대로 휘두르는 전제專制와 구별된다. 제어장치가 없다는 것은 독선을 의미한다. 독선은 시시비비가 허용되지 않는다는 점에서 종교적 도그마dogma와 닮았다. 전제는 독선의 독버섯 위에 핀 꽃이나 다름없다. 이와 관련된 《논어論語》 〈자한子罕〉의 해당 대목이다.

공자에게는 네 가지가 없었다. 사사로운 뜻이 없었고, 꼭 하겠다는 것이 없었고, 고집하는 것이 없었고, 내가 아니면 안 된다는 것이 없었다.

《한비자》는 독선의 주체를 군주가 아닌 권신權臣에서 찾았다. 그 이유는 무엇일까? 한비자가 볼 때 군주는 창업자나 후손을 막론하고 국가의 패망을 일문의 패망으로 간주하는 까닭에 혼신의 노력을 기울여 사직을 유지하고자 한다. 이에 반해 군주에게 채용된 신하들은 사직이 무너지더라도 큰 타격이 없다. 새 주인 밑으로 들어가 계속 부귀를 누릴 길이 열려 있기 때문이다. 좋은 실례가 있다. 삼국시대 당시 형주荊州를 접수한 조조曹操가 여세를 몰아 수십만 대군을 이끌고 남진하자 손권孫權 휘하의 장신將臣 가운데 주유周瑜와 노숙魯肅을 제외하고는 하나같이 투항을 권했다. 손권이 결단하지 못하고 몸을 일으켜 용변을 보러 가자 노숙이 황급히 쫓아가 이같이 간했다.

"지금 저는 조조를 영접할 수 있으나 장군은 할 수 없습니다. 제가 조조를 영접하면 조조는 곧 저를 고향에 돌아갈 수 있도록 해줄 것입니다. 그도 아니면 저의 명성과 지위 등을 감안해 최소한 말단관원 이상은 시켜줄 것입니다. 그러나 장군이 조조를 영접하면 과연 어디에 몸을 둘 수 있겠습니까? 속히 결단하십시오."

한비자가 독선의 독버섯을 먹고 자라는 권신을 거듭 언급했던 이유가 바로 여기에 있다. 군주를 허수아비로 만든 뒤 보위를 빼앗거나, 외국과 결탁해 나라를 통째로 망하게 하는 자들이 바로 권신이라는 것이다. 군주에게 사직은 가문과 다름없다. 사직이 무너지는 마당에 손 놓고 있을 군주는 세상에 없다. 설령 방탕한 행보를 보였을지라도 이는 작은 사안에 지나지 않는다. 더 중요한 것은 신하들이 충성을 다하지 않고 군주와 나라를 넘긴 데 있다.

한비자는 이를 통찰했다. 그가 군주와 신하의 협조에 방점을 찍은 유가儒家와 달리 군신의 대립 및 갈등에 초점을 맞추었던 이유다. 고금을 막론하고 군주는 관원이 없으면 아무 일도 할 수 없다. 그러나 관원은 막강한 권한을 쥐고 있는 까닭에 법령을 왜곡할 소지가 크다.《한비자》가 권신들은 온갖 계기로 순진한 백성을 그물질해 이익을 채우는 데 혈안이 되어 있다고 지적한 이유다. 제자백가 가운데 권신의 전제를 경계한 사람은 오직 한비자와 신불해申不害 등 법가밖에 없다.《한비자》에 군주전제라는 단어 대신 권신전제만 다섯 차례에 걸쳐 나오는 이유다.

한 수 앞을 볼 수 없는 난세에 독선을 보이는 것은 매우 위험하다. 이 명의 경우는 세인의 웃음거리가 되는 데 그쳤으나 자칫 자신의 목숨은 말할 것도 없고 멸문지화를 당할 수도 있다.

좋은 말보다 필요한 말을 한다

■ 욱리자가 말했다.

"까마귀가 운다고 반드시 흉사가 있는 것도 아니고, 까치가 운다고 반드시 경사가 있는 것도 아니다. 이는 사람이라면 모두 아는 것이다. 그런데도 지금 까마귀가 날마다 인가에 모여 울면 주인은 비록 늘 기쁨이 있을지라도 그 새를 미워할 것이다. 마찬가지로 까치가 날마다 인가에 모여 울면 주인은 비록 늘 근심이 있을지라도 그 새를 좋아할 것이다. 어찌 일반 서민만 그렇겠는가? 비록 공자 같은 철인哲人일지라도 예외가 아닐 것이다. 왜 그런가? 어찌 그 소리 때문이 아니겠는가? 직언은 사람들 모두 충성된 것임을 안다. 그러나 끝내 싫어할 수밖에 없다. 아첨은 사람들 모두 사악한 것임을 안다. 그러나 끝내 미혹될 수밖에 없다. 직언은 그것이 약과 침이 되고 자신에게 유익한 것임을 안 연후에 비로소 듣게 된다. 아첨은 그것이 병이 되고 자신에게 유해한 것임을 안 연후에 비로소 피하게 된다. 모두 자신에게 다가올 이해득실을 우려하기 때문에 그러는 것이다. 충성을 잘하는 자도 반드시 이해득실을 근거로 간하고, 사악한 일을 잘하는 자도 반드시 이해득실을 근거로 속임수를 쓰는 이유다. 오직 이해득실의 실정을 훤히 내다볼 줄 아는 사람만이 충성과 사악함을 변별할 수 있다. 마음속에 일고 있는 미혹의 원인을 찾고자 하면 응당 까마귀와 까치가 우는 소리의 이치를 식별할 줄 알아야 한다."

郁離子曰, "烏鳴之不必有凶, 鵲鳴之不必有慶, 是人之所識也. 今而有烏焉, 日集人之廬以鳴, 則其人雖恒喜, 亦莫不惡之也. 有鵲焉, 日集人之廬以鳴, 則其人雖恒憂, 亦莫不悅之也. 豈惟常人哉? 雖哲士亦不能免矣. 何哉? 寧非以其聲與? 是故直言人皆知其爲忠, 而不能卒不厭. 諛言人皆知其爲邪, 而不能卒不惑. 故知直言之爲藥石, 而有益於己, 然後果於能聽. 知諛言之爲疢疾, 而有害於己, 然後果於能不聽. 是皆怵於其身之利害而然也. 是故善爲忠者, 必因其利害而道之. 善爲邪者, 亦必因其利害而欺之. 惟能灼見利害之實者, 爲能辨人言之忠與邪也. 人欲求其心之惑, 當於其聞烏鵲之鳴也識之."

— 제130장 〈오작지명烏鵲之鳴〉

해설 직언은 그것이 약과 침이 되어 자신에게 유익한 것임을 안 뒤에야 비로소 듣게 된다. 몸에 좋은 약이 쓰듯이 직언 역시 쓰다. 그래서 잘못된 행동을 고치는 데 도움이 되는 직언은 약으로 병을 고치는 것과 같다고 해서 약석지언藥石之言이라 일컫는다. 아첨 역시 그것이 병이 되고 자신에게 유해한 것임을 안 뒤에야 비로소 피하게 된다. 아첨은 직언과 달리 매우 달콤해 구미에 딱 맞는다. 그러나 그 폐해는 크다. 장을 상하게 하고 뼈를 썩게 하는 근원이 되기 때문이다.《채근담菜根

譚》은 이를 난장부골爛腸腐骨로 표현했다. 해당 구절이다.

입을 즐겁게 하는 음식은 장을 상하게 하고 뼈를 썩게 하는 독약이다. 다 먹지 않고 절반쯤에서 멈추어야 재앙이 없다. 마음을 기쁘게 하는 쾌락은 몸을 망치고 덕을 잃게 하는 매체다. 끝까지 추구하지 않고 절반쯤에서 멈추어야 후회가 없다.

맛있는 음식처럼 귀에 달콤한 아첨은 중독성이 있어 도중에 그치기가 어렵다. 마약과 다를 것이 없다. 중독되면 몸과 마음을 망친다. 사람은 본질적으로 아첨을 좋아한다. 당장 입맛에 맞아떨어지기 때문이다.

난세에는 멀리 내다보기가 어렵다. 당장 먹고사는 근본적인 문제부터 시작해 모든 것이 현실적인 과제로 다가오기 때문이다. 그러나 큰 뜻을 품은 사람은 당장 현실이 어려울지라도 눈앞의 작은 이익에 혹해서는 안 된다. 자칫 몸과 마음을 모두 잃을 수 있기 때문이다. 아무리 기아에 허덕일지라도 내년에 심을 곡식의 종자까지 먹을 수는 없는 일이다. 그리되면 희망이 사라진다.

문제는 방법이다. 아무리 몸에 도움이 되는 약일지라도 때와 장소를 가릴 줄 알아야 한다. 이를 제대로 이행하지 못하면 비참한 결과를 초래할 수 있다. 대표적인 예가 바로 춘추시대 말기 오왕 합려闔閭의 패업을 도운 오자서다. 그는 비록 대업을 이루어 '만고의 충신'이라는 명성을 얻었으나 때와 장소를 가리지 못해 당대에 비참한 최후를 맞이했다.

오자서는 직선적인 성격으로 인해 고집을 피우며 너그럽지 못한 모습을 보였다. 견해가 다른 사람을 마치 적을 대하듯이 했을 공산이 크다. 당시 부차가 제나라를 토벌하고자 했던 이유는 선왕인 합려의 뒤를 이어 패업을 완수하고자 한 데서 나온 것이다. 월왕越王 구천勾踐은 뒤에서 부추기며 이를 활용한 것이지 제나라 토벌의 의지도 없는 부차를 그리 만든 것은 아니다. 구천이 와신상담하며 그 틈을 노리고 있다는 사실을 부차가 간과한 것은 커다란 실수다. 그러나 그가 제나라를 토벌해 명실상부한 중원의 패자가 되고자 한 것 자체를 탓할 수는 없는 일이다.

부차는 결코 암군이 아니었다. 그가 암군이었다면 200년 넘게 중원의 패자를 자처해온 진晉나라를 제압하고 패자가 되려는 웅지를 지녔을 리 없다. 문제는 순진하게도 월왕 구천의 충성 맹약을 곧이곧대로 믿었던 데 있다. 그런 점에서 구천의 속셈을 읽은 오자서의 통찰력은 놀라운 바가 있다. 그는 분명 당대의 뛰어난 책사에 해당한다.

그러나 안타깝게도 그는 주군을 설득하는 방법이 미숙했다. 이는 그 자신의 불행에 그치지 않고 오나라를 패망으로 이끄는 한 이유로 작용했다. 주군인 부차가 암군으로 몰리게 된 것도 여기서 비롯되었다. 오자서는 뛰어난 지략을 지닌 당대의 모신이었으나 자신과 의견이 다른 사람을 포용치 못하는 협량狹量, 자신이 세운 공에 대한 지나친 자부심, 주군을 강압적으로 설득하고자 하는 무모함 등으로 인해 패망을 자초한 셈이다. 욱리자가 "까마귀가 날마다 인가에 모여 울면 주인은 비록 늘 기쁨이 있을지라도 그 새를 미워할 것이다"라고 언급한 것도 바로 이를 지적한 것이나 다름없다.

얕은 지식은 금세 바닥을 보인다

━ 손님 가운데 부처를 좋아하는 자가 있었다. 남들과 불도佛道를 논할 경우 자신의 주장이 상대를 능가할 때마다 신이 나서 홀로 도리를 깊이 깨우쳤다고 생각했다. 욱리자가 그에게 말했다.

"옛날 노魯나라에 술을 잘 빚지 못하는 자가 있었네. 오직 중산국中山國 사람만이 1,000일 동안 취한다는 천일주를 잘 빚었네. 노나라 사람이 그 비법을 배우고자 했으나 여의치 못했다네. 마침 중산국에서 벼슬을 하던 자가 주점에서 천일주를 마시다가 얻은 지게미를 갖고 와 노나라 술을 탄 뒤 떠들기를, '중산의 술이다'라고 했네. 노나라 사람들 모두 이를 마시며 중산의 술로 알았네. 하루는 중산국에서 천일주를 빚는 주가酒家의 주인이 노나라에 왔다가 이 소문을 듣고 찾아가 마시고는 이내 토하며 말하기를, '이 술은 우리 집 지게미로 만든 것이다!'라고 했네. 지금 그대가 부처의 설법을 내 앞에서 자랑하는 것은 가하지만, 진짜 부처가 혹여 그대가 지게미를 훔친 것을 비웃지나 않을까 걱정이네!"

客有好佛者, 每與人論道理, 必以其說駕之, 欣欣然自以爲有獨得焉. 郁離子謂之曰, "昔者魯人不能爲酒, 惟中山之人, 善釀千日之酒, 魯人求其方, 弗得. 有仕於中山者, 主酒家, 取其糟歸, 以魯酒漬之, 謂人曰, '中山之酒也.' 魯人飲之, 皆以爲中山之酒也. 一日, 酒家之主者來, 聞有酒, 索而飲之, 吐而笑曰, '是予之糟液也!' 今子以佛誇予可也, 吾恐眞佛之笑子竊其糟也!"

— 제171장 〈절조竊糟〉

해설 천박한 지식으로 잘난 척하는 자들을 꼬집은 우화다. "빈 수레가 요란하다"는 우리말 속담과 취지를 같이한다. 여기서 지게미는 선현의 말을 고식적으로 외우고 다니는 것을 상징한다. 이 글과 정반대되는 우리말 속담이 "벼 이삭은 익을수록 고개를 숙인다"이다. 수양을 쌓을수록 겸손하고 남 앞에서 자기를 내세우려 하지 않는다. 난세를 슬기롭게 헤쳐 나가는 비결이 여기에 있다.

대다수 사람들은 지게미를 훔치고는 마치 천일주를 빚은 것처럼 떠벌이곤 한다. 난세일수록 허장성세虛張聲勢가 횡행하는 법이다. 난세에 군웅이 우후죽순처럼 일어나 한 지역을 다스리는 이른바 토황제土皇帝를 자처하는 것도 같은 맥락이다. 비록 오합지졸일망정 유민들을 그러모아 세를 불리기 위해 그런 것이다. 야심을 지닌 군웅들의 이런 행태를 무턱대고 탓할 수는 없다. 유민들 자체가 염량세태의 진원지이기 때문에 불가피하다.

문제는 그다음이다. 비록 처음은 미약할지라도 새 세상의 도래에 대한 확고한 신념과 비전을 제시할 수 있어야 대업을 이룰 수 있다. 삼국시대 당시 이를 실천했던 인물이 조조다. 그는 지게미가 아니라 진짜 천일주를 빚고자 했다.

천일주를 빚고자 하면 스스로 남의 모범이 될 필요가 있다. 조조는 생전에 자신이 평생에 걸쳐 이룬 업적은 난세를 평정해 백성을 구한 데 있다는 자부심이 강했다. 이 와중에 많은 원한을 산 것도 사실이나 백성을 혹사시키는 황당한 일만큼은 절대 하지 않았다. 실제로 그는 백성에게 피해가 가지 않게끔 평생 검박하게 살다 간 인물이었다. 세상이 어지러울수록 자신을 낮추어야 한다.

상황이 변하면 심경도 변한다

■ 정자숙鄭子叔이 도적을 피해 시골로 달아날 때 시골 사람이 콩잎을 끓여 주었는데 맛이 좋았다. 돌아와 그때의 일을 생각하고는 콩잎을 뜯어다가 먹어보니 맛이 없었다. 욱리자가 말했다.

"어찌 콩 맛이 달라졌겠는가? 주변 환경과 심경이 바뀌었을 뿐이다. 부유해지면 아내를 버리고, 귀해지면 일족을 버리는 것은 처한 상황이 달라진 데 따른 심경변화의 결과다. 춘추시대 말기 초소왕楚昭王이 오나라의 공격으로 도성이 함락되어 황급히 달아날 때 신발을 잃어버렸다. 이후 사람을 시켜 100냥의 현상금을 걸고 이를 찾게 했다. 이때 말하기를, '환난을 같이했던 사람을 잊을 수 없기 때문이다'라고 했다. 논공행상 때 보상받지 못한 사람들이 모두 초소왕을 원망하지 않은 이유다. 이는 술수 때문이 아니다. 진실한 정성에 감동한 결과다."

鄭子叔逃寇於野, 野人羹藿以食之, 甘. 歸而思焉. 采而茹之, 弗甘矣. 郁離子曰, "是豈藿之味異乎? 人情而已. 故有富而棄其妻, 貴而遺其族者, 由遇而殊之也.

昔楚昭王出奔而亡其屨, 使人求之以百金, 曰, '吾不忘其相從於患難之中也.'
故論功而來及者皆不怨, 非術也, 誠之感也."

— 제175장〈갱곽羹藿〉

해설 　똑같은 사실이라도 주어진 상황에 따라 다르게 받아들여질
수밖에 없다. 주변상황이 변함에 따라 심경도 바뀌기 때문이다. 욱리
자가 "부유해지면 아내를 버리고 귀해지면 일족을 버리는 것은 처한
상황이 달라진 데 따른 심경변화의 결과다"라고 언급한 이유다. 가난
할 때는 그토록 금슬이 좋았던 부부가 부유해진 후 다투거나, 한미寒微
했을 때는 일족과 그토록 자주 교류했던 사람이 귀해진 뒤에는 발길을
끊고 모른 체하는 것은 염량세태의 전형에 해당한다.

　이런 상황을 무턱대고 배신 내지 배은망덕으로 치부하는 것도 지나
치다. 이는 자연스러운 반응이기도 하다. 물론 군자는 이와 달라야 한
다. 공자는《논어》〈태백泰伯〉에서 아내 대신 부형과 옛 친구 등을 거론
하며 이같이 경계한 바가 있다.

　군자가 부형과 일가친척 등을 돈독히 대하면 백성이 크게 어질어지고, 옛 친
　구를 버리지 않으면 백성이 요행을 꾀하지 않는다.

　〈태백〉의 이 대목은 군주를 비롯한 위정자들이 한결같은 마음으로
사람을 대하는 것을 민심의 순화醇化와 연결시켜 해석한 것이 특징이
다. 염량세태에 물들지 말라는 주문이나 다름없다. "윗물이 맑아야 아

랫물이 맑다"는 우리말 속담을 연상시킨다. 빈한할 때나 부귀할 때나 변함없이 아내와 일족을 대하는 것이 관건이다.

난세에 이를 제대로 시행치 않다가는 부메랑을 맞을 소지가 크다. 세상은 돌고 돌기 때문이다.《명심보감》〈성심省心〉에 나오는 구절이다.

꽃이 지었다가 피고, 피면 또 떨어지니, 금의錦衣와 포의布衣는 다시 바꾸어 입는 법이다. 부귀한 집이 늘 부귀한 것도 아니고, 빈한한 집이 반드시 오래도록 적막한 것도 아니다. 일으킨다고 반드시 푸른 하늘까지 오르는 것도 아니고, 밀친다고 반드시 구렁텅이에 떨어지는 것도 아니다. 권하건대 매사에 하늘을 원망하지 마라. 하늘의 뜻은 사람을 대할 때 후함도 박함도 없다.

반면교사로 삼을 만한 이야기가 있다.《사기》〈한안국열전韓安國列傳〉에 따르면 전한 초기 어사대부 한안국韓安國은 일찍이 추현鄒縣의 전생田生으로부터 한비자의 법가 통치술을 배워 양효왕梁孝王 밑에서 중대부로 있었다. 양효왕은 한경제漢景帝의 동생이다. 오초칠국의 난이 일어났을 당시 양효왕은 한안국과 장우張羽를 장수로 삼아 오나라 반란군을 동쪽 변경에서 막도록 했다. 장우가 힘껏 싸우고 한안국이 굳게 지킨 덕분에 오나라 군사는 양梁나라 땅을 통과할 수 없었다. 오초칠국의 난이 평정된 후 한안국과 장우의 명성이 널리 드러나게 되었다.

당시 양효왕은 두태후竇太后의 총애를 믿고, 출입하거나 놀러 다닐 때 마치 천자처럼 화려하게 꾸몄다. 한경제가 이 이야기를 듣고 크게 불쾌해했다. 두태후도 양나라에서 온 사자에게 화를 내며 접견하지 않았다. 조정의 관원들이 들고 일어나 양효왕을 견책해야 한다는 상소를 올렸다. 한안국이 양나라의 사자로 와서 한경제의 누나인 관도공주館陶公主 유표劉嫖를 찾아가 읍소했다.

"양왕은 효성이 지극한 태후의 아들이고 황제에게 충성스러운 신하인데 태후는 그 점을 깨닫지 못하고 있습니다. 오초칠국의 난 때 함곡관 이동의 제후국 모두 합종해 서쪽 장안을 향해 진군했으나 양나라만 황실과 가장 친해 곤궁한 처지에 놓이게 되었습니다. 양왕은 눈물을 수 없이 흘리며 소신을 포함한 여섯 명의 장수에게 반군을 물리치게 하셨습니다. 반군이 감히 서진하지 못하고 패망하게 된 배경입니다. 이는 모두 양왕의 공입니다. 오늘 태후가 작은 예절에 얽매여 양왕을 책망하고 계시나, 양왕은 원래 부친과 형이 황제인 까닭에 들고나는 의장의 규모가 큽니다. 출궁할 때 도로를 청소해 길을 열고, 환궁할 때 사람들에게 미리 소리쳐 비키도록 한 것일 뿐입니다. 거마와 깃발 모두 황제의 하사품입니다. 비록 변방의 작은 고을이지만 이를 과시함으로써 천하가 모두 태후와 황제의 사랑을 알게 되었습니다. 지금 양나라 사자가 올 때마다 묻고 질책하자 양왕은 크게 두려워한 나머지 밤낮으로 눈물을 흘리며 어찌할 바를 모르고 있습니다. 어찌해서 태후는 효성스러운 아들이자 충성스러운 신하인 양왕을 가엽게 여기지 않는 것입니까?"

대장공주大長公主가 궁궐로 들어가 태후에게 한안국의 말을 자세히 고했다. 태후가 기뻐하며 말했다.

"양왕을 위해 황제에게 말하라."

한경제가 마음이 풀렸다. 이내 면류관을 벗고 태후에게 사죄했다.

"형제가 서로 이끌고 우애하지 못해 태후의 마음을 어지럽혔습니다."

이어 양나라에서 온 사자들을 모두 접견한 뒤 많은 하사품을 내렸다. 태후와 대장공주도 한안국에게 1,000금을 직접 내렸다. 양효왕이 한안국을 더욱 신임하게 되었던 것은 말할 것도 없다.

이후 한안국이 어떤 일로 인해 법에 저촉되어 옥에 갇히게 되었다. 옥리 전갑田甲이 크게 괴롭히자 한안국이 말했다.

"꺼진 불도 다시 일어날 수 있는 법이다!"

여기서 나온 성어가 바로 사회부연死灰復燃이다. 세력을 잃었던 사람이 다시 세력을 잡는 경우를 비유한다. 그의 말에 전갑이 비웃었다.

"그런 일이 있다면 내가 오줌을 누어 그 불씨를 꺼버릴 것이다!"

얼마 후 양나라에 내사 자리가 비게 되자 한나라 조정이 한안국을 그 자리에 임명했다. 한안국이 문득 죄수의 몸에서 녹봉 2,000석의 고관이 된 것이다. 이 소식을 들은 전갑이 크게 놀라 황급히 달아났다. 한안국이 곧 사람을 통해 자기의 말을 전갑에게 전하게 했다.

"관직에 돌아오지 않으면 장차 너희 일족을 모두 주살할 것이다."

전갑이 이 말을 전해 듣고 사죄나 항복의 뜻으로 웃옷의 한쪽을 벗어 상체의 일부를 드러내는 육단肉袒의 모습으로 한안국을 찾아와 사죄했다. 한안국이 웃으며 말했다.

"네가 아직도 능히 오줌을 누워 불씨를 꺼버릴 수 있겠는가? 너처럼 하찮은 자는 죄를 다스릴 가치도 없다!"

그러고는 전갑을 잘 대우해주었다. 한안국이 관용을 베풀었기에 망정이지 전갑은 하마터면 목이 달아날 뻔했다. "원수는 외나무다리에서 만난다"는 우리말 속담을 연상시키는 일화다. 한 치 앞을 볼 수 없는 난세에 아무 생각 없이 염량세태에 휩쓸렸다가는 자칫 큰 화를 입을 수도 있으니 주의해야 한다.

겉모습에 현혹되면 실질을 잃는다

■ 공지교工之僑가 좋은 오동나무를 구해 깎아서 거문고를 만들었다. 현을 매고 연주하자 거문고에서 옥구슬 구르는 소리가 났다. 스스로 천하의 명품으로 여겨 예악禮樂을 담당하는 태상에게 바쳤다. 태상이 나라에서 인정하는 최고의 전문가에게 이를 감정하도록 했다.

"그리 오래된 것이 아닙니다."

태상이 이를 공지교에게 돌려주었다. 공지교가 돌아와서는 칠공漆工과 상의해 갈라진 것처럼 무늬를 만들고, 조각을 새기는 전공篆工과 상의해 옛 문양을 새겨 넣었다. 그러고는 상자에 넣어 땅에 묻어두었다가 1년이 지난 뒤 다시 꺼내서는 품에 넣고 시장으로 갔다. 마침 고관이 지나가다가 이를 보고는 100냥을 내고 가져갔다. 그가 조정에 그 거문고를 헌상하자 악관들이 이를 둘러보며 찬탄했다.

"실로 세상에 보기 드문 명품이다!"

공지교가 이 소문을 듣고 탄식했다.

"슬프다, 이 세상이여! 어찌 단지 거문고만 그렇겠는가? 그렇지 않은 것이 없다. 일찍 궁리하지 않으면 다 함께 망하게 생겼다!"

그러고는 이내 그곳을 떠나 탕명산으로 들어갔다. 이후 행적은 알 길이 없다.

工之僑得良桐焉, 斫而爲琴, 弦而鼓之, 金聲而玉應, 自以爲天下之美也, 獻之太常. 使國工視之, 曰, "弗古." 還之. 工之僑以歸, 謀諸漆工, 作斷紋焉. 又謀諸篆工, 作古窾焉. 匣而埋諸土, 朞年出之, 抱以適市. 貴人過而見之, 易之以百金. 獻諸朝, 樂官傳視, 皆曰, "希世之珍也!" 工之僑聞之歎曰, "悲哉世也! 豈獨一琴哉, 莫不然矣. 而不早圖之. 其與亡矣!" 遂去, 入於宕冥之山, 不知其所終.

— 제5장 〈양동良桐〉

해설　거문고라면 무엇보다 소리가 잘 나야 한다. 그것이 명품이다. 그런데도 세인들은 이를 마다하고 겉모습과 상표만 보고 물건을 산다. 인재등용의 실패도 여기서 비롯된다. 이는 유기가 벼슬을 내놓게 된 배경을 설명한 것이기도 하다. "어찌 단지 거문고만 그렇겠는가?"라는 유기의 탄식이 그 증거다. 《채근담》에도 유사한 구절이 나온다.

사람은 통상 굶주리면 찰싹 달라붙고, 배부르면 훌쩍 떠나간다. 또한 당사자 주변이 따뜻하면 마구 몰려들고, 썰렁해지면 매몰차게 차버린다. 인정의 한결같은 병폐가 이와 같다.

실질보다 화려한 겉모습에 혹하는 염량세태를 신랄하게 꼬집은 내용이다. 난세에는 이런 일이 비일비재하다. 그러나 겉모습에 혹하면 낭패를 당하기 십상이다. 대표적인 사례로 삼국시대의 원소袁紹를 들 수 있다. 원소의 집안은 사세오공四世五公으로, 명문가 집안이었다. 사세오공이란 4대에 걸쳐 모두 다섯 명의 삼공三公이 나온 것을 말한다. 원소의 고조부 원안袁安이 사도와 사공, 증조부 원상袁敞이 사공, 조부 원탕袁湯이 사공과 사도, 중부仲父 원봉袁逢이 사공, 계부季父 원외袁隗가 사도를 지낸 데서 나온 말이다.

《삼국지》〈원소전袁紹傳〉에 따르면 원소는 미목이 수려한데다 명사들과 사귀는 것을 좋아했다. 집안의 이름을 최대한 활용하고자 했던 것이다. 사서에 따르면 그의 집 앞은 그의 명성을 듣고 찾아오는 명사들로 늘 문전성시를 이루었다고 한다. 당시 조조는 능력이 뛰어나기는 했으나 멸시의 대상인 환관 집안 출신이었다. 더구나 조조의 부친 조숭曹嵩은 거액을 주고 태위의 자리에 오른 까닭에 세인들의 지탄을 받고 있었다. 유비는 비록 한실의 후예라고 하지만 가계를 확인할 길이 없는 한미한 가문 출신이다. 입에 풀칠을 하기 위해 짚신을 삼고 돗자리를 짜서 연명하는 처지였다. 손권 역시 토호 출신에 불과했으므로 낙양洛陽을 거점으로 누대에 걸쳐 그 이름을 떨친 원소에 비할 바가 아니었다.

이처럼 원소는 당대 최고의 명망이 있었다. 게다가 그는 유협遊俠의 무리와 어울리며 지내는 등 협기俠氣까지 있었다. 스무 살에 이르러 효렴에 천거된 것을 계기로 효를 다하는 모습까지 보였다. 출사한 지 얼마 되지 않아 모친상을 당하자 초막을 짓고 삼년상을 치르면서 어려서 하지 못했던 부친의 복상服喪까지 합쳐 총 6년을 초막에서 지낸 것이 그렇다. 나무랄 것이 없었다.

그러나 너무 일이 잘 풀리면 무사안일에 빠지기 십상이다. 원소가 바로 이런 덫에 걸렸다. 실속이 없었던 것이다. 환관 집안에 겉모습이 볼품없던 조조가 실속을 채워 천하를 호령하는 위치로 올라섰던 것과 대비된다. 두 사람의 운명이 엇갈리기 시작한 단초는 바로 원소의 무사안일에서 비롯되었다. 그가 아무런 노력을 기울이지 않고도 주변 사람들의 추대에 의해 동탁董卓토벌군의 맹주가 되었던 것이 상징적이다.

　　당시 조조는 어렵사리 마련한 거사자금으로 간신히 병사들을 모은 뒤 토벌군의 일원으로 참석해 나름대로 사선을 뚫고 분전을 거듭했음에도 아무런 성과도 얻지 못했다. 반면에 원소는 토벌군이 해체된 이후 기주冀州를 점거해 가장 강력한 패자로 군림하게 되는 등 전 과정이 모두 순탄하게 진행되었다. 그가 땀 흘려 얻은 것은 하나도 없었다. 오직 휘황한 집안의 배경만으로 이런 위치에까지 오른 것이다. 이에 반해 조조는 모든 것을 자신의 타고난 재능과 피땀 어린 노력을 통해 얻었다. 이후 두 사람은 하북河北의 패권을 놓고 건곤일척乾坤一擲의 승부를 다투게 되었다. 그 결과는 주지하다시피 조조의 승리로 끝이 났다.

제2장

흥망의 조짐을
미리 읽는다

郁離子

작은 징조를 놓치면 전체 흐름도 놓친다

■ 욱리자가 말했다.

"손가락 하나가 시릴 때 따뜻하게 하지 않으면 한기가 손과 발에 미치게 된다. 손발이 시릴 때 따뜻하게 하지 않으면 팔다리 전체에 미치게 된다. 기맥이 서로 통하기 때문이다. 미미할 때 소홀히 임하면 일이 커진다. 질병의 침입은 살갗의 일부분이 마비되는 데서 시작한다. 간혹 알면서도 소홀히 하면 마침내 돌이키지 못하고 죽음에 이른다. 그리되면 어찌 슬프지 않은가?

천하는 넓은 까닭에 고을 하나 잃는 것은 손실이라고 할 것도 없다는 식으로 말한다. 한 고을의 병폐를 구하지 못하면 한 주州에 영향을 미치고, 한 주에서 다시 한 군郡으로 이어진다. 심각해진 연후에는 천하의 모든 힘을 기울일지라도 구제할 수 없다. 천하의 뼈대와 근육이 이미 늘어진 탓이다. 천하는 사람의 몸과 같아 살과 살갗, 혈맥이 닿는 곳은 어느 것 하나 버려둘 수 없다. 부득이 버릴 것이라고는 오직 손톱과 발톱뿐이다. 황폐한 변방을 성인은 손톱과 발톱처럼 여긴다. 비록 아끼지 않는 것은 아니지만 버려도 되기 때문이다. 그러나 손발은 물론 손가락이나 발가락을 버려서는 안 된다. 그곳에 병이 나면 몸 전체에 영향을 미치는 까닭에 세심히 살펴야 한다. 천하를 다스리는 자는 무엇이 몸이고, 손발톱이고, 손발이고, 손가락·발가락인지 잘 알아야 한다. 사리에 어긋나지 않게 정사를 펴면 거의 그르치는 일이 없을 것이다."

郁離子曰, "一指之寒弗燠, 則及於其手足. 一手足之寒弗燠, 則周於其四體. 氣脈之相貫也, 忽於微而至大. 故疾病之中人也, 始於一腠理之不知, 或知而忽之也, 遂至於不可救以死, 不亦悲夫! 天下之大, 亡一邑不足以爲損, 是人之常言也, 一邑之病不救, 以及一州, 由一州以及一郡, 及其甚也, 然後傾天下之力以救之, 無及於病, 而天下之筋骨疏矣. 是故天下一身也, 一身之肌肉腠理, 血脈之所至, 擧不可遺也, 必不得已而去, 則爪甲而已矣. 窮荒絶徼, 聖人以爪甲視之, 雖無所不愛, 而捐之可也, 非若手·足·指之不可遺, 而視其受病以及於身也. 故治天下者惟能知其孰爲身, 孰爲爪甲, 孰爲手, 足·指, 而不逆施之, 則庶幾乎弗悖矣!"

— 제7장 〈난기亂幾〉

난리의 조짐을 미리 읽고 단호히 대처할 것을 주문하고 있다. 이 일화는 유기가 자신의 과거사를 언급한 것이기도 하다. 그는 방국진의 난이 일어났을 때 단호하게 대처할 것을 건의했다. 그러나 방국진이 미리 조정에 손을 쓰는 바람에 그는 오히려 지방으로 좌천되는 좌절을 맛보아야 했다. 원나라 말기의 문란한 관기가 빚어낸 희극이었다. 이것이 결국 원나라를 패망으로 이끌었다.

나라의 흥망을 신체에 비유한 것은 일종의 국가유기체설에 해당한다. 국가경영은 인체의 신진대사 활동과 사뭇 닮아 있다. 작은 병이 큰 병으로 번지면 고칠 수 없듯이 나라 또한 전신으로 번지는 병의 원인을 제대로 파악치 못할 경우 이내 무너지고 만다. 그것이 천하대란이다. 수족의 병을 방치하면 이내 몸 전체가 무너지는 것과 같다고 비유한 이유다. 사안의 경중을 가려 적극 대처할 필요가 있다.

대표적인 예로 후한後漢을 소용돌이로 몰아넣은 황건적黃巾賊의 난을 들 수 있다. 후한 영제靈帝 때 전국 각지에서 거록巨鹿 출신 장각張角을 추종하는 무리가 급속히 늘어나기 시작했다. 이는 분명 이상한 조짐이었다. 본래 장각은 관원이 되고자 했으나 돈이 없어 출사하지 못한 수재였다. 당시 조정은 크게 썩어 매관매직이 횡행했다. 그는 10여 년 전에 산속으로 들어가 약초를 캐며 살고 있었다. 하루는 산속에서 한 노인을 만났는데 노인이 장각을 불러 동굴 속으로 데리고 들어간 후 책 세 권을 주면서 이같이 일렀다고 한다.

"이 책의 이름은《태평요술太平要術》이다. 네가 이 책을 얻었으니 마땅히 하늘을 대신해 착한 일을 행해 널리 세상을 구해야 한다. 네가 딴마음을 먹으면 오히려 큰 화를 입게 될 것이다."

장각이 이 책을 얻은 뒤 밤낮으로 읽고 익혀 드디어 신통력을 지니게 된 후 스스로 대현량사를 칭했다. 그와 그의 동생 장보張寶와 장량 등은 원래 황제와 노자老子를 교주로 받드는 황로도黃老道를 믿는 자들이었다. 이들이 황로도를 이용해 대현량사를 자처하며 백성을 끌어모은 것은 장차 한나라를 뒤엎고 새 왕조를 세우겠다는 생각에서 비롯된 것이었다. 장각 형제는 주문을 외운 부적을 이용한 물로 병을 고치면서 자신들의 무리를 태평도인太平道人으로 불렀다. 이들은 병자들로 하여금 무릎을 꿇고 죄를 뉘우치게 했다. 간혹 병이 낫는 자가 나오자 많은 사람이 신기해하며 태평도를 믿었다.

장각의 신도들이 사방을 돌아다니며 전도하자 10여 년 사이에 신도가 수십만 명이 되었다. 청주青州와 서주徐州, 유주幽州, 형주, 양주揚州 등 8주의 사람들 가운데 이에 공명하지 않는 사람이 없었다. 개중에는 재산을 팔아 같이 떠도는 자들도 있었다. 각 군현의 관리들은 오히려 장각이 선한 도로 천하를 감화시키려 한다고 칭송했다. 그러자 민심이 더욱 그들에게 쏠리게 되었다. 난리의 조짐을 읽기는커녕 오히려 방조한 꼴이었다. 흔히 있는 미신집단 정도로 치부한 탓이었다. 이 틈을 타 장각은 교세를 더욱 확산시켜 드디어 전국의 신도를 36방方으로 편성할 정도로 방대한 규모의 세력을 형성하게 되었다. 방은 일종의 장군에 해당한다. 큰 방에는 1만여 명, 작은 방에는 6,000~7,000명의 무리가 배속되었다. 이들은 신도를 각지로 파견해 이런 요언을 퍼뜨리게 했다.

"창천蒼天은 이미 죽고 황천黃天이 대신하니 갑자년이 되면 천하가 대길하리라."

창천은 한나라, 황천은 장각을 상징한다. 오행의 상생원리에 의해 한나라 다음에 일어서는 왕조는 황색으로 상징되는 토덕土德의 나라로 간주되었다. 장각이 신도들에게 황색 두건을 쓰도록 하고 황천을 내세운 것도 이 때문이었다. 장각의 무리는 백토를 이용해 경성의 관부는 물론 각 주군의 관부 문 위에 '갑자甲子'라는 두 글자를 썼다. 장각은 우선 형주와 양주에서 수만 명의 무리를 거둔 뒤 업鄴 땅에서 일시에 봉기하기로 방침을 정했다. 장각은 심복 마원의馬元義를 시켜 몰래 황금과 비단을 가지고 중상시 봉서封諝 및 서봉徐奉 등과 내통하게 했다. 타도 대상의 심장부까지 파고들었던 것이다. 이에 마원의가 여러 차례 은밀히 낙양으로 와 봉서 등과 회합하면서 드디어 낙양 안팎에서 일제히 봉기하기로 약속했다.

중평 원년(184) 정월, 장각이 제자 당주唐周에게 편지를 주어 봉서에게 전하게 했다. 당주가 이를 가지고 궁 안으로 들어가 장각의 음모를 밀고했다. 크게 놀란 영제는 뒤늦게 마원의를 잡아 거열형에 처하는 한편 삼공과 사례교위에게 명을 내려 궁중을 숙위하는 군사와 백성 가운데 태평도를 믿는 자들을 가려내 심문하도록 했다. 장각 등은 거사의 음모가 누설된 것을 알고 사자에게 명해 밤낮으로 달려가 모든 방이 일제히 황건을 두르고 거병할 것을 통보하게 했다. 이해 2월, 장각은 스스로 천공장군天公將軍이라 칭한 뒤 동생 장보를 지공장군地公將軍, 장량을 인공장군人公將軍으로 불렀다. 40~50만 명이나 되는 무리를 이끌고 이르는 곳마다 관부를 방화하고 마을을 약탈하자 천하가 일시에 소란에 휩싸이게 되었다. 이것이 바로 후한을 패망으로 이끈 황건적의 난이다.

황건적의 난은 작은 일을 방치하는 바람에 천하대란을 야기한 대표적인 사건에 해당한다. 이후 왕조교체기 때 나타나는 모든 반란 역시 유사한 모습을 보였다. 왕조 말기에 무너진 관기가 이런 조짐을 간과하도록 만든 것이다. 당시 각 지역의 관원은 물론 중앙조정의 고관에 이르기까지 태평도의 무리가 장차 반란집단으로 돌변할 수 있다는 사실을 눈치채지 못했다. 나라가 패망할 때 이런 모습이 나타난다. 사이비 종교가 창궐하는 것은 국가 패망의 조짐이다.

가게의 개가 사나우면 손님이 끊긴다

━ 초왕이 종횡가 진진에게 물었다.

"과인은 선비를 대할 때 마음을 다하는데도 사방의 현자들이 과인을 위해 일하려 하지 않으니 이는 무슨 까닭이오?"

진진이 대답했다.

"신이 젊었을 때 연나라를 유람한 적이 있습니다. 당시 시내의 객관에 묵고자 했는데 좌우로 늘어선 객관 가운데 동쪽에 있는 집이 가장 좋았습니다. 침실과 거처, 음식, 기물 등 제대로 갖추어지지 않은 것이 없었습니다. 그런데도 손님은 하루 한두 명에 불과했습니다. 때로는 종일 한 사람도 없었습니다. 까닭을 물으니 그 집에는 맹견이 있는데 사람 소리만 나면 뛰쳐나와 문다고 했습니다. 그 집 하인이 먼저 손을 쓰지 않으면 아무도 감히 그 정원에 발을 들이지 못했습니다. 지금 대왕의 대궐 문 안에도 사람을 무는 맹견이 있는 것이 아닙니까? 그것이 선비가 찾아오기 어려운 까닭입니다."

楚王問於陳軫曰, "寡人之待士也盡心矣, 而四方之賢者不觎寡人, 何也?" 陳子曰, "臣少嘗遊燕, 假館於燕市, 左右皆列肆, 惟東家甲焉. 帳臥起居, 飲食器用, 無不備有, 而客之之者, 日不過一二, 或終日無一焉. 問其故, 則家有猛狗, 聞人聲而出噬. 非有左右之先容, 則莫敢躡其庭. 今王之門, 無亦有噬狗乎? 此士所以艱其來也."

— 第73장 〈서구噬狗〉

해설 진진은 전국시대의 종횡가로 진秦나라와 초나라, 제나라 등을 오가며 유세했다.《전국책》에 그에 관한 일화가 대거 수록되어 있다. 유기는 여기서 맹견을 예로 들어 군주의 총애를 빌미로 호가호위狐假虎威하는 자들의 행태를 비판하고 있다.《한비자》〈외저설外儲說 우상右上〉에도 유사한 일화가 나온다. 이에 따르면 송나라 사람 가운데 술을 파는 자가 있었다. 되를 속이지 않아 공정했고, 손님을 대할 때 공손했다. 술을 빚는 솜씨 또한 매우 훌륭했다. 술집을 알리는 깃발도 높이 세워두었다. 그러나 술이 팔리지 않아 이내 쉬어버리고 말았다. 술집 주인이 이를 이상히 여겨 마을 장로 양천楊倩에게 그 까닭을 묻자 양천이 되물었다.

"그대의 집에 있는 개가 사납지 않은가?"

"개가 사납기는 합니다. 그것이 술이 팔리지 않는 것과 무슨 상관이 있습니까?"

양천이 대답했다.

"사람들이 두려워하기 때문이오. 어떤 사람이 어린 자식을 시켜 돈을 주고 호리병에 술을 받아오게 하면 개가 달려드는 경우가 있을 것이오. 술이 쉬고 팔리지 않는 이유가 여기에 있소.”

나라에도 사나운 개와 같은 존재가 있다. 도를 아는 선비가 치평治平의 법술을 가슴에 품고 만승 대국의 군주에게 이를 밝히고자 해도 대신들이 달려들어 물어뜯는다. 이것이 바로 군주의 이목이 가려져 협박을 당하고, 치평의 법술을 지닌 선비가 등용되지 못하는 이유다.

제환공齊桓公이 관중에게 이같이 물은 적이 있다.

“나라를 다스릴 때 가장 큰 걱정거리는 무엇이오?”

“토지신을 모시는 사당의 신상神像에 구멍을 파고 들어간 쥐입니다.”

“왜 그런 것이오?”

관중이 대답했다.

“군주도 사당에 흙으로 빚어 만든 신상을 모시는 과정을 보았을 것입니다. 흙을 빚어 신상을 만들 때 나무로 모형을 세우고 그 위에 진흙을 바릅니다. 이후 사당에 소조塑造된 신상을 안치했는데 쥐가 신상의 틈 사이에 구멍을 뚫고 들어가 살게 됩니다. 연기를 피워 쫓으려니 신상의 나무에 불이 옮겨 붙을까 우려되고, 물을 붓자니 신상의 표면에 칠한 흙이 떨어질까 우려됩니다. 사당의 신상 안에 들어가 사는 쥐를 잡지 못하는 이유가 바로 여기에 있습니다. 지금 군주의 좌우에 있는 자들은 나가서는 권세를 부려 백성으로부터 이익을 거두어들이고, 들어와서는 붕당을 만들어 악행을 숨깁니다. 궐 안에서 군주의 사정을 엿보아 궐 밖으로 이를 알리고, 안팎으로 권세를 키우며 일을 멋대로 조정하는 까닭에 여러 신하와 관원이 날로 부유해지고 있습니다. 해당 관원이 이들을 주살하지 않으면 법이 어지러워지고, 주살하면 군주가 불안해집니다. 그런 까닭에 이들을 그대로 두고 있으니 이들이 바로 사당

의 쥐입니다. 신하가 권력을 쥐고 멋대로 금령을 휘두르며 자신을 위하
는 자는 반드시 이롭게 하면서 그렇지 않은 자는 반드시 해롭게 하니
이들이 사나운 개입니다. 무릇 대신들이 사나운 개가 되어 도를 터득한
선비를 물어뜯고, 군주의 좌우가 사당의 쥐가 되어 군주의 실정을 엿보
는데도 군주는 이를 깨닫지 못하고 있습니다. 이런 상황에서 군주의 이
목이 어찌 가려지지 않겠으며, 나라 또한 어찌 망하지 않겠습니까?"

여기서 나온 성어가 맹견사서猛犬社鼠다. 가게 앞의 맹견과 사당의 쥐
는 간신을 상징한다. 이런 간신이 군주 옆에 있으면 그 나라는 이내 패
망하고 만다.

이는 나라뿐 아니라 크고 작은 공동체도 마찬가지다. 그러므로 선우
善友와 악우惡友로 구분해 대응할 필요가 있다. 악우가 바로 맹견사서에
해당한다. 현명한 처신이 필요한 이유다.

강산은 변해도 본성은 변하기 어렵다

■ 초나라 태자가 봉황이 먹는 오동 열매로 올빼미를 기르면서 장차 올빼미가 봉황처럼 울 것이라 기대했다. 춘신군春申君이 간했다.

"그것은 올빼미입니다. 타고난 본성이 봉황과 다르니 이는 바꿀 수 없는 것입니다. 먹는 것과 무슨 관계가 있겠습니까?"

춘신군의 상객上客인 주영朱英이 그 이야기를 듣고는 곧 춘신군을 찾아가 충고했다.

"그대는 먹이로 올빼미의 본성을 바꾸어 봉황이 되게 할 수 없다는 사실을 잘 알고 있소. 그러나 그대의 문하에는 개나 쥐 같은 좀도둑이 아닌 자가 없고, 무뢰한이 아닌 자가 없소. 그들을 총애하고 칭찬하며 좋은 음식을 대접하고 보석 달린 신발을 신게 하고는 나라의 으뜸이 되는 선비로 대접해 주기를 기대하고 있소. 내가 보기에 이는 오동 열매로 올빼미를 길러 봉황처럼 울기를 기대하는 것과 다를 바가 없는 짓이오."

춘신군이 이를 깨닫지 못했다. 결국 이원李園에게 살해되고 말았다. 문하의 사람들 가운데 복수할 줄 아는 자가 단 한 사람도 없었다.

楚太子以梧桐之實養梟, 而冀其鳳鳴焉. 春申君曰, "是梟也, 生而殊性, 不可易也, 食何與焉?"朱英聞之, 謂春申君曰, "君知梟之不可以食易其性而爲鳳矣, 而君之門下無非狗偸鼠竊亡賴之人也, 而君寵榮之, 食之以玉食, 薦之以珠履, 將望之以國士之報. 以臣觀之, 亦何異乎以梧桐之實養梟, 而冀其鳳鳴也?"春申君不寤, 卒爲李園所殺, 而門下之士, 無一人能報者.

— 제8장〈양효養梟〉

해설　조나라 출신 이원은 간교한 인물이다. 이에 관한 이야기가 있다. 전국시대 말기, 초고열왕楚考烈王은 아들이 없어 고심했다. 그의 옹립에 결정적인 공헌을 한 덕분에 전국사군戰國四君의 일원이 된 춘신군은 이를 크게 걱정했다. 아들을 낳을 만한 부인을 여러 명 수소문해 초고열왕에게 바쳤으나 초고열왕은 끝내 아들을 얻지 못했다.

이때 이원이 누이동생을 데리고 와 초고열왕에게 바치고자 했다. 그러나 초고열왕이 아들을 낳을 수 없다는 말을 듣고는 장차 자신의 누이가 자식을 낳지 못한다는 이유로 총애를 잃을까 두려워했다. 이에 마침내 춘신군의 사인舍人이 되기를 청했다. 춘신군의 씨를 초고열왕의 씨로 둔갑시키려는 수작이었다. 이원은 춘신군의 사인으로 들어온 지 얼마 되지 않아 휴가를 얻어 고향으로 갔다가 고의로 늦게 돌아왔다. 춘신군이 늦은 연고를 묻자 이같이 둘러댔다.

"제나라 왕이 사람을 보내 저의 누이를 맞이하려 하기에 그 사자와 술을 마시며 이야기를 하다가 돌아올 기일을 놓치고 말았습니다."

"혼례의 예물이 들어왔소?"

"아직은 오지 않았습니다."

"내가 그대의 누이동생을 만나볼 수 있겠소?"

"그리하십시오."

춘신군이 곧 이원의 누이를 맞아들였다. 남매는 은밀히 계략을 꾸몄다. 하루는 이원의 누이동생이 한가한 틈을 타 춘신군에게 말했다.

"지금 대군은 20여 년 동안이나 초나라의 상국을 했는데도 초왕에게 아들이 없으니 앞날을 알 수 없습니다. 장차 초왕이 죽게 되면 형제로 바꾸어 세울 것입니다. 그리되면 저들은 각기 옛날부터 가까이 지내던 자들을 귀하게 만들 것입니다. 이때 대군은 지금과 같은 총애를 어찌 보존하려는 것입니까? 그간 대군은 귀하게 되어 오랫동안 일을 보았으므로 군왕의 형제들에게 실례한 일이 많았을 것입니다. 초왕의 형제가 즉위하면 그 화가 대군에게 미치고 말 것입니다."

"그대의 말이 옳다. 이 일을 장차 어찌하면 좋겠는가?"

"첩에게 지금 태기가 있습니다. 마침 임신을 한 사실을 아무도 알지 못하고 있는데다 대군에게 온 지도 오래되지 않았습니다. 실로 대군과 같이 귀중한 분이 소첩을 군왕에게 바치면 군왕은 반드시 소첩에게 올 것입니다. 아들을 얻게 되면 이는 곧 대군의 아들이 왕이 되는 것을 뜻합니다. 초나라를 모두 얻게 되는 것과 불측의 화를 입는 것을 비교하면 어느 쪽이 좋겠습니까?"

이원의 여동생은 그날로 궁으로 들어가 초고열왕의 총애를 입었다. 어느덧 열 달이 지나 아들을 낳았다. 초고열왕이 곧바로 이원의 누이동생을 왕후로 삼고 그녀가 낳은 자식을 대자로 세웠다. 이원도 덩달아

귀한 몸이 되었다. 이원은 춘신군이 혹여 비밀을 누설할까 우려해 이내 춘신군을 제거하고자 했다.

초고열왕 25년(기원전 238), 초고열왕이 문득 병이 들어 자리에 누운 뒤 이내 숨을 거두었다. 이원은 미리 궁궐의 시위侍衛들과 접선해 궁궐에 변이 생기면 즉시 통보하도록 조치해놓았다. 초고열왕의 사망 소식을 가장 먼저 접한 이원이 급히 궁으로 들어가 발상을 금지시킨 뒤 그간 양성해온 자객들을 궐내 극문棘門 안에 매복시켰다. 부음을 접한 춘신군이 황급히 수레를 타고 왕궁으로 달려갔다. 수레가 궁문 안으로 들어가자마자 매복하고 있던 자객들이 일제히 뛰쳐나왔다.

"우리는 왕후의 밀지를 받았다. 역적 춘신군은 칼을 받아라!"

춘신군이 급히 수레를 돌려 달아나려 했으나 이미 때가 늦었다. 자객들이 춘신군의 머리를 베어 극문 밖에 내건 뒤 성문을 굳게 닫아걸었다. 이원은 이때 비로소 발상하면서 좌우에 명해 춘신군의 일족을 도륙했다. 이를 두고 사마천은 《사기》〈춘신군열전春申君列傳〉에서 이같이 평해놓았다.

내가 춘신군의 옛 성을 구경했는데 궁실이 자못 장려했다. 처음에 춘신군이 진소양왕을 설득하며 죽음을 무릅쓰고 초나라 태자를 귀국시킨 것은 그 얼마나 뛰어난 지혜였던가! 그러나 후에 이원에게 제압되고 만 것은 너무 늙었기 때문일 것이다. 속언에 이르기를, "마땅히 결단해야 할 때 결단하지 못하면 도리어 화를 입게 된다"고 했다. 이는 바로 춘신군을 두고 이른 말이 아니겠는가?

춘신군의 어리석은 행보를 질타한 것이다. 초고열왕의 뒤를 이어 보위에 오른 인물은 이원의 누이동생 소생인 웅한熊悍이다. 그가 바로 초나라의 마지막 왕인 초유왕楚幽王이다. 초유왕은 즉위 당시 겨우 여섯 살에 불과했다. 이원이 스스로 영윤이 되어 초나라의 전권을 장악했다. 전한 말기의 학자 양웅揚雄은《법언法言》에서 춘신군의 횡사를 이같이 평해놓았다.

어떤 사람이 묻기를, "신릉군信陵君과 평원군平原君, 맹상군孟嘗君, 춘신군은 국가에 유익한 점이 있었습니까?"라고 했다. 그래서 내가 반문하기를, "군주가 정권을 잃고, 간신이 국가의 대권을 훔쳤는데 무슨 유익함이 있었겠는가?"라고 했다.

춘신군의 횡사는 예나 지금이나 윗사람이 개인적인 호오好惡나 선입견으로 사람을 쓰면 이내 패망할 수밖에 없다는 사실을 잘 보여준다.

검소함을 빌어 인색함을 꾸미지 않는다

■ 북곽씨北郭氏 집안의 늙은 노인과 젊은 하인들이 권한과 이익을 다투었다. 집이 무너지려 해도 수리하지 않은 이유다. 주인이 일꾼들을 불러 모아 상의하게 하자 이들이 곡식을 요구했다. 주인이 말했다.

"곧 주겠다. 우선 너희 집에 있는 곡식을 먹도록 하라."

일꾼들이 굶주림을 호소했으나 관리인은 주인에게 고하지 않은 채 뇌물을 요구했다. 그들이 뇌물을 바치지 않자 끝내 주인에게 고하지 않았다. 일꾼들이 모두 지쳐 크게 원망하면서 도끼와 끌을 든 채 앉아 있기만 했다. 마침 장마가 찾아와 복도 기둥이 무너지고 양쪽 사랑채도 무너졌다. 안채마저 무너지려 하자 주인은 그들의 말을 받아들여 음식을 성대히 차린 뒤 일꾼들을 불러놓고 이같이 말했다.

"앞으로 원하는 대로 주고 인색하게 굴지 않겠다."

그러나 일꾼들은 집이 더는 버틸 수 없다는 것을 알고 모두 사양했다. 한 사람이 말했다.

"전에 굶주릴 때 곡식을 요구했으나 받지 못했습니다. 지금은 배가 부릅니다."

다른 한 사람이 끼어들었다.

"댁의 창고 안에 있는 곡식은 변질되어 먹을 수가 없습니다."

또 다른 사람이 덧붙였다.

"댁의 집은 썩어서 우리가 힘을 쓸 수 없습니다."

그러고는 모두 앞다투어 떠나버렸다. 집은 수리하지 못한 까닭에 이내 무너졌다. 욱리자가 말했다.

"과거 북곽씨의 조상은 신의로 인심을 얻어 천하에 으뜸가는 부자가 되었는데, 후대는 집 한 채도 보전하지 못했으니 어찌 그토록 소홀히 할 수 있단 말인가! 집안일도 제대로 다스리지 못해 권한이 하인들에게 넘어가고, 뇌물수수가 공공연히 행해져 인심을 잃었으니 이 어찌 스스로 취한 불행이 아니겠는가!"

北郭氏之老卒僮僕爭政, 室壞不修且壓, 乃召工謀之. 請粟, 曰, "未間, 女姑自食." 役人告饑, 蒞事者弗白而求賄, 弗與, 卒不白. 於是衆工皆德恚, 執斧鑿而坐. 會天大雨霖, 步廊之柱折, 兩廡旣圮, 次及於其堂, 乃用其人之言, 出粟具饔飱以集工曰, "惟所欲而與, 弗靳." 工人至, 視其室不可支, 則皆辭. 其一曰, "向也吾饑, 請粟而弗得, 令吾飽矣." 其二曰, "子之饔飱矣, 弗可食矣." 其三曰, "子之室腐矣, 吾無所用其力矣." 則相率而逝, 室遂不葺以圮. 郁離子曰, "北郭氏之先, 以信義得人力, 致富甲天下, 至其後世, 一室不保, 何其忽也! 家政不修權歸下隸, 賄賂公行, 以失人心, 非不幸矣."

— 제13장 〈실인심失人心〉

해설 　재물을 아끼면 결정적인 순간에 참사를 초래할 수 있다. 인색한 것이 원흉이다. 이 우화에서 인색해서 신의마저 잃은 북곽씨는 군주, 뇌물에 눈이 먼 관리인은 조정대신을 상징한다. 군주가 인색하고 조정대신이 뇌물을 밝히면 그 나라가 잘될 리 없다. 뒤늦게 후회한들 이미 늦었다.

　명나라 말기에 이를 극명하게 보여준 사례가 빚어졌다. 당시 전국 각지에서 일어난 크고 작은 반란은 왕조교체기에 등장한 이전의 반란과 성격을 달리하고 있었다. 이를 상징적으로 보여준 사건이 바로 천계天啓 6년(1626)에 일어난 이른바 개독지변開讀之變이다. 지금의 강소성江蘇省 소주蘇州 일대의 서민이 독서인인 신사紳士들과 합세해 황명皇命을 거부한 사건을 말한다. 개독지변은 이자성李自成이 이끄는 농민반란군뿐 아니라 소주와 항주 등 상공업이 발달한 도시의 서민과 사대부까지 명나라에 등을 돌리고 있음을 방증한다. 이자성은 바로 이런 분위기에 편승해 새 왕조를 세우고자 했다.

　중국 전역에 가뭄 등의 재해를 겪자 굶주린 농민들은 몇 년에 걸쳐 봉기를 했다. 함께 농민을 이끌던 장헌충張獻忠이 지금의 호북성 양번인 곡성穀城에서 재차 봉기하자 명나라 주력군이 토벌에 나섰다. 이자성은 이 틈을 이용해 하남 쪽으로 진출했다.

　숭정崇禎 14년(1641), 이자성이 이끄는 농민반란군이 북상을 결정했다. 가장 먼저 토벌대상에 오른 인물은 낙양을 다스리는 복왕福王 주상순朱常洵이었다. 당초 만력제萬曆帝는 주상순을 극도로 총애한 나머지 낙양에 여타 왕부王府(관아의 일종)보다 수십 배나 화려한 것을 세워주고, 주상순이 혼인할 때는 30만 금을 혼인비용으로 하사하기도 했다. 이후에도 크고 작은 상을 끊임없이 내렸다. 그럼에도 주상순은 만족할 줄 몰랐다. 매일 가혹하게 세금을 거두어들였다. 기근이 이어지는데도 이를 모른 척했다. 일부 조정대신이 주상순에게 창고를 열어 굶주린 백성을 구할 것을 권했으나 재물을 목숨보다 아낀 주상순은 이를 귓등으로 흘려들었다.

이해 1월 19일, 이자성의 반란군이 마침내 낙양 공격을 개시했으나 낙양성의 성벽은 의외로 견고했다. 생사가 오락가락하는 이 순간에도 그는 재물을 아끼며 성을 지키는 장병들에게 인색하게 굴었다. 성을 지키는 장령들이 여러 차례에 걸쳐 은량으로 병사들을 위로해줄 것을 청하자 겨우 은 3,000냥을 내주었다. 이 또한 중간에서 장령들이 가로챘다. 주상순이 부득불 1,000냥을 다시 내주자 병사들이 은량 배분문제를 놓고 다투었다.

이자성의 반란군이 진격을 다시 시도하기 전날 저녁, 성안의 병사들이 병란을 일으켰다. 이들이 성루에 불을 지른 후 북문을 활짝 열고 반란군을 성안으로 맞아들였다. 반란군이 재빨리 왕부를 점령하고 복왕을 생포했다. 결국 그는 목숨이 오락가락하는 절체절명의 순간까지 창고를 껴안고 있었던 탓에 노루고기와 함께 푹 삶아지고 말았다. 이 일화에 나오는 북곽씨의 전철을 그대로 밟은 셈이다.

나에게 아부하는 자는 나를 해치는 적이다

■ 진영공晉靈公은 개를 좋아했다. 곡옥曲沃에 개 우리를 만들어놓고 수놓은 옷을 입혔다. 총신 도안고屠岸賈는 진영공이 개를 좋아하는 것을 알고 개를 칭찬해 환심을 샀다. 진영공이 더욱 개를 좋아하게 되었다. 어느 날 저녁, 여우가 도성인 강성絳城의 궁궐에 나타나 진영공의 모친인 양부인襄夫人을 놀라게 했다. 양부인이 크게 노하자 진영공이 개에게 여우를 공격하게 했으나 이기지 못했다. 도안고는 산택山澤 등을 관장하는 관원인 우인虞人에게 다른 여우를 잡아 바치게 하고는 이같이 고했다.

"개가 정말로 여우를 잡았습니다."

진영공이 크게 기뻐하며 대부에게 하사하는 고기를 개에게 먹이고, 백성에게 이같이 명했다.

"과인의 개를 건드리는 자는 월형에 처할 것이다."

백성 모두가 개를 겁냈다. 개는 시장으로 가 양과 돼지고기를 실컷 먹어댔다. 배가 부르면 사람들이 도안고의 집으로 끌고 왔다. 도안고가 큰 이익을 얻었다. 대부 가운데 이에 대해 간하려는 자가 있었다. 그러나 도안고의 뜻을 따르지 않으면 개들이 떼를 지어 물어댔다. 조선자趙宣子가 간하려 하자 개들이 문을 막는 바람에 궁궐에 들어가지 못했다. 훗날 개들이 사냥터로 들어가 진영공의 양을 잡아먹었다. 도안고가 이같이 고했다.

"이는 조선자의 개가 한 짓입니다."

진영공이 크게 노해 조선자를 죽이려 했으나 백성이 구해주어 서쪽 진秦나라를 향하는 국경을 넘을 수 있었다. 조선자의 일족인 조천趙穿이 백성의 분노에 편승해 도안고를 죽이고, 영공의 동산인 도원桃園에서 진영공을 시해했다. 개들이 국내의 이곳저곳으로 달아나자 백성 모두가 이를 잡아다가 삶아 먹었다. 군자가 말했다.

"심하다! 도안고의 소인 행보가. 개를 칭찬해 군주에게 해를 입히더니 마침내 자신도 죽고, 군주도 죽게 만들었다. 그러니 어찌 총애란 것이 믿고 따를 만한 것일 수 있겠는가! 사람들이 말하기를, '좀 벌레가 나무를 먹지만, 나무가 다하면 좀 벌레도 죽는다'고 했다. 진영공의 개가 바로 그와 같은 경우다."

晉靈公好狗, 築狗圈於曲沃, 衣之繡, 嬖人屠岸賈因公之好也, 則誇狗以悅公, 公益尚狗. 一夕, 狐入於絳宮, 驚襄夫人, 襄夫人怒, 公使狗搏狐, 弗勝. 屠岸賈命虞人取他狐以獻, 曰, "狗實獲狐." 公大喜, 食狗以大夫之俎, 下令國人曰, "有犯吾狗者刖之." 於是國人皆畏狗. 狗入市取羊‧豕以食, 飽則曳以歸屠岸賈氏, 屠岸賈大獲. 大夫有欲言事者, 不因屠岸賈, 則狗群噬之. 趙宣子將諫, 狗逆而拒諸門, 弗克入. 他日, 狗入苑食公羊, 屠岸賈欺曰, "趙盾之狗也." 公怒使殺趙盾, 國人救之, 宣子出奔秦. 趙穿因眾怒攻屠岸賈, 殺之, 遂弑靈公於桃園. 狗散走國中, 國人悉擒而烹之. 君子曰, "甚矣! 屠岸賈之爲小人也. 譖狗以蠱君, 卒

亡其身以及其君, 寵安足恃哉! 人之言曰, '蠹蟲食木, 木盡則蟲死.' 其晉靈公之
狗矣."

— 제45장 〈진영공晉靈公〉

해설 　진영공은 춘추시대 중엽 중원의 패권국인 진晉나라의 군주
로 이름은 이고夷皐다. 사서에는 암군으로 묘사되어 있다. 《춘추좌전》
〈노선공魯宣公 2년〉조에 따르면 그는 장수인 조천에게 피살되었다. 이
를 사주한 인물은 권신인 조돈趙盾이었다. 조선자는 조돈의 시호다. 조
천은 조돈의 조카로 진양공의 사위였다. 당시의 태사 동호董狐는 실록
에 "조돈이 시해했다"고 기록했다. 이를 조정에서 공표하자 조돈이 태
사를 찾아가 변명했다. 그러자 동호가 힐책하기를, "그대는 나라의 정
경으로 망명하려 했다고는 하나 아직 국경을 넘지 않았고, 돌아와서는
군주를 시해한 죄인을 토벌하지 않았소. 그러니 그대가 시해한 것이 아
니고 누가 했단 말이오?"라고 했다. 이를 두고 공자는 이같이 평했다.

동호는 옛날의 훌륭한 사관이다. 역사기술의 원칙대로 기록해 사실을 숨기
지 않았기 때문이다. 조돈은 옛날의 훌륭한 대부다. 사관의 역사기술 원칙을
인정해 악명을 받아들였기 때문이다. 애석하구나, 국경을 넘었더라면 악명
을 면했을 터인데!

여기서 나온 성어가 동호직필董狐直筆이다. 권세에 아부하거나 두려
워하지 않고 사실대로 기록하는 것을 가리킨다. 줄여서 직필直筆이라고

도 한다. 있는 그대로 기록하는 춘추필법春秋筆法과 같은 말이다.

역사적 인물을 인용한 이 우화는 한 치 앞을 내다보기 힘든 난세에 군신이 공멸하는 경우를 언급하고 있다. 어리석은 군주와 간사한 신하의 결합이 그것이다. 춘추시대의 대표적인 암군으로 거론되는 진영공과 간신의 전형으로 매도된 도안고를 거론한 것이 그렇다. 도안고는 《춘추좌전》에는 나오지 않고《사기》〈조세가趙世家〉 등에만 나온다. 조돈의 후예가 한씨 및 위씨와 진나라를 삼분해 조나라를 세우면서 조돈을 미화하기 위해 만들어낸 인물일 공산이 크다.

춘추전국시대 당시 군주의 주변에 있는 간신을 흔히 맹견에 비유했다. 이 우화는 맹견 대신 간신배와 소인배를 하나로 묶어 그같이 비유한 것이다. 역사상 개떼로 비유할 만한 대표적인 사례로 진나라 말기의 조고趙高 일당을 들 수 있다.

《사기》〈진시황본기秦始皇本紀〉에 따르면 호해胡亥 원년(기원전 210) 겨울 10월, 진나라의 음력으로 새해가 시작되었다. 2세 황제 호해도 스물한 살이 되었다. 새해를 계기로 황제와 신민 모두 심기일전하자는 취지에서 대사령大赦令을 발표했다. 이어 조고를 궁전 출입을 총괄하는 낭중령으로 삼아 국사를 돌보도록 했다. 호해가 이내 조고와 천하대사를 논의했다.

"짐이 나이도 어리고 이제 막 즉위한 까닭에 백성이 아직 가까이 따르지 않고 있소. 선황은 천하순행을 통해 나라의 강대함을 보여줌으로써 나라 안을 위엄으로 복종시켰소. 이제 짐이 한가로이 지내면서 순행하지 않는다면 약하게 보여 천하의 백성을 신하로 삼아 양육할 도리가 없게 될 것이오."

날씨가 화창해진 틈을 타 호해가 첫 천하순행에 나섰다. 좌승상 이사李斯가 호해를 시종했다. 이번에는 진시황秦始皇의 제5차 순행을 되짚었다. 먼저 지금의 요녕성 수중綏中 동남쪽의 갈석碣石에 이르렀다가 해안을 끼고 남쪽으로 내려가 절강성의 회계산에 이르렀다. 각석刻石에 미처 다 새기지 못한 내용을 완성하고, 당시 대신으로서 시종했던 자의 이름까지 새겼다. 2세 황제로서 당연히 할 일을 한 셈이었다. 호해는 다음과 같이 언급했다.

　"각석에 새긴 내용은 모두 시황제가 남긴 업적이다. 지금 짐이 황제라는 칭호를 이어받아 사용하는 마당에 각석의 글귀에 시황제를 칭하지 않는다면 오랜 세월이 흐른 후 짐이 한 일처럼 보여 시황제의 공업과 덕을 밝힐 수 없게 될 것이다."

　좌승상 이사와 우승상 풍거질馮去疾 등이 입을 모아 말했다.

　"청컨대 황제의 조서를 각석에 자세히 새겨 그 연유를 밝게 드러내기 바랍니다."

　"가하다."

　그러고는 요동遼東에 갔다가 함양咸陽으로 돌아왔다. 이듬해 4월, 2세 황제가 진시황의 급서로 중단된 아방궁 축조 작업을 다시 시작했다. 이 또한 선황의 공업을 널리 드날리기 위한 것이었다. 당초 아방궁의 축조는 진시황 35년(기원전 212)에 시작되었다. 진시황의 능묘를 미리 조성하는 여산의 수릉壽陵 조영도 함께 전개되었다. 이때 중원 일대의 백성과 죄수가 대거 동원되었다. 화북 일대의 만리장성 축성 작업으로부터 불과 3년 뒤에 시작된 까닭에 민심이 흉흉했다. 각지에서 유민이 격증하면서 치안이 크게 불안해졌다. 이해 가을 7월, 마침내 진승陳勝이 반기를 들었다. 진시황이 급서한 지 1년 만에 일어난 이 사건은 사상 최초의 제국인 진나라가 일거에 무너지는 계기로 작용했다.

당시 조고는 전국 각지에서 반란이 잇따르고 있는데도 진나라의 대권을 전횡할 생각을 품었다. 그러나 군신들이 자신의 말을 듣지 않을 것을 우려해 먼저 이들을 시험하고자 했다. 사슴을 가져다가 호해에게 바치며 이같이 말했다.

"이는 말입니다."

호해가 웃으며 말했다.

"승상이 잘못 알았소. 왜 사슴을 말이라고 하는 것이오?"

그러고는 좌우에게 물었다. 혹자는 침묵하고, 혹자는 말이라고 했다. 조고에게 아부한 것이다. 일부는 정직하게 사슴이라고 했다. 조고는 사슴이라고 말한 자들을 은밀히 법의 올가미 속으로 밀어 넣었다. 이후 군신 가운데 아무도 조고의 잘못을 지적하지 못했다. 여기서 나온 성어가 지록위마指鹿爲馬다. 진나라 조정을 온통 조고의 지시에 의해 일사불란하게 움직이는 개떼로 만든 배경이 여기에 있다.

당시 조고는 항우가 연합군을 몰고 올 때도 호해 앞에서 "함곡관 이동인 관동關東의 도적들은 아무것도 할 수 없다"고 호언하며 지록위마의 전횡을 계속했다. 개떼가 이를 뒷받침한 것은 물론이다. 진나라 장수 장함章邯이 투항하기 전까지만 해도 '관동의 도적' 운운이 전혀 틀린 말은 아니었다. 그러나 장함이 투항하면서 모든 것이 일변했다. 관동 지역이 예외 없이 진나라에 반기를 들고 반反진연합군에 호응한 것이 그렇다. 항우가 제후연합군을 이끌고 진나라 도성 함양을 향해 여유 있게 진격했던 이유다.

리더의 패망은 간신의 아첨 하나면 족하다

누군가 상릉군商陵君에게 용처럼 생긴 천산갑穿山甲을 바쳤다. 상릉군은 천산갑을 용으로 알고 크게 기뻐하며 무엇을 먹여야 하는지 물었다. 그가 대답했다.

"개미입니다."

상릉군이 그에게 천산갑을 사육하며 길들이게 했다. 어떤 이가 말했다.

"이것은 천산갑이지 용이 아닙니다."

상릉군이 화를 내며 좌우에 명해 직언을 한 이에게 매질을 가하게 했다. 좌우 시종 모두 크게 두려워하며 아무도 감히 용이 아니라고 말하지 못했다. 모두 천산갑을 바친 자와 같이 용으로 간주하며 신처럼 받들었다.

하루는 상릉군이 천산갑을 구경했다. 둥글게 몸을 말았다가 순식간에 몸을 펴는 모습을 보이자 좌우 시종들 모두 크게 놀란 척하며 칭찬을 아끼지 않았다. 상릉군이 기뻐하며 천산갑을 궁중으로 옮기게 했다. 밤이 되자 천산갑이 벽을 뚫고 달아났다. 좌우 시종들이 뛰어나와 보고했다.

"용이 힘을 썼습니다. 지금 바위를 뚫고 사라졌습니다."

상릉군은 그 흔적을 보고는 크게 애석해했다. 개미를 기르며 천산갑이 다시 돌아오기를 고대했다. 얼마 후 폭우가 쏟아지고 천둥 번개가 치더니 진짜 용이 나타났다. 신릉군은 기르던 용이 찾아왔다고 여겨 개미를 풀어 놓고 용을 불러들였다. 용이 대로한 나머지 궁전에 벼락을 때렸다. 상릉군이 벼락에 맞아 즉사했다. 군자가 말했다.

"심하구나, 상릉군의 우둔함이! 용이 아닌데도 용인 줄 알고, 진짜 용을 보고는 천산갑의 먹이로 대접하려다가 끝내 벼락을 맞아 죽었다. 이는 스스로 초래한 일이다."

有獻鯪鯉於商陵君者, 以爲龍焉. 商陵君大悅, 問其食, 曰, "蟻." 商陵君使豢而擾之. 或曰, "是鯪鯉也, 非龍也." 商陵君怒抶之, 於是左右皆懼, 莫敢言非龍者, 遂從而神之. 商陵君觀龍, 龍卷屈如丸, 倏而伸, 左右皆佯驚, 稱龍之神. 商陵君又大驚, 徙居之宮中, 夜穴甓而逝, 左右走報, "龍用壯, 今果穿石去矣." 商陵君視其跡, 則悼惜不已, 乃養蟻以伺, 冀其復來也. 無何, 天大雨震電, 眞龍出焉. 商陵君謂爲豢龍來, 矢蟻以邀之. 龍怒震其宮. 商陵君死. 君子曰, "甚矣, 商陵君之愚也! 非龍而以爲龍, 及其見眞龍也, 則以鯪鯉之食待之, 座震以死, 自取之也."

— 제58장 〈환룡豢龍〉

![해설] 천산갑과 용은 하늘과 땅만큼의 차이가 있다. 그럼에도 상릉군은 천산갑을 용으로 간주하는 우를 범했다. 천산갑을 용으로 속인 자를 탓하기 전에 상릉군의 무시를 비판해야 하는 이유다. 난세에는 반드

시 귀를 활짝 열고 눈을 크게 떠야 간신들의 속임수에 넘어가지 않을 수 있다. 넓고도 깊은 식견이 필요한 이유다. 난세의 어지러운 상황을 틈타 새 세상을 만들고자 하는 자의 경우는 더 말할 것도 없다.

술치術治는 한소후韓昭侯 때 재상으로 있었던 신불해가 처음으로 체계화한 이론이다. 《사기》〈노자한비열전老子韓非列傳〉에 소개된 신불해의 사적은 소략하기 짝이 없다. 《전국책》〈한책韓策〉은 그에 관한 일화를 네 편 실어놓았으나 모두 《한비자》에 나와 있는 것이다. 《한비자》에 소개된 것도 극히 단편적이다. 〈노자한비열전〉에 따르면 신불해는 기원전 4세기 초, 지금의 하남 형양滎陽 출신으로 처음에는 한나라의 하급관리로 일하다가 뒤에 한소후를 섬겨 재상으로서 15년 동안 나라를 태평하게 다스렸다. 저서로는 《신자申子》 두 편이 있었으나 송나라 때 모두 없어졌다. 《한서漢書》〈예문지藝文志〉에는 《신자》가 여섯 편으로 나온다.

곽말약郭沫若(궈모뤄)은 《한비자》 전체 내용 가운데 술치를 논한 것이 전체의 6할에 달한다고 분석하면서 한비자는 술치에 가장 깊은 관심을 기울였다고 주장한 바가 있다. 이는 한비자사상의 요체를 법치에서 찾는 기존의 견해를 뒤엎는 것이다. 《한비자》〈정법正法〉에 이에 해당하는 내용이 나온다

상앙商鞅은 진나라를 다스리면서 고발과 연좌제를 만들어 실질적인 성과를 추구했다. 열 호나 다섯 호를 하나로 묶어 그 안에서 죄를 함께 지도록 하고, 후한 상과 엄한 벌을 확실히 내렸다. 이에 백성은 쉬지 않고 힘써 일하고, 적을 쫓을 때는 위험에 빠져도 물러나지 않았다. 나라가 부유해지고 군사가 강

해진 이유다. 그러나 진나라 군주는 신하의 간사함을 알아내는 술이 없었다. 애써 이룬 부강이 신하들에게 이익으로 돌아간 이유다. 상앙이 비록 열 배의 노력을 기울여 법제를 바로잡고 나라를 부강하게 만들었으나 신하들은 도리어 이를 자신에게 이롭게 이용했다. 진효공秦孝公 사후 진나라 군주들이 강대국의 모든 조건을 두루 갖추고도 수십 년이 지나도록 제왕의 대업을 이루지 못한 이유가 여기에 있다. 이는 법치를 이용해 관원들을 바로잡게 하는 법제가 제대로 정비되지 못한 가운데 군주 또한 위에서 술치를 제대로 구사하지 못한 데 따른 재앙이다.

술치는 신하들이 발호하지 못하도록 미연에 제압하는 측면에서는 제신술制臣術 내지 어신술禦臣術이고, 군주가 은밀히 구사한다는 측면에서는 잠어술潛禦術에 해당한다. 나라를 다스리기 위해서는 부득이 신하를 활용할 수밖에 없는데 만일 조금이라도 경계를 늦추면 군권이 신하들에게 잠식당할 우려가 있기 때문이다. 가장 경계해야 할 대상은 주변의 신하들이다. 최상의 방안은 군주가 모르는 음지에서 세력을 부식할 계기를 제공하지 않는 것이고, 이를 뒤늦게 알았을 때는 가차 없이 싹을 제거하는 것이다.

술치는 몇 가지 점에서 법치와 커다란 차이를 보인다. 우선 법치는 드러낼수록 좋은 데 반해 술치는 드러내지 않을수록 좋다. 이것처럼 법치와 술치의 차이가 극명하게 드러나는 대목은 없다.

신불해가 역설한 술치는 기본적으로 통치 권력의 두 축이 군권에 기초한 공권公權과 신권에 기초한 사권私權으로 구성되어 있다고 파악한 데서 출발하고 있다. 통치를 군권과 신권으로 파악한 점에서는 유가와 같으나 신권을 군주의 고용 세력으로 파악한 것이 다르다. 이에 반해 유가는 신권 세력을 창업 단계부터 창업주의 기획안에 찬동해 공동으로 참여한 것으로 해석했다. 유가와 법가는 통치 권력의 존재이유 및 발동의 정당성 등에 관해 생각하는 것이 서로 다를 수밖에 없다.

한소후가 신불해를 만나자마자 재상으로 발탁한 것은 사람을 단박에 알아보는 지인지감知人之鑑이 간단치 않았음을 시사한다. 이는 동시에 신불해의 지혜와 식견이 뛰어났음을 보여주는 것이기도 하다.《전국책》〈한책〉에 이에 관한 대목이 나온다.

진소양왕 53년(기원전 254), 어떤 세객이 한환혜왕韓桓惠王에게 말했다.
"선군 한소후는 일세의 명군입니다. 재상 신불해 역시 일세의 현사賢士입니다. 당시 한나라와 위나라는 세력이 균등했으나 신불해는 한소후로 하여금 먼저 왕호를 칭한 위혜왕魏惠王을 조현朝見하도록 했습니다. 이는 스스로 낮추는 것을 좋아하며 높이는 것을 싫어했기 때문이 아닙니다. 사안을 잘못 판단하거나 논의 끝에 잘못된 계책을 취한 것도 아닙니다. 당시 신불해는 계책을 세우면서 건의하기를, '우리가 조현하면 위나라 왕은 크게 만족해할 것입니다. 그리되면 위나라는 틀림없이 천하의 제후들에게 패해 피폐해지고, 제후들이 위나라를 미워하면 필시 우리 한나라를 받들 것입니다. 이는 다른 군주에게 제압을 당하는 일인지하一人之下의 처지를 면하게 하고, 모든 백성의 존경을 받는 만인지상萬人之上의 위치에 서는 일을 가능하게 해줄 것입니다. 무릇 위나라 군사를 약하게 만들면 자연스레 한나라의 위세를 높이게 됩니다. 위나라를 조현하는 것보다 더 나은 방안은 없습니다'라고 했습니다."

실제로 신불해의 계책처럼 위혜왕은 자고자대自高自大하다가 서쪽 진나라 군사에게 대패해 도성을 동쪽 대량大梁으로 옮기게 되었다. 천하의 웃음거리가 된 것이다. 신불해의 방략이 결코 신하들을 제어하는 데 그치지 않음을 보여준다.

한소후가 신불해를 재상으로 삼은 것은 진효공이 상앙을 받아들인 지 2년 만에 좌서장으로 삼은 것에 비유할 수 있다. 그만큼 한소후의 신불해에 대한 대우는 파격적인 것이었다. 신불해는 재상이 된 후 시종 안으로는 정교政教를 널리 펼쳐 내정을 안정시키고, 밖으로는 뛰어난 외교사령으로 제후국들과 화친을 유지했다. 《사기》〈노자한비열전〉에 따르면 신불해가 상국으로 있는 15년 동안 한나라가 크게 다스려지자 주변의 제후국들이 모두 두려워하며 감히 침공할 생각을 하지 못했다. 한나라는 신불해가 재상으로 있을 때가 최고 전성기였다. 이는 그가 정립한 술치 이론이 난세의 통치술로 얼마나 유효하게 작동할 수 있는지를 반증한다.

한소후는 신불해가 죽은 지 4년 뒤에 세상을 떠났다. 한나라의 입장에서 볼 때 신불해와 한소후의 죽음은 치명타였다. 실제로 한소후 사후 한나라는 줄곧 약세를 면치 못하다가 가장 먼저 패망하고 말았다. 한비자가 등장할 때는 이미 손을 쓰기 어려울 정도로 피폐해 있었다. 그로서도 진나라를 중심으로 한 천하통일의 대세를 어찌할 수는 없었다. 그렇기에 한비자는 한나라의 전성기를 가능하게 한 신불해의 술치 이론에 더욱 깊은 감명을 받았을 것이다.

작은 이익에 연연하다 큰 이익을 놓친다

■ 웅칩보熊蟄父가 욱리자에게 물었다.

"지금 갈증 때문에 물을 많이 마시는 소갈증消渴症을 앓는 자에게 옻나무 즙을 먹이면 되겠소?"

욱리자가 대답했다.

"안 되오."

"연못에 물고기를 기르면서 수달水獺을 염려해 그 안에 독을 풀면 되겠소?"

"안 되오."

웅칩보가 말했다.

"그렇다면 그대의 왕은 역시 생각이 극히 짧다고 할 수밖에 없소. 왕은 백성의 세금이 공평하지 못할까 걱정해 사마발司馬發을 등용했소. 사마발은 전력을 다해 세금을 모두 거두어들여 공을 세우려 하니, 이는 자신의 이익만 보는 것으로 백성의 이익은 전혀 돌보지 않는 짓이오. 백성의 소득이 세금을 내기에도 부족하니 노약자는 굶어 죽고, 논밭은 황폐해지고 있소. 그런데도 왕은 이를 알지 못하고 있소. 또한 왕은 외적이 사라지지 않는 것을 우려해 악화樂和를 등용했소. 악화는 병사들의 노략질을 방치하는 식으로 환심을 사고 있으니 이는 병사만 보고 백성은 전혀 돌보지 않는 것이오. 백성이 그들을 호랑이나 늑대를 보듯이 하는 이유요. 그들이 지나는 곳에는 (백성의) 처자와 자식이 생명도 보존하지 못하고 있소. 그런데도 왕은 이를 알지 못하고 있소. 이것이 옻나무 즙으로 소갈증을 그치게 하고, 연못에 독을 풀어 수달을 막는 것과 무슨 차이가 있겠소? 왕이 이를 깨닫지 못하면 백성이 백성으로 남아 있지 않고, 나라도 왕의 나라가 아닐 것이오."

熊蟄父謂子離曰, "今有病渴, 而刺漆汁以飮之. 可乎?" 曰, "不可." "育魚於池而患獺, 則毒其水, 可乎?" 曰, "不可." 曰, "然則子之王亦未之思也甚矣. 王患民賦之不均也而用司馬發. 司馬發極人力之所至, 務盡收以爲功, 見利而不見民. 民入不足以爲出, 老弱餓莩, 田野荒虛, 而王未之聞也. 王患敵寇之未弭也, 而用樂和. 樂和悅士卒以剽掠, 見兵而不見民. 民視之猶虎狼, 所過妻孥不保, 而王未之知也. 是何異乎刺漆汁以止渴, 毒池水以禁獺哉? 王如不寤, 吾恐民非王民而國非王國矣."

— 제140장 〈음칠독수飮漆毒水〉

해설 　여기서는 작은 이익에 연연하다 큰 이익을 놓치는 이른바 소탐대실小貪大失을 지적하고 있다. 역사적 사실과 동떨어진 것이기는 하나 소탐대실의 대표적인 사례로 남북조南北朝시대 북조 북제北齊의 문인 유주劉晝의 《유자신론劉子新論》에 나오는 일화를 들 수 있다.

전국시대 진혜문왕秦惠文王이 서쪽 촉蜀나라를 공격하기 위해 친정親 征에 나섰다. 그러나 촉으로 가는 길은 대부분 까마득한 계곡을 낀 가파 른 벼랑의 협로이거나 험악한 산길이어서 제대로 진군할 수 없었다.

"적군보다도 지형이 더 강적이다. 일단 돌아가기로 하자."

진혜문왕이 탄식하며 철수했다. 그렇다고 촉의 정벌을 단념한 것은 아니었다. 하루는 중신들을 불러 모은 뒤 물었다.

"지난번 일을 생각하면 속상하기 그지없소. 무슨 좋은 방법이 없겠 소?"

모두 묵묵부답이었다. 이때 한 신하가 나서서 말했다.

"역공力攻보다는 기지로써 대처해야 할 것입니다."

"어떤 방법이오?"

진혜문왕이 귀가 솔깃해서 물었다.

"신이 듣기에 촉의 군주는 물욕이 심하다고 합니다. 대단한 보물을 선사할 것처럼 소문을 내 마음을 들뜨게 해놓고 그 허점을 파고들면 뜻을 이룰 수 있을 것입니다."

진혜문왕이 그 신하의 제안을 좇아 촉왕을 속이기 위한 작업에 들어 갔다. 먼저 옥이 산출되는 산에서 커다란 옥괴玉塊를 캐 함양으로 운반 한 뒤 황소를 조각했다. 이어 그 안을 파서 돈과 비단을 잔뜩 집어넣고, 촉왕에게 선사할 예물이라고 선전했다. 그 바람에 옥우玉牛를 다듬는 장소 주변은 항상 인산인해를 이루었고, 소문은 사방으로 널리 퍼졌다.

"아니, 진왕이 과인을 존경해 그런 보물을 준비한다는 게 사실인가? 지난번엔 무모한 전쟁을 꾀하더니 이제야 과인을 제대로 알아보는가 보다!"

늙은 신하들 가운데 진혜문왕의 속셈을 읽고 간하는 자가 있었으나 탐욕스러운 촉왕은 이를 무시했다. 마침 진나라의 사자가 도착했다.

"어서 오시오. 무슨 일로 그 멀고 험한 길을 고생하며 오셨소?"

촉왕이 묻자 진나라 사자가 대답했다.

"과군寡君이 두 나라의 영원한 우호를 다지기 위해 큰 선물을 준비하고 있습니다. 그 선물은 세상에 듣도 보도 못한 진귀한 옥우로, 거의 완성 단계에 이르렀습니다. 우선 전하의 궁금증을 덜어드리기 위해 도면과 선물 목록을 가지고 왔습니다."

도면과 목록을 받아본 촉왕이 뛸 듯이 기뻐했다.

"그 예물을 과인이 언제쯤 볼 수 있소?"

진나라 사자가 말했다.

"옥우는 그럭저럭 다 완성되었습니다만, 문제는 이곳까지 어떻게 운반하느냐 하는 것입니다. 아시다시피 중원에서 이곳으로 통하는 길은 좁고 위험하기 짝이 없습니다. 예물을 가져오다가 혹시라도 실수로 계곡에 떨어뜨리거나 손상이라도 입히면 어찌하겠습니까? 그래서 이 문제로 조정이 골머리를 앓고 있습니다. 조심해서 운반하면 2년 정도 걸릴 듯싶습니다."

"2년씩이나!"

촉왕이 자신도 모르게 외쳤다.

"우국友國에서 과인을 위해 큰 성의를 보이는데 그렇게 수고를 끼칠 수는 없소. 산을 깎고 계곡을 묻더라도 길을 만들어 불편을 최대한 덜어드리겠소."

"그렇게만 해주시면 무슨 걱정이 있겠습니까."

진나라 사신은 거듭 사은謝恩하고 돌아갔다. 그날 곧바로 총동원령이 내려졌다. 촉나라 백성 모두 노역에 끌려가 길을 넓히고 뚫는 데 안간힘을 쏟아야 했다. 백성의 원망이 자자했다. 그러나 옥우에 정신이 팔린 촉왕의 귀에는 아무 소리도 들리지 않았다.

드디어 길이 완성되자, 진혜문왕은 거창한 예물 행렬을 출발시켰다. 특별히 제작한 대형 수레에 옥우와 다른 예물을 가득 실었다. 약탈 위험으로부터 예물을 보호한다는 구실로 중무장한 정병 수만 명이 따라붙었다. 예물 수레가 국경에 도달하자 촉나라 파수병들이 호위대의 위용에 놀라 급보를 띄웠다. 조정대신들이 크게 놀랐으나 촉왕은 오히려 이같이 말했다.

"그 옥우가 어떤 물건이오? 만의 하나 실수라도 있을까 그런 것이오. 조금도 염려치 마시오!"

옥우가 촉나라 도성 안으로 들어오고 진나라 군사도 성문을 아무 제지 없이 그대로 통과했다. 촉왕을 비롯한 조정대신과 백성 모두 진기한 보물을 구경하기 위해 거리로 몰려나왔다.

"지금이다!"

군호軍號에 따라 진나라 군사가 즉시 행동에 돌입했다. 아비규환 속에 촉나라의 반항 세력을 일거에 제압한 진나라 군사가 궁궐에 난입해 촉왕이 그간 모아놓은 재물을 모두 약탈한 뒤 수레에 가득 실었다. 이로써 촉나라는 망하고 옥우는 촉나라 패망의 상징으로 남게 되었다. 촉왕의 소탐대실이 이런 화를 자초한 것이다.

여기의 우화에 나오는 사마발과 악화는 모두 공을 세우기 위해 백성을 착취하는 방법을 택했다. 민심 이반을 부추긴 셈이다. 쇠뿔을 고치려다가 소를 죽이는 교각살우矯角殺牛 성어가 바로 이를 경계한 것이다. 나라에 멋대로 교각살우를 행하는 자를 기용할 경우 이내 패망하고 만다. "벼룩을 잡으려다가 초가삼간 태운다"는 우리말 속담과 취지를 같이한다. 당唐나라 시인 조송曹松은 〈기해세이수己亥歲二首〉에서 "한 장수의 공을 세우기 위해 1만 명에 달하는 병사가 전사해 들판에서 백골이 되었다[一將功成萬枯骨]"라고 지적한 바가 있다.

왕조교체기마다 이러한 사례가 빈발한다. 이를 방치하면 패망할 수밖에 없다. 고금의 왕조교체 역사를 살펴보면 알 수 있듯이 단 하나의 예외가 없다. 민심 이반에 늘 촉각을 곤두세우며 더욱 조심해야 하는 이유다.

제3장

상황의 흐름을
앞서 지배한다

一郁離子

좌절은 있어도 포기는 없다

━ 도룡자가 말을 잃은 뒤 마구간을 고쳤다. 누군가 늦었다고 하자 도룡자가 이같이 반박했다.

"팔뚝이 부러진 뒤 의술을 배워도 결코 늦은 것이 아니다. 옛날 제환공과 진문공은 먼저 나라를 잃었지만 뒤에 보위에 올라 차례로 춘추오패가 되었다. 월왕 구천은 회계산에서 오왕 부차에게 패했으나 이후 와신상담 끝에 부차를 멸하고 제후의 우두머리가 되었다. 지무자知武子는 초나라에 포로로 잡혔으나 이후 진晉나라로 돌아와 재상의 자리에 오른 뒤 초나라를 격파함으로써 부친의 유업을 회복했다. 손빈은 발이 잘렸으나 이후 제나라의 사령관이 되어 위나라 군사를 격파하고 위나라 장수의 목을 베어 천하를 진동시켰다. 오자서는 집을 잃고 도망쳐 나왔으나 이후 초나라 도성 영성을 함락시키고 부형의 원수를 갚았다. 범수範雎는 갈비뼈가 부러지고 이가 뽑혀 대나무 명석에 둘둘 말려 변소에 버려졌으나 이후 진秦나라 승상이 되어 위나라와 제나라를 격파했다. 이 세 명의 군주와 네 명의 대부는 곤경을 빠져나올 때만 해도 누구인들 그들이 당연히 마른 풀뿌리나 낙엽처럼 흙 속에서 썩어버릴 것으로 생각하지 않았겠는가? 그러나 어느 날 빛을 번쩍이며 사람들로 하여금 하늘에 뜬 해와 달처럼 숭앙하도록 만들었다. 만일 그들이 어려움에 굴복해 자포자기했다면 그런 일은 없었을 것이다. 가뭄이 든 7월이면 벼가 살지 못하지만, 그래도 베어내면 저절로 자라나는 돌벼라도 기대할 수 있다. 늦었다고 여겨 포기하면 농토는 끝내 황폐해지고 말 것이다."

몇 달이 지나 말이 돌아왔고, 사람들은 도룡자의 식견에 탄복했다.

屠龍子失馬而治廐, 人曰'晩矣'. 屠龍子曰, "折肱而學醫, 未晩也. 昔者齊桓· 晉文公皆先喪其國, 而後歸爲五伯. 越王句踐犧於會稽, 而後滅夫差, 作諸侯長. 知武子囚於楚, 而後歸相晉侯, 光復先君之業. 孫子刖足, 而後爲大國師, 破軍 斬將, 威動天下. 伍子胥喪家出奔, 而後入郢復其父兄之仇. 範雎折脅拉齒於簀 中, 而後相秦斬魏齊. 此三君四大夫者, 方其逃奔困厄之際, 孰不謂其當與枯荄 落葉同腐土壤. 而一旦光輝煥赫, 使人仰之如日星之在上. 向使其甘於危亡而 自暴也, 則說已矣. 故七月之旱, 禾不生矣, 猶可芟而望其穭. 若以爲晩而遂棄 之, 田卒荒矣." 數月而馬歸, 人服其識.

— 제146장 〈실마치구〉

해설 이 우화는 아무리 어려운 일이 닥칠지라도 지레 포기해서는 안 된다는 것을 강조하고 있다. 돌벼는 저절로 자라나는 벼로, 품질이 낮기는 해도 먹지 못하는 것은 아니다. 돌벼를 먹는 것이 굶는 것보다는 낫다. 예로부터 남다른 공을 성취하는 자는 어떠한 곤경에도 좌절하지 않았다. 제환공과 진문공, 구천 등 세 명의 군주를 비롯해 지무자와 손빈, 오자서, 범수 등 네 명의 대부 모두 좌절을 딛고 일어선 뒤 천하를 호령한 인물이다. 주어진 상황에 최선을 다하면 언젠가는 결실을 맺게 된다.

지무자는 순수荀首의 아들 순앵荀罃을 말한다. 순씨는 이후 지씨로 성을 바꾸었다. 순앵을 지앵으로 부르는 이유다. 무자는 시호다. 《춘추좌전》〈노선공 12년〉조에 따르면 주정왕周定王 10년(기원전 597), 순앵은 부친 순수와 함께 출전했다가 초나라 군사에게 포로로 붙잡힌 뒤 부친 덕분에 간신히 탈출에 성공했다. 이로부터 22년 뒤인 기원전 575년, 재상의 자리에 오른 순행이 언릉鄢陵에서 초나라에 대승을 거둠으로써 이전의 패배를 설욕했다. 이 이야기는 〈노성공 16년〉조에 상세히 기록되어 있다.

손빈은 《손자병법孫子兵法》의 저자로 알려진 손무의 후예로 방연龐涓과 함께 귀곡자鬼穀子에게 병법을 배웠다고 한다. 위나라의 군사軍師가 된 방연은 손빈이 자신보다 뛰어난 것을 시기한 나머지 이내 무함해 무릎뼈를 발라내는 빈형臏刑에 처했다. 여기서 손빈이라는 이름을 얻게 되었다. 이후 제나라의 사자가 그를 몰래 싣고 귀국하자 제위왕齊威王이 군사로 삼았다. 재상 전기를 도와, 계릉桂陵과 마릉馬陵의 전투에서 잇달아 방연이 이끄는 위나라 군대를 대파했다. 궁지에 몰린 방연은 자살하고 말았다.

범수는 이른바 원교근공遠交近攻으로 요약되는 불멸의 외교 책략을 창안해 진나라의 천하통일 기반을 마련했던 인물이다. 그의 삶은 일개 서생에서 최강국인 진나라의 재상이 된 점에서 입지전적이다. 상앙이 진효공의 지은知恩을 입어 변법을 성사시킨 것처럼 그 역시 진소양왕의 지은을 입고 천하통일의 커다란 밑그림을 완성했다.

타국 출신 관원인 기려지신羇旅之臣인데도 승상의 자리까지 오른 뒤 오기吳起나 상앙과 달리 명예로운 퇴장을 선택해 전국시대 종횡가로는 보기 드물게 천수를 누렸다. 몸을 보전하면서 명성을 떨치는 신명겸전身名兼全의 매우 드문 사례에 속한다. 그의 입지전적인 삶은 '불굴의 의지'를 상징한다. 말을 잃어도 마구간을 고치는 자세를 견지해야 하는 이유다.

기회를 엿보는 자에게 역전의 때는 온다

■ 욱리자가 마른 연잎으로 만든 듯한 허름한 옷을 걸친 채 눈길을 걷는 자를 보게 되었다. 측은한 마음에 눈물을 글썽이며 흐느끼니 소매가 흥건히 젖었다. 종자從者가 물었다.

"부자夫子는 무엇을 그리 슬퍼하는 것입니까?"

욱리자가 대답했다.

"저처럼 사람이 다 죽어가고 있는데도 구하지 못하는 것을 슬퍼하는 것이다."

종자가 말했다.

"뜻은 위대하나 부자의 책임도 아닌데 왜 슬퍼하는 것입니까? 이는 부자가 지나친 것입니다."

욱리자가 말했다.

"자네는 이윤伊尹에 대해 들어보지 못했는가? 이윤은 옛날 성인으로 천하에 단 한 사람이라도 은택을 입지 못하는 사람이 있으면 마치 시장 한복판에서 회초리를 맞는 것처럼 부끄러워했다. 그도 사람이고 나도 사람이다. 그는 할 수 있고 나는 할 수 없으니 이 어찌 슬프지 않은가?"

종자가 반박했다.

"그와 같다면 부자가 실로 잘못하는 것입니다. 이윤은 탕왕湯王을 만나 재상이 되었습니다. 탕왕은 사방 70리의 나라로 천하를 다스렸습니다. 백성도 있고, 군사도 있는 까닭에 이를 배경으로 천하를 정벌할 대권을 지니고 있었습니다. 그는 천하의 군주로서 이윤을 군사君師로 삼았습니다. 이윤은 천하를 정벌할 뜻을 지니고도 이를 행하지 못한 것을 부끄러워했습니다. 지금 부자는 나그네 신세이니 이윤의 일은 부자가 떠맡은 일이 아닙니다. 그런데도 무엇을 슬퍼하는 것입니까? 제가 듣건대, 백성은 하늘이 낳은 적자赤子이고 생사와 희비는 하늘이 관장한다고 합니다. 마치 사람이 소나 양을 아낄 경우 반드시 좋은 목자를 구해주는 것과 같습니다. 지금 천하를 다스리는 자 가운데 훌륭한 목민관牧民官이 없고, 부자는 비록 목민의 이치에 대해 소상히 알고 있다고는 하나 하늘이 그런 일을 시키지도 않고 있습니다. 부자가 비록 슬퍼한들 무슨 소용이 있겠습니까?"

그러고는 물러나 노래를 불렀다.

"저 언덕의 오동나무와 이 연못의 연꽃이여, 잎이 뿌리를 가리지 못하니 탄식한들 어찌할 것인가?"

욱리자가 돌아와서는 입을 다문 채 세상일을 말하지 않았다.

郁離子見披枯荷而履雪者, 惻然而悲, 涓然而泣之沾其袖, 從者曰, "夫子奚爲悲也?" 郁離子曰, "吾悲若人之阽死而莫能㽞也." 從者曰, "夫子之志則大矣, 然非夫子之任也, 夫子何悲焉? 夫子過矣." 郁離子曰, "若不聞伊尹乎? 伊尹者, 古之聖人也, 思天下有一夫不被其澤, 則其心愧恥若撻扵市. 彼人也, 我亦人也, 彼

112

能而我下能, 寧無悲乎?" 從者曰, "若是則夫子誠過矣! 伊尹得湯而相之, 湯以七十裏之國爲政於天下, 有人民焉 · 有兵甲焉而用之, 執征伐之權, 以爲天下君, 而伊尹爲之師, 故得志而弗爲, 伊尹恥之. 今夫子羈旅也, 伊尹之事非夫子之任也, 夫子何爲而悲哉? 且吾聞之, 民, 天之赤子也, 死生休戚, 天實司之. 譬人之有牛羊, 心誠愛之, 則必爲之求善牧矣. 今天下之牧無能善者, 夫子雖知牧, 天弗使牧也, 夫子雖悲之, 若之何哉?" 遇而歌曰, "彼岡有桐兮, 此澤有荷, 葉不庇其根兮! 嗟嗟奈何?" 郁離子歸, 絶口不譚世事.

— 제126장〈고하이설枯荷履雪〉

포부는 큰데 이를 제대로 펴지 못한 데 따른 울분을 토로한 우화다. "지금 훌륭한 목민관이 없고, 목민의 이치에 대해 소상히 알고 있다고는 하나 하늘이 그런 일을 시키지도 않고 있으니 슬퍼한들 무슨 소용이 있겠느냐?"라는 종자의 말은 유기의 자문자답에 해당한다. 욱리자가 입을 다문 채 세상일을 말하지 않았다는 것은 곧 알아주는 인물이 나타날 때까지 거듭 자숙하며 학문 연마에 정진하겠다는 속마음을 드러낸 것이다. 제갈량이 젊었을 때 융중隆中에 몸을 숨긴 채 자신을 알아주는 주군을 기다린 것과 닮았다.

정사《삼국지》와《자치통감》의 제갈량은 매사에 신중을 기하며 소리 나지 않게 주군을 보좌하는 인물로 나오고 있다. 대표적인 예로 천하삼분지계를 들 수 있다. 앞서 언급했듯이, 원래 제갈량의 천하삼분지계는 초한전 당시 한신의 책사 괴철이 처음으로 제시한 건의를 흉내냈던 것이다. 나아가 삼국시대 당시 천하삼분지계의 계책을 제갈량 한 사람만 제시했던 것도 아니었다. 노숙과 방통龐統 모두 유사한 논리를 제시했던 바가 있다. 그러나 천하삼분지계를 건의해 이를 관철시킨 사람은 제갈량밖에 없었다. 자신을 알아주는 주군을 만난 덕분이다. 그는 처음으로 북벌에 나서면서 후주後主 유선劉禪에게 올린 〈출사표〉에서 자신을 알아준 유비를 만나게 된 배경을 이같이 밝힌 바가 있다.

신은 본래 포의로서 한낱 남양南陽 땅에서 논밭이나 갈며 난세에 겨우 목숨이나 부지하려 했기에 제후로 양명하기를 원치 않았습니다. 선제는 신을 비루하다 하지 않고 외람하게도 스스로 몸을 낮춘 후 삼고초려三顧草廬해 당시의 세상일을 신에게 물었습니다. 이에 감격한 나머지 드디어 선제를 위해 몸을 바치기로 마음먹은 것입니다.

삼고초려는 유비가 제갈량을 책사로 삼기 위해 제갈량이 사는 누추한 초가를 세 번 찾아갔다는 뜻이다. 지위가 높은 사람이 신분과 지위를 잊고 세상 사람들이 대단치 않게 보는 자를 자기 사람으로 끌어들이기 위해 노력하는 것을 뜻한다. 초려삼고草廬三顧 또는 삼고지례三顧之禮로 표현하기도 한다. 삼고지례는 은나라 탕왕이 이윤을 맞이했다는 고사에서 나온 말이다.

당초 제갈량은 생전에 큰 뜻을 품고 유비의 한실부흥 계획에 뛰어들어 소기의 성과를 거두었다. 유비를 한고조 유방으로 만들고자 한 그는 스스로 장량과 소하蕭何, 한신으로 상징되는 이른바 한초삼걸漢初三傑이 되고자 노력했다. 그러나 군사적인 재능 면에서는 항우를 물리친 한신을 따를 길이 없었고, 지략 면에서도 상막 안에 앉아 천리 밖을 내다보는 천하의 꾀주머니 장량과 비교되지 못했다. 그뿐 아니라 행정적인 면에서도 소하를 넘지 못했다. 소하는 늘 군량미가 끊기지 않도록 적시에 보급했고 유방이 패할 때마다 병력을 제때 보충시켜 힘을 보태었으나 제갈량은 이조차 따라가지 못했다.

그럼에도 그가 후세인들의 호평을 받게 된 데에는 이유가 있다. 바로 그의 고상한 인격 때문이었다. 임종을 앞둔 유비가 아들 유선을 불러 제갈량에게 절을 시킨 뒤 그의 말을 잘 따를 것을 특별히 주문하는 등 후사를 신신당부한 것은 제갈량의 우직한 충성을 믿었기 때문일 것이다.

제갈량 역시 자신을 알아주는 주군의 성은에 감격했다. 그가 죽을 때까지 온몸을 내던져 충성을 다했던 이유다. 위나라의 사마의司馬懿가 찬탈의 길로 접어들었던 것과 대비되는 대목이다. 당시 사람들이 그에게 존경을 표하고, 촉한蜀漢의 백성이 민력을 극도로 피폐하게 만든 승산 없는 북벌에 큰 반대 없이 묵묵히 순종했던 배경이 여기에 있다. 여기에는 제갈량 자신의 청렴한 생활자세가 크게 작용했다. 그가 죽을 때 올린 표문을 보면 얼마나 청렴하게 살았는지 쉽게 짐작할 수 있다.

성도에 있는 신의 집에는 뽕나무 800그루와 척박한 밭 15경頃이 있어 아이들의 의식에 쓰고도 제법 여유가 있습니다. 신은 따로 수입원을 두어 재산을 늘리는 일을 결코 하지 않았습니다. 신이 죽는 날에 신의 집 안팎에 비단과 재산이 남아돌아 폐하를 저버리는 일이 없게 해주시기 바랍니다.

제갈량 이후에도 뛰어난 재상이 많이 등장했으나 그에 버금하는 인물을 찾기는 쉽지 않다. 그의 뒤를 이어 재상이 된 강유董維가 늘 제갈량을 기리며 청렴한 삶을 위해 스스로를 채찍질한 것은 제갈량의 청렴한 삶이 얼마나 깊은 영향을 미쳤는지를 보여준다. 제갈량이 여러 면에서 능력이 모자랐음에도 유비 사후 승상이 되어 촉한을 지켜내고, 후세인에게 만고의 현상賢相이라는 칭송을 듣게 된 배경이 여기에 있다.

유기도 주원장이 천하를 통일하는 과정에서 최고의 책사로 활약했다. 입신하는 과정이 여러모로 제갈량과 닮았다. 제갈량이 천하삼분지계를 냈다면, 유기는 일통강산지계一統江山之計를 냈다는 평을 받는 것도 이와 무관할 수 없다. 비록 후대에 크게 미화된 측면이 있기는 하나 그가 당대 최고의 꾀주머니로 활약한 것만은 부인할 수 없는 사실이다.

남을 속이다가 자신이 속는다

■ 촉 땅의 세 상인이 모두 시장에서 약을 팔았다. 그 가운데 한 상인은 좋은 약만 취급했다. 원가를 따져 가격을 정하고 실비로 팔며 지나친 이윤을 삼갔다. 한 상인은 좋은 약과 나쁜 약을 모두 취급했다. 값은 고객이 내고자 하는 데 따르면서 품질을 값에 맞추었다. 한 상인은 좋은 약은 취급하지 않고, 많이 팔 것만 따져 값을 싸게 매겼다. 사는 사람이 더 얹어달라 하면 이에 응하면서 값을 따지지 않았다. 사람들이 다투어 세 번째 상인에게 가자 집 문턱을 한 달에 한 번씩 바꾸어야 했다. 그가 1년 남짓해 큰 부자가 된 이유다. 좋은 약과 나쁜 약을 두루 취급한 상인에게는 사람들이 조금 뜸하게 갔으나 2년이 지나자 그 역시 부자가 되었다. 좋은 약만 취급한 상인의 가게는 한낮에도 밤중처럼 조용했다. 아침밥을 먹을 때면 저녁밥을 걱정해야 했다. 욱리자가 이를 보고 탄식했다.

"오늘날의 선비 역시 이와 같다. 옛날 초나라 변방의 세 현에 관원 세 명이 있었다. 한 사람은 청렴해 상관에게 호감을 얻지 못했다. 떠날 때 타고

갈 배도 빌릴 수 없었다. 사람들 모두 그를 비웃으며 바보로 여겼다. 한 사람은 받을 만한 것을 택해 받았다. 사람들은 그가 받은 것을 탓하지 않고 오히려 유능하며 현명하다고 칭찬했다. 한 사람은 무엇이든 다 받아 상관에게 상납하면서 휘하 관원을 자식처럼 대하고, 부자를 귀빈처럼 대우했다. 3년이 못 가 천거를 받아 관원의 기강을 관장하는 이부의 고관 자리를 맡았다. 백성은 그의 행보를 칭찬했지만 이 역시 괴이한 일이 아니겠는가!"

蜀賈三人, 皆賣藥於市. 其一人專取良, 計入以爲出, 不虛價亦不過取贏. 一人良不良皆取焉, 其價之賤貴, 惟買者之欲, 而隨以其良不良應之. 一人不取良, 惟其多賣, 則賤其價, 請益則益之不較, 於是爭趨之, 其門之限月一易, 歲餘而大富. 其兼取者趨稍緩, 再期亦富. 其專取良者, 肆日中如宵, 旦食而昏不足. 郁離子見而歎曰, "今之爲士者亦若是夫! 昔楚鄙三縣之尹三, 其一廉而不獲於上官, 其支也無以儆舟, 人皆笑以爲癡. 其一擇可而取之, 人不尤其取而稱其能賢. 其一無所不取以交於上官, 子吏卒, 而實富民, 則不待三年, 擧而任諸綱紀之司, 雖百姓亦稱其善, 不亦怪哉!"

— 제12장 〈촉고蜀賈〉

해설 얕은 속임수나 뇌물이 횡행하는 세태를 비판하고 있다. 무엇이든 다 받아 상관에게 상납하면서 휘하 관원을 자식처럼 대한 자가 기강을 관장하는 이부의 고관이 된 것을 꼬집었다. 유기가 주목한 사람은 청렴한 나머지 임지를 떠날 때 타고 갈 배도 빌릴 수 없었던 관원이다. 그가 바로 청백리淸白吏다. 세인들은 그를 비웃으며 바보로 여겼지만 이런 사람이 있어야 나라의 기강이 바로 선다.

역사상 청백리로 유명한 대표적인 인물로 전국시대 노나라의 재상을 지낸 공의휴公儀休를 들 수 있다. 《한비자》〈외저설 우하右下〉에 따르면 전국시대 공의휴는 평소 생선을 좋아했다. 온 나라 사람들이 다투어 생선을 사다가 그에게 바쳤다. 공의휴가 이를 받지 않았다. 동생이 물었다.

  "생선을 좋아하면서 받지 않으니 이는 무슨 까닭입니까?"

  공의휴가 대답했다.

  "생선을 좋아하기에 받지 않는 것이다. 생선을 받으면 반드시 지나치게 공손한 태도로 사람을 대하는 모습을 드러내게 된다. 지나치게 공손한 모습을 드러내게 되면 장차 법령을 어기며 그들을 비호하게 되고, 법령을 어기면 재상의 자리를 잃게 된다. 자리를 잃으면 아무리 생선을 좋아할지라도 아무도 생선을 가져다주지 않을 것이고, 나 또한 스스로 생선을 사먹지도 못할 것이다. 지금 생선을 받지 않으면 재상 자리에서 파직될 일도 없다. 내가 비록 생선을 좋아하나 내 녹봉으로도 능히 장기적으로 생선 조달이 가능하다."

  성의로 건넨 생선조차 뇌물로 간주했던 것이다. 이 고사는 매우 유명해 《회남자》〈도응훈道應訓〉에 그대로 인용되어 있다. 《안자춘추晏子春秋》에는 이 일화가 제나라의 현신 현장弦章의 일로 나온다. 안영晏嬰이 죽은 지 17년 되는 어느 날 제경공齊景公이 여러 대부를 모아 주연을 베풀었다. 제경공이 활쏘기에서 멋지게 과녁을 맞히자 당상의 모든 신하가 훌륭하다며 소리를 질렀다. 칭송하는 목소리가 마치 한입에서 나온 듯 똑같았다. 제경공은 얼굴빛을 바꾸며 크게 탄식하고는 들고 있던 활을 내려놓았다. 현장이 이를 보고 다가오자 제경공이 말했다.

"과인이 안영을 잃은 지 이미 17년이 되도록 아직 나의 과실이나 옳지 못한 것을 책망하는 신하를 보지 못했소. 지금 내가 활을 쏘아 과녁을 맞혔다 해서 모두가 칭찬하는 말이 어찌 한입에서 나오는 것처럼 저리도 같은 것이오?"

현장이 대답했다.

"이는 여러 신하가 불초不肖하기 때문입니다. 지혜는 지혜로운 군주일지라도 잘못이 있을 수 있다는 것을 알기에 부족하고, 용기는 군주의 안색을 범하기에 부족합니다. 그러나 이들에게도 한 가지는 있습니다. 신이 듣건대, 군주가 좋아하는 것이 있으면 신하들은 이를 따르고, 군주가 즐기는 음식이 있으면 신하들 역시 따라서 먹습니다. 무릇 자벌레란 놈은 누런 잎을 먹으면 몸이 누렇게 되고, 파란 잎을 먹으면 파랗게 됩니다. 그렇다면 이는 군주가 아첨하는 자의 말을 좋아한 탓이 아니겠습니까?"

제경공이 찬탄했다.

"좋은 말이오. 오늘 한 말을 보니 그대가 군주 같고 내가 신하 같소!"

얼마 후 어부가 물고기를 진상했다. 제경공이 수레 50대 분량의 몫을 현장에게 내렸다. 현장이 집으로 돌아오는 길에 보니 물고기를 실은 수레가 길을 메우고 있었다. 현장이 마부의 손을 잡으면서 이같이 말했다.

"방금 군주가 잘했다고 합창하던 자들은 모두 이 고기를 얻고 싶어 했던 것이오. 지난날 안자晏子(안영)는 상을 사양하면서 군주의 잘못을 바로잡았소. 지금 신하들은 아첨을 해서라도 이익을 얻으려 하고 있소. 군주가 과녁을 맞히자 한목소리로 칭찬한 것이 그렇소. 지금 군주를 보필한다면서 님에게 드리나지도 못하고 물고기만 받는다면 이는 안영이 행한 의에 어긋나는 짓이고, 아첨하는 자들의 욕심을 똑같이 따르는 셈이 되오."

그러고는 물고기를 사양하고 받지 않았다. 이를 들은 군자가 이렇게 평했다.

"현장의 청렴함은 바로 안자가 끼친 유훈이다."

상황은 조금 다르지만 선물로 들어온 생선을 사양한 이야기는 동일하다. 현장은 안영의 뒤를 이어 제경공을 도운 인물이다.《사기》〈순리열전循吏列傳〉에도 이 일화가 나온다. 여기에는 공의휴가 백성과 이익을 다투지 않기 위해 베를 짜던 며느리를 내쫓고 채마밭을 갈아엎은 일화가 덧붙어 있다. 백성과 이익을 다투는 일을 했다는 것이 이유다.

공의휴의 청백리 행보와 유사한 사례로 수나라 때의 관원 조궤趙軌를 들 수 있다. 그는 지금의 하남성 낙양 출신이다. 그의 부친 조숙趙肅 역시 동위東魏 때 사법을 총괄하는 지금의 감사원장 격인 정위로 있으면서 청백리로 명성을 떨친 바가 있다.《수서隋書》〈조궤전趙軌傳〉에 따르면 조궤는 어려서부터 학문을 좋아했고 행동이 검소했다. 수나라가 들어서면서 지금의 산동성 제남濟南시인 제주齊州의 하급관원 별가別駕로 부임하게 되었다. 마침 조궤의 집으로 뻗어 들어온 이웃집 뽕나무 가지가 열매를 맺어 정원 안으로 떨어졌다. 이를 본 조궤가 하인을 시켜 뽕나무 열매를 돌려주도록 한 뒤 자식들에게 이같이 충고했다.

"나는 명성을 높이려고 뽕나무 열매를 돌려준 것이 아니다. 이는 노력해 얻은 것이 아니다. 당연히 가지면 안 된다고 생각했을 뿐이다. 너희도 늘 이를 명심하도록 하라."

4년 뒤, 지방관 가운데 그가 가장 성적이 뛰어났다. 수문제 양견이 크게 칭찬하고 비단 300필과 쌀 300석을 하사하며 조정관원으로 불러들였다. 그가 떠나려 하자 제주의 부로들이 눈물을 흘리며 환송했다.

"공이 이곳에 재임하면서 물 한 모금이나 불씨 하나 백성으로부터 받지 않았으니 실로 술 한 잔 올릴 길이 없었습니다. 공의 청렴이 마치 물과 같습니다. 청컨대 이제 물 한 잔으로 전송錢送하고자 합니다!"

조궤가 이를 기꺼이 마시고 상경했다. 이후 황제의 조명과 율령격식을 작성하는 일을 맡았다. 당시 위왕衛王 양상楊爽이 원주총관으로 있었다. 양상이 너무 나이가 어린 까닭에 수문제가 조궤를 원주총관 사마로 임명한 뒤 양상을 돕게 했다. 조궤가 원주로 가는 도중에 날이 저물었다. 좌우의 말이 문득 밭으로 뛰어들어 곡식을 망쳤다. 조궤가 그곳에 머물며 날이 새기를 기다렸다. 날이 밝자 밭주인을 찾아가 변상한 뒤 길을 떠났다. 이 소식을 들은 인근의 관원들이 크게 놀라 백성을 함부로 대하지 못했다. 이후 지방 자사 등을 지내며 많은 선정을 베풀어 부친에 이어 청백리로 명성을 떨치게 되었다.

어설픈 재능은 재앙이다

■ 석양石羊 선생이 욱리자에게 말했다.

"아, 세상에는 덮으려 들면 더욱 드러나고, 누르려 들면 더욱 일어나는 일이 있소. 현명함을 숨기려 해도 명성이 퍼지는 경우가 있으니 이것이 이상한 일이 아니오?"

욱리자가 근심에 차 탄식했다.

"선생은 남산의 현표玄豹를 보지 못했소? 처음에는 거무스레할 뿐이어서 사람들이 알아볼 수 없었소. 안개비가 이레 동안 내리면 먹이를 찾아 산 아래로 내려오지도 않은 채 털빛을 반들거리게 해 무늬를 만드오. 반들거리는 무늬가 만들어진 뒤 다시 몸을 숨기고자 하면 이 어찌 어리석은 일이 아니겠소? 위나라의 보물인 현려縣黎라는 옥은 바위 속에 숨어 깊은 골짜기 바다에 잠겨 있어 그 수명을 천지와 같이 하오. 쓸데없이 그 빛을 발해 사람들을 놀라게 하면 사람들은 정으로 쪼아 이를 뽑아내고 마오. 계수나무가 둥글게 가지를 드린 점이 북나무나 상수리나무와 무슨 차이가 있겠소? 그런데도 아무리 험하고 먼 곳일지라도 마다하지 않고 도끼가 들이닥치는 것은 무슨 까닭이오? 바로 그 향내 때문이오.

그래서 말하기를, '남이 보지 못하게 하려면 밝게 빛나는 것을 흐릿하게 만드는 것보다 나은 것이 없고, 남이 모르게 하려면 그 명성이 밖으로 드러나지 않게 하는 것보다 나은 것이 없다'고 하는 것이오. 앵무새는 말을 할 줄 아는 까닭에 잡혀 얽매이고, 매미는 잘 우는 까닭에 사람에게 포획되오. 반면 가죽나무는 악취 탓에 잘리는 일을 면하고, 큰 오이는 쓴 맛 탓에 푹 삶는 일을 면하오. 어째서 그대의 광채를 스스로 가려 어두운 모습으로 돌아가지 않는 것이오?"

석양 선생이 한참 동안 슬픈 표정을 짓더니 이같이 말했다.

"애석하오. 내가 너무 늦게 들었소!"

石羊先生謂郁離子曰, "嗚呼, 世有欲蓋而彰, 欲抑而揚, 欲揜其明而播其聲者, 不亦異乎?" 郁離子喟然歎曰, "子不見夫南山之玄豹乎? 其始也繪繪耳, 人莫之知也. 霧雨七日不下食, 以澤其毛而成其文. 文成矣, 而復欲隱, 何其蚩也? 是故縣黎之玉, 處頑石之中, 而潛於幽穀之底, 其壽可以與天地俱也, 無故而舒其光, 使人蛹而駭之, 於是乎椎鑿而肩鑴發矣. 桂樹之輪囷結繆, 與拷櫪奚異, 而斧斤尋之, 不憚阻遠者何也? 以其香之達也. 故曰, '欲人之不見, 莫若吻其明. 欲人之不知, 莫若瘖其聲. 是故鸚鵡縶於能言, 蜩螗獲於善鳴. 樗以惡而免割, 瓝以苦而不烹. 何不翳子之燁燁, 而返子之冥冥乎?" 石羊先生悵然久之, 曰, "惜乎, 予聞之晚也!"

— 제29장 〈현표玄豹〉

해설 　여기서는 난세의 처신에 관해 말하고 있다. 재주를 함부로 드러내지 않는 것이 요체다. 시기와 무함을 자초할 소지가 크기 때문이다. 유기가 주원장을 만나기 전까지 재주를 깊숙이 감추고 은거한 이유를 짐작하게 해준다. 현표에 관한 이야기가 그렇다. 이 일화의 원전은 《한비자》〈유로喩老〉다. 해당 구절이다.

　북쪽 적翟 땅 사람이 진문공晉文公에게 커다란 여우 털과 흑표범 가죽을 바친 일이 있다. 진문공이 손님으로부터 모피를 받아 들고 탄식하기를, '이 짐승은 털이 아름다워 스스로 재앙을 초래했구나!'라고 했다.

　원문은 풍호문표豊狐玄豹다. 여기의 현표가 《장자》〈산목山木〉에는 무늬가 있는 표범을 뜻하는 문표文豹로 나온다. 해당 대목이다.

　무릇 풍성한 털을 지닌 여우와 아름다운 무늬를 지닌 표범이 산림 깊숙한 곳에 살며 바위 굴 속에 엎드려 있는 것은 고요함을 지키려는 것이다. 밤에 나다니고 낮에 편히 쉬는 것은 경계하려는 것이다. 기아와 갈증으로 인해 곤궁할지라도 오히려 강호로부터 멀리 떨어진 곳에서 먹이를 구하는 것은 안전을 지키려는 것이다. 그런데도 그물이나 덫에 걸려 죽는 걱정을 면치 못한다.

　전한 말기 유향이 쓴 《열녀전列女傳》에도 남산의 안갯속에 숨어 사는 현표와 관련한 유명한 일화가 나온다. 이에 따르면 지금의 산동성 정도인 도 땅을 다스리는 대부 답자答子가 있었다. 예로부터 도 땅은 천하의 산물이 모여드는 경제중심지였다. 앞서 언급했던 범리는 구천 곁을 떠난 뒤 이곳에서 국제교역으로 거만의 재산을 모아 거부가 되었던 바가 있다.

대부 답자는 도 땅을 3년 동안 다스리면서 명성은 조금도 떨치지 못한 채 집안의 재산만 세 배로 불렸다. 당시 그의 아내가 여러 차례 간했으나 답자는 들은 체도 하지 않은 채 부를 쌓는 데만 열중했다. 5년 뒤 100승乘의 봉록에 해당하는 높은 자리에 올라 잠시 고향으로 돌아오게 되었다. 집안사람들 모두 크게 기뻐하며 소를 잡아 성대한 연회를 베풀고 그의 금의환향을 축하했다. 이때 답자의 아내만 아이를 안고서 울었다. 시어머니가 크게 화를 냈다.

"이 무슨 상서롭지 못한 짓인가!"

답자의 아내가 대답했다.

"남편은 능력이 뛰어나지도 못한데 높은 자리에 앉게 되었습니다. 이는 해악을 몸에 두르는 것입니다. 공을 세우지도 못했는데 집안이 창성하게 되었습니다. 이는 재앙을 쌓는 것입니다. 옛날 초나라 영윤 투자문鬪子文은 나라를 다스릴 때 그의 집안은 가난해도 나라는 부유했고, 군주가 그를 존경하고 백성이 떠받들었습니다. 그 복이 자손 대까지 이어지고 그 명성이 후대에 널리 전해진 이유입니다. 그러나 지금 남편은 그렇지 못합니다. 부를 탐하고 있는데 맡은 직책은 한없이 커졌습니다. 그런데도 뒤따를 해악을 생각지 못하고 있습니다. 첩이 듣건대, 남산의 현표는 안개비가 이레 동안 내리면 먹이를 찾아 산을 내려오지 않는다고 합니다. 그 털을 윤나게 해서 무늬를 이룬 뒤 몸을 숨겨 해를 멀리하려는 것입니다. 저 개나 돼지를 보십시오. 주는 내로 받아먹으며 세 몸을 살찌우는 탓에 앉아서 잡아먹히기를 기다릴 뿐입니다. 지금 남편은 도 땅을 다스리면서 집안은 부유한데 나라는 가난하고, 군주를 존경하지도 않고 백성 또한 떠받들지 않고 있습니다. 패망의 조짐이 드러난 것입니다. 원컨대 저는 어린 자식과 함께 이곳을 떠나고자 합니다."

시어머니가 크게 화를 내며 그녀를 내쫓았다. 1년이 못 되어 과연 답자를 비롯한 일족 모두 공금횡령 혐의에 연루되어 주살을 당했다. 오직 노모만이 나이가 많다는 이유로 화를 면했다. 답자의 부인이 집으로 돌아와 어린 자식을 키우고 노모를 봉양하며 천수를 누렸다. 군자가 이같이 칭송했다.

"답자의 처는 능히 의로써 이익을 바꾸었다. 비록 집을 떠나는 식으로 예의를 어기기는 했으나 끝내 몸을 보전하고 예를 완성시켰다. 가히 멀리 내다보는 식견을 지녔다고 이를 만하다."

《주역》은 〈혁괘革卦〉의 효사에서 군자가 상황의 변화에 따라 임기응변하는 것을 대인호변大人虎變 내지 군자표변君子豹變으로 표현해놓았다. 대인은 군주를 의미한다. 호랑이는 여름에서 가을에 걸쳐 털갈이를 하는데, 털갈이가 끝난 호랑이의 털은 색채가 선명하고 아름답다. 호변은 가을이 되어 호랑이의 털이 아름다워지듯 세상의 모든 것이 새로워지는 것을 뜻한다. 표범도 가을이 되면 털갈이를 한다. 조정대신들이 혁명의 마무리 사업에 노력해 세상을 새롭게 바꾸는 것을 상징한다. 가을에 새로 난 표범의 털처럼 세상이 아름다워지는 것을 의미한다. 이때 소인들 역시 이를 좇아 표정을 바꾼다. 이른바 소인혁면小人革面이다. 명군과 현신이 나타나 나라를 다스리면 소인들은 비록 겉모습에 지나지 않기는 하나 얼굴 표정을 바꾸며 함부로 불의한 것을 저지르지 못한다는 뜻이다.

왕조교체기와 같은 혁명의 시기에 가장 먼저 일어나는 것이 호변이고, 그다음이 표변이고, 마지막이 혁면이다. 호변은 군주, 표변은 보필하는 신하, 혁면은 일반 백성을 상징한다. 혁명을 추구하면서 일반 백성에게 혁면 이상의 것을 구하거나 혁면을 탓해서는 안 된다. 호리지성에 기초한 염량세태의 기본 틀에서 벗어날 수 없기 때문이다. 난세에 대업을 이루고자 하는 사람들이 반드시 명심해야 할 대목이다.

많은 재주는 시기를 부른다

━ 가래나무가 가시나무에게 말했다.

"너는 어찌 된 것인가? 긴 줄기만 있고 가지도 없이 휑하니 아무것도 가리지 못하면서 관목 덤불 깊숙이 엉켜서는 썩은 나무껍질에 가려 해조차 보지 못하고 있으니 괴롭지 않은가? 나는 줄기는 거대한 절벽에 우뚝 서고, 가지 끝은 환한 태양을 향해 뻗고, 뿌리는 깊은 땅속에 박고 있다. 해와 달은 지나가며 빛을 남기고, 비바람은 영양분을 모아다 준다. 봉황을 닮은 원추鵷鶵와 취란翠鸞이 아침저녁으로 화답하며 지저귀고, 따스한 기운과 맑은 바람이 가득하다. 산과 못이 더워지면 상서로운 구름이 일고, 오색의 온갖 모습을 모두 갖춘 채 여러 아름다운 소리를 내고, 현란한 무늬를 이루며 해를 안고 빛을 낸다. 아름답기가 마치 촉강蜀江에 씻은 비단과 같고, 찬란하기가 마치 봄꽃이 고운 방안에 비치는 듯하다. 전설적인 목수 장석匠石이 이를 보면 크게 아끼며 대저택의 기둥과 들보로 삼을 것을 기약한다."

가래나무가 말을 마치자 가시나무가 바람결에 휘파람을 불고 가지를 흔들며 이같이 읊었다.

"아름답구나! 내가 듣건대, 예쁜 얼굴은 모욕을 부르고, 화려한 옷차림은 도둑을 부르고, 많은 재주는 시기를 부른다고 했다. 지금 그대의 아름다움은 누구보다 빼어나고, 명성은 당대에 빛난다. 그러나 좋은 운수는 멀었고, 집을 짓는 이도 없다. 나는 그대가 대저택의 기둥과 들보가 되기는커녕 줄기가 갈라진 나머지 관이 되어 시체의 썩은 살과 함께 어두운 땅속에 묻힐까 걱정이 든다. 그때 태양을 보고자 한들 그것이 가능하겠는가? 나는 길이가 여덟 자도 안 되고, 굵기는 손가락만큼도 안 되고, 엉킨데다 구불구불하고, 결도 없다. 천하에 누구도 재목으로 쓰지 않는 이유다. 게다가 가시가나서 사람들이 감히 땔나무로 거두어들이지도 못하고, 새들도 감히 모여들지 못한다. 비록 너처럼 아름답지는 못해도 너 같은 걱정을 할 필요가 없다. 그러니 내게는 득이 더 많다. 내가 또 무엇을 바라겠는가?"

梓謂棘曰, "爾何爲乎修修而不揚, 欐欐而無所容, 幽樛於灌莽之中, 翳朽籜而不見太陽, 不已痱乎? 吾幹竦穹崖, 梢拂九陽, 根入九陰, 日月過而留其暉, 風雨會而流其滋, 鵁雛翠鸞, 朝夕和鳴. 暖靄晴嵐, 山蒸澤烘, 結爲祥雲, 五色備象, 八音成聲, 絢爲文章. 抱日浮光, 蔚兮若濯錦出蜀江, 粲兮若春葩曜都房. 是以匠石見而愛之, 期以爲明堂之棟梁." 言旣, 棘倚風而嘯, 振條而吟, 曰, "美矣哉! 吾聞之, 冶容色者侮之招, 麗服飾者盜之招, 多才能者忌之招. 今子之美, 冠群超倫, 名彰於時, 泰運未開, 構廈無入, 吾憂子之得爲明堂之棟梁, 而翦爲黃腸, 與腐肉同歸於冥冥之鄕, 雖欲見太陽, 其可得乎? 吾長不盈尋, 大不逾指, 扶疏屈律, 不文不理, 天不畀之以材, 而賜之以刺, 使人不敢樵, 禽不敢萃, 故雖無子之美, 而亦無子之憂, 則吾之所得多矣. 吾又安所求哉?"

— 제36장 〈재극梓棘〉

난세에는 명대로 살기 힘들다. 욕심을 내지 않고 주어진 삶에 만족하는 안분지족安分知足의 행보가 필요한 이유다. 그러나 이것이 말처럼 쉽지 않다. 세속의 명리名利에 대한 욕심 때문이다. 이 우화에서 가래나무가 큰 공업을 이루고자 하는 포부를 밝힌 것이 그렇다. 아무런 재주도 없이 안분지족하는 가시나무와 대비된다. 가래나무는 입신양명을 추구하는 유가의 참정參政, 가시나무는 유유자적을 강조하는 도가의 은일隱逸을 상징한다.

원래 안분지족과 입신양명은 대립하는 개념이 아니다. 여의치 못할 때는 안분지족, 때가 왔을 때는 입신양명에 발 벗고 나서는 것이 옳다. 다만 난세인 만큼 아무리 때가 와 벼슬길에 나섰을지라도 재주를 감추며 처신에 신중을 기할 필요가 있다.

생전에 안분지족의 행보를 보인 대표적인 인물로 죽림칠현竹林七賢의 일원인 유령劉伶을 들 수 있다. 지금의 강소성 패현沛縣인 패국沛國 출신의 그는 건위참군을 역임해 흔히 유참군劉參軍으로 불리었다.《세설신어世說新語》〈임탄任誕〉에 따르면, 완적阮籍·혜강嵇康 등과 어울리며 죽림칠현의 일원이 된 그는 키가 약 140센티미터로 극히 작았다. 죽림칠현 가운데 술을 가장 즐겼고, 이른바 유령호주劉伶好酒와 관련한 많은 일화를 남겼다. 그의 부인은 그가 너무 술을 많이 마시는 것이 늘 불만이었다. 한번은 부인에게 술을 받아오라고 시키자 부인이 남은 술을 버리고 술병을 깨뜨린 뒤 울면서 간했다.

"당신의 음주는 너무 심하니 섭생攝生의 도가 아닙니다. 반드시 술을 끊으셔야 합니다."

그는 아내를 달랬다.

"내가 스스로 끊을 수 없으니 귀신에게 빌고 맹세해야 할 것이오. 속히 술과 고기를 준비하시오."

부인이 술과 고기를 준비하자 유령이 꿇어앉아 이같이 빌었다.

"하늘이 유령을 낳고 술로써 명성을 얻게 했습니다. 한번 마시면 열 말을 마시고, 다섯 되의 술로써 해장을 했습니다. 아녀자의 말은 들을 것이 아닙니다!"

그러고는 있는 술과 고기를 모두 먹고 대취해버렸다. 이 일화는 《세설신어》뿐 아니라 명나라 하수방夏樹芳이 쓴 《주전酒顚》에도 나온다. 그가 진정한 주귀酒鬼였음을 후대인이 모두 인정한 셈이다. 술을 많이 마시면 실수를 하게 마련이다. 한번은 유령이 술에 취해 시내에 사는 사람과 실랑이가 벌어졌다. 상대방은 화가 나서 소매를 걷어붙이고, 팔을 휘둘러 그를 때리려 했다. 유령이 침착하게 말했다.

"나는 닭의 계륵처럼 비쩍 마른 몸이지만 어디든 그대의 주먹을 편안하게 받아들일 수 있소."

상대방이 이 말을 듣고 웃으며 쥐고 있던 주먹을 풀었다고 한다. 실수를 저질렀을 때 이를 어떻게 극복하는지에 따라 사람의 크기를 짐작할 수 있다. 그는 하늘을 침대 휘장, 땅을 자리로 삼는 막천석지幕天席地 성어의 주인공이다. 천지를 자신의 거처로 삼을 정도로 지기志氣가 웅장하고 막힘이 없다는 뜻이다. 실제로 그는 술만 마시면 옷을 모두 벗어던지고 집안을 돌아다니는 등의 행동을 보였다. 〈임탄〉에 따르면 한번은 옷을 벗고 방안에 누워 있을 때 친구가 문득 찾아왔다. 그가 일어나지 않자 친구가 나무랐다. 그는 이같이 대꾸했다.

"나는 하늘을 이불, 땅을 자리, 집을 옷으로 삼고 있다. 너는 어찌해서 남의 옷 속에 들어와 시비를 거는 것인가?"

여기서 남의 잠방이 속에 무단으로 들어와 시비를 건다는 뜻의 출입아곤중出入我褲中 성어가 나왔다.

그의 주량은 완적보다 더 셌다. 외출할 때 그는 항상 술병을 들고 수레에 오르며, 하인들에게는 삽을 들고 뒤따라오게 하고선 "내가 죽거든 곧 나를 묻어달라"고 당부했다. 그의 일상이 늘 술과 함께했음을 알 수 있다. 유령은 진무제晉武帝 사마염司馬炎에게 파면당했을 때 곧장 고향으로 가지 않고 처와 함께 하남성의 황하 강변에 있는 상고사桑古寺에 술집을 열었다. 상고사는 역참의 길가에 있었다. 유령의 명성 덕분에 장사가 잘되었다고 한다. 훗날 유령의 자손이 번성하자 상고사는 유령촌劉伶村으로 불리었다.

유유자적하게 살고자 하면 평소 욕심을 덜고 일상에 만족하는 훈련을 할 필요가 있다. 욕심을 억제하지 못하면 아무리 많은 부를 쌓을지라도 비참하게 살게 된다. 명아주 국을 고깃국처럼 여기며 주어진 삶에 만족할 줄 알면 천하의 거부 못지않게 여유로운 삶을 누릴 수 있다.

출세도 마찬가지다. 만족할 줄 모르면 아무리 높은 자리에 오를지라도 더 높은 자리를 향해 온갖 술수를 마다하지 않게 된다. 이는 패망의 길이다. 권귀의 자리에 있으면서 스스로 거지 노릇을 하고, 서민으로 있으면서 왕공 부럽지 않게 사는 것은 바로 만족할 줄 아는지 여부에 달려 있다. 편안한 마음으로 제 분수를 지키는 안분지족이 관건이다.

자만은 지혜의 눈을 가린다

━ 지네와 살무사가 텃밭 부근의 빈터에서 만났다. 살무사가 머리를 들고 달아나자 지네가 급히 뒤를 쫓아가 빙글빙글 주위를 맴돌았다. 살무사가 갈 곳을 몰라 입을 벌린 채 지네가 덤비기를 기다렸다. 지네는 머리를 움츠렸다가 몸을 활처럼 휘어 독침을 쏜 뒤 살무사 목구멍으로 들어가 심장을 먹어치우고, 창자를 물어뜯고는 꽁무니로 빠져나왔다. 살무사는 영문도 모른 채 죽고 말았다. 훗날 지네가 화덕 옆을 지나다가 민달팽이를 보고는 이내 잡아먹고자 했다. 노래기가 충고했다.

"저 놈은 작지만 독이 있다. 건드려서는 안 된다."

지네가 화를 내며 말했다.

"심하구나, 그대가 날 속이는 것이! 무릇 천하에 강한 독으로 치면 살무사만한 것이 없다. 살무사가 나무를 물면 나무가 죽고, 사람이나 짐승을 물면 이 또한 죽음을 면치 못한다. 뜨겁기는 또 불과 같다. 그런데도 나는 그 놈의 목구멍으로 들어가 그 심장을 먹고, 창자를 절여 젓갈을 만들고, 그 피에 취하고, 기름을 배불리 먹었음에도 사흘 뒤에 깨어나면 몸이 개운하다. 그러니 한 치밖에 안 되는 몸으로 꿈틀대는 굼벵이가 무슨 문제가 되겠는가?"

그러고는 다리를 들어 민달팽이를 희롱했다. 민달팽이가 몸을 쭉 늘린 뒤 더듬이를 굽혔다 폈다 하면서 거품을 품은 채 지네가 다가오기를 기다렸다. 지네가 달팽이의 거품에 들러붙었다가 넘어지고 말았다. 급히 달아나려 했으나 이미 다리와 수염 등이 모두 뜯겨 나가 시체처럼 뻣뻣해진 뒤였다. 결국 누운 채 개미밥이 되고 말았다.

卽且與蜃遇於疃, 蜃褰首而逝, 卽且追之, 蹁旋焉繞之, 蜃迷其所如, 則呀以待. 卽且攝其首, 身弧屈而矢發, 入其肮, 食其心, 齧其膂, 出其尻, 蜃死不知也, 他日行於堪, 見蛞蝓欲取之. 蚿謂之曰, "是小而毒, 不可觸也." 卽且怒曰, "甚矣, 爾之欺予也! 夫天下之至毒莫如蛇, 而蛇之毒者又莫如蜃, 蜃噬木則木翳, 嚙人獸則人獸斃, 其烈猶火也. 而吾入其肮, 食其心, 葅鮓其腹腸, 醉其血, 而飽其膋, 三日而醒, 融融然. 夫何有於一寸之蜿蠕乎?" 跂其足而淩之, 蛞蝓舒舒焉, 曲直其角, 煦其沫以俟之. 卽且黏而顚, 欲走, 則足與須盡解解朒朒, 而臥爲蟻所食.

— **제54장 〈즉저卽且〉**

해설 천적의 존재를 언급하며 자만을 경계하고 있다. 천적의 관계는 묘해서 여타 동물에게는 아무리 무서운 존재일지라도 천적에게는 꼼짝하지 못하는 경우가 많다. 여기의 일화에 나오는 지네와 살무사의 경우가 그렇다. 인간관계도 유사한 경우가 많다. 누구에게나 천적이 존재하는 만큼 자만은 금물이다.

초한전 당시 최고의 무략을 자랑하던 한신이 유방에게 꼼짝없이 당한 것이 대표적이다. 한신에게 유방은 천적이나 다름없었다. 유방은 초한전 내내 항우의 눈부신 활약으로 인해 약세를 면치 못했다. 한신이 제나라를 공략하는 한왕漢王 3년(기원전 204)에 비로소 어느 정도 세력을 만회할 수 있었다. 이내 임시수도로 정한 관중의 약양櫟陽으로 들어갔다. 관중의 백성을 고무시키기 위한 조치였다. 유방은 약양에서 성대한 연회를 베풀어 부로들을 위로하고, 성고전투에서 패한 후 비수 강가에서 자진한 초나라 장수 사마흔司馬欣의 머리를 저잣거리에 내걸었다. 항우의 숨통을 끊기 위한 대대적인 군사동원을 알리는 의식이었다. 《사기》〈고조본기高祖本紀〉는 당시 상황을 이같이 기록해놓았다.

유방이 약양에서 나흘 동안 머물렀다. 다시 성고의 본영으로 돌아갔다가 이내 광무산 영채에 주둔했다. 이 사이 관중에서 차출한 병사의 숫자가 더욱 불어났다.

이때 문득 한신이 유방에게 사람을 보내 이같이 청했다.
"제나라는 거짓과 요사스러운 술책을 일삼으며 번복을 잘하는 나라입니다. 게다가 남쪽으로 초나라와 접하고 있습니다. 청컨대 임시 왕이 되어 이곳을 진압하고자 합니다."
유방이 격노했다. 한신의 사자 앞에서 마구 한신에 대해 욕을 했다.
"나는 여기서 어렵게 지키며 밤낮으로 그가 와서 도와주기만을 기다렸다. 그런데 지금 자립해 왕이 되겠다는 것인가!"
장량과 진평陳平이 급히 유방의 발을 밟고는 이내 그의 귀에 대고 말했다.

"한나라는 지금 손해를 볼 처지에 있는데 어떻게 한신이 자립해 왕이 되겠다는 것을 금할 수 있겠습니까? 차라리 그를 왕으로 세워 잘 대우하며 스스로 제나라 땅을 지키게 하느니만 못합니다. 그렇지 않으면 변란이 일어나고 말 것입니다."

유방도 깨달은 바가 있어 다시 칭송조로 한신을 꾸짖었다.

"대장부가 제후왕을 평정하면 곧 자신이 진짜 왕이 되는 것이다. 어찌해 가짜 왕이 되겠다는 것인가!"

이는 항우를 제압한 뒤 가장 먼저 한신부터 손보겠다는 속셈을 정반대로 표현한 암수暗數였다. 이듬해인 봄 2월, 유방이 이내 장량을 시켜 인수印綬를 들고 가도록 했다. 한신을 정식으로 제나라 왕에 봉한 뒤 그의 군사를 이용해 초나라를 칠 심산이었다. 당시 항우도 나름대로 한신을 끌어들이기 위해 고심하고 있었다. 이내 유세객 무섭武涉을 보내 한신을 설득하고자 했다. 무섭이 한신을 찾아와 이같이 유세했다.

"천하가 모두 오랫동안 진나라의 폭정으로 고통을 겪다가 서로 힘을 합쳐 진나라를 쳤소. 지금 유방은 제후들의 군사를 거두어 동쪽으로 초나라를 치고 있소. 그의 의도는 천하를 모두 삼키는 데 있으니 이것이 이루어지지 않으면 결코 싸움을 그치지 않을 것이오. 그대는 비록 스스로 유방과 두텁게 교유한다고 생각한 나머지 그를 위해 모든 힘을 다해 군사를 동원하고 있으나 끝내 그에게 사로잡히고 말 것이오. 그대가 계속 승승장구해 오늘의 이 자리까지 이르게 된 것은 항우가 아직 살아 있기 때문이오. 두 사람이 다투고 있는 현재, 천하 대사의 저울은 그대에게 있소. 그대가 오른쪽으로 기울어지면 유방이 이기고, 왼쪽으로 기울어지면 항우가 이길 것이오. 그러나 만일 오늘 항우가 패망하면 그 다음은 그대가 될 것이오. 그대와 항우는 교분이 있었는데 어찌해서 한나라에 반기를 들고 초나라와 연합해 천하를 셋으로 나누고 왕이 되려고 하지 않는 것이오?"

항우가 패망하면 토사구팽의 1차 대상이 될 수밖에 없다고 지적한 것은 유방의 욕심과 속셈을 정확히 읽었기에 가능했다. 그럼에도 한신은 이같이 거절했다.

"유방은 나에게 상장군의 인수를 주고, 수만 명의 군사를 주고, 손수 옷을 벗어 나에게 입히고, 음식을 밀어 먹여주고, 말을 하면 들어주고 계책을 세우면 채택해주었소. 그래서 내가 이런 위치에 이를 수 있었던 것이오. 다른 사람이 나를 깊이 신뢰하며 가까이하는데 내가 이를 배반하는 것은 상서롭지 못한 일이오. 비록 죽더라도 내 태도는 바뀌지 않을 것이오."

무섭이 떠나자 괴철이 한신이 있는 곳으로 왔다. 그 또한 천하의 판세를 좌우하는 저울추가 한신에게 있다는 사실을 훤히 꿰고 있었다. 무섭의 유세가 실패한 것을 직감한 그는 유세 방법을 달리했다. 이내 관상법을 이용해 이같이 유세했다.

"제가 그대의 얼굴을 보니 봉후封侯에 불과합니다. 게다가 위태롭고 편안치 않습니다. 그대의 뒷모습이 귀하기는 하나 나머지는 말할 수 없습니다."

"그게 무슨 말이오?"

괴철이 대답했다.

"신이 생각건내 형세상 전하의 싱인이 아니고는 천하의 화린을 종식

시킬 길이 없습니다. 지금 한나라와 초나라의 운명이 그대에게 달려 있습니다. 그대가 한나라를 위하면 한나라가 승리하고, 초나라를 위하면 초나라가 승리할 것입니다. 실로 그대를 위한 계책으로 천하를 셋으로 나누어 서로 공존하는 정족지세鼎足之勢를 이루는 것보다 나은 것이 없습니다. 그러면 누구도 감히 먼저 움직일 수 없게 됩니다. 무릇 그대의 뛰어난 무략으로 제나라 땅을 토대로 조나라와 연나라를 복종시킨 뒤 초나라와 한나라의 병력이 없는 곳으로 출병해 그들의 후방을 제압하십시오."

그러나 한신은 곤혹스러운 표정으로 독백하듯 물었다.

"유방이 나를 심히 후하게 대해주었는데 내가 어찌 이익을 좇아 의를 등질 수 있겠소?"

며칠 후 괴철이 다시 말했다.

"사물의 대세를 장악하는 것은 곧 과감한 결단을 내리는 데 있습니다. 머뭇거리며 결정하지 못하는 것은 일을 그르치는 근원이 됩니다. 머리로는 명백히 알고 있는데도 결단해 감히 실행하지 않는 것은 모든 일의 화근입니다. 무릇 공업功業은 이루기는 어렵고 실패하기는 쉽게 마련이고, 시기는 얻기는 어렵고 잃기는 쉬운 법입니다. 일은 반드시 시기에 맞추어야 하니 지나간 시기는 두 번 다시 오지 않기 때문입니다."

《사기》〈회음후열전淮陰侯列傳〉은 한신이 머뭇거리며 차마 유방을 등지지 못했다고 기록해놓았다. 그는 스스로 자신이 세운 공이 매우 많아 유방이 끝내 제나라를 빼앗지는 않으리라 생각했던 것이다. 결국 그는 괴철의 계책을 따르지 않았다. 〈회음후열전〉은 당시 모든 것이 끝났다고 생각한 괴철이 이내 한신의 곁을 떠난 뒤 거짓으로 미친 척하며 무당이 되었다고 기록해놓았다. 계속 한신 곁에 남아 있다가는 목숨을 부지하기 어렵다고 판단했던 결과다.

끝 모르는 욕심이 불행의 시작이다

■ 월越 땅 사람이 산에 가서 버섯을 채취했다. 크기가 광주리만했고, 잎은 아홉 개 층으로 나뉘었고, 색은 금색이고, 빛이 사방을 훤히 비추었다. 그가 버섯을 갖고 돌아와 아내에게 말했다.

"이는 신령스러운 영지버섯이오. 먹으면 신선이 된다고 하오. 내가 듣건 대, 신선은 필시 그 몫이 있어서 하늘이 함부로 허락하지 않는다고 했소. 사 람들이 구하려 해도 구할 수 없는 것을 손에 넣었으니 틀림없이 나는 신선 이 될 것이오."

이내 목욕하고 사흘 동안 재계한 뒤 버섯을 삶아 먹었다. 그러나 영지를 입에 넣자마자 이내 죽고 말았다. 그 아들이 이를 보고 말했다.

"내가 듣건대, 신선이 되려면 육신의 허물을 벗어야 한다고 했다. 인간은 육신의 구속을 받기 때문에 신선이 되지 못하는 것이다. 지금 부친은 육신 을 벗어난 것이지, 돌아가신 것이 아니다."

그러고는 남은 버섯을 먹고 죽었다. 그 집안사람이 모두 영지를 먹고 죽었다. 욱리자가 말했다.

"오늘날 살고자 하면서 죽은 자들이 모두 이와 같다. 짐승을 잡을 때 그물을 펼친 뒤 그곳으로 몰아넣어 달아날 길이 없도록 해 잡는다. 짐승이 그물을 모르고, 피할 줄 몰라 잡히는 것이 아니다. 미끼를 이용해 덫으로 잡을 때는 이와 다르다. 잡히는 짐승 모두 덫이 있는 것을 몰라 피하지 않은 탓에 잡히는 것이다. 남쪽에 오색을 지닌 봉황 같은 새가 있었다. 이름은 소명昭明이다. 본성이 어지러움을 좋아하는 까닭에 한번 출현하면 천하 각지에 전쟁이 일어난다. 서쪽에 반점 무늬가 있는 호랑이 같은 짐승이 있다. 이름은 추우騶虞다. 본성이 어질어 한번 출현하면 천하 각지에 전쟁이 그친다. 모르는 사람들은 소명과 추우를 봉황이나 호랑이로 안다. 지금 천하 사람들 가운데 소명과 추우도 제대로 모르면서 '나는 지혜롭다'고 말하지 않는 자가 과연 어디 있는가? 이로써 보건대 천하가 조용해지려면 아직 멀었다!"

粤人有采山而得菌, 其大盈箱, 其葉九成, 其色如金, 其光如照, 以歸謂其妻子曰, "此所謂神芝者也, 食之者仙. 吾聞仙必有分, 天不妄與也, 人求弗能得而吾得之, 吾其仙矣!" 乃沐浴齋三日而烹食之, 入咽而死. 其子視之曰, "吾聞得仙者必蛻其骸, 人爲骸所累故不得仙. 今吾父蛻其骸矣, 非死矣." 乃食其餘, 又死. 於是同室之人皆食之而死. 郁離子曰, "今之求生而得死者, 皆是之類乎? 故張罔以逐禽, 使無所逃而獲, 非不知而不避者也. 設食而機之, 則其獲也, 皆非知之而不避者也. 南方有鳥, 五采而象鳳, 名曰昭明, 其性好亂, 故出則天下起兵. 西方有獸, 斑文而象虎, 名曰騶虞, 其性好仁, 故出則天下偃兵. 其不知者莫不以爲鳳與虎也. 今天下之人, 孰不曰予有知也? 由此觀之, 遠矣!"

— 제60장 〈구생득사 求生得死〉

해설 월 땅은 지금의 광동성廣東省 일대를 말한다. 월越과 통한다. 소명은 원래 별 이름이다. 《사기》〈천관서天官書〉에 따르면 소명성이 뜨는 나라에서는 여러 재변이 일어난다. 여기서는 새의 이름으로 사용되었다. 추우는 생물을 잡아먹지 않고, 살아 있는 풀을 밟지 않는 까닭에 한번 출현하면 천하가 태평해진다는 전설 속의 의로운 짐승이다.

이 우화에서는 욕심의 노예가 되어 패망하는 경우를 꼬집고 있다. 미끼에 눈이 어두운 나머지 덫에 다가갔다가 사로잡히는 짐승에 빗댄 것이 그렇다. 난세에는 알면서도 피하지 못해 부득불 그물망에 걸리는 사람이 매우 많다. 이 경우는 그렇다 치더라도 미끼에 눈이 어두워 덫에 걸리는 경우는 매우 안타까운 일이다. 독버섯을 영지로 착각해 삶아먹고 죽은 것이 그렇다. 스스로 지혜롭다고 과신한 후과다. 이를 자고자대 내지 자존망대自尊妄大라고 한다. 앞뒤 재지 않고 아무런 생각도 없이 함부로 잘난 체하는 것을 의미한다.

이와 관련한 유명한 일화가 있다. 《사기》〈서남이열전西南夷列傳〉에 나오는 야랑자대夜郞自大 일화가 그것이다. 전국시대 이후 중원 사람들은 남방 사람을 백월百越로 칭했다. 백월의 수장은 춘추시대 마지막 패자인 월왕 구천의 후손들이었다. 한나라가 등장할 당시 백월 가운데 가장 유력한 나라는 한나라의 제후국인 오나라와 접경한 민월閩越과 동구東甌였다. 한경제 3년(기원전 154), 오왕 유비劉濞는 오초칠국의 난을 일으키면서 민월과 동구에 도움을 청했다. 민월은 거부했으나 동구는 1만 명가량의 군대를 출동시켰다. 이들이 장강 남쪽까지 진격했을 때 오왕 유비가 패주해왔다. 한나라 조정은 은밀히 동구에 뇌물을 보내 매수공작을 폈다. 이를 까마득히 모르는 오왕 유비는 병사를 위로하러 밖으로 나갔다가 동구군의 창을 맞고 죽었다.

민월로 망명한 오왕 유비의 아들 유구劉駒는 이후 민월왕 영郢을 설득해 동구를 치게 했다. 민월왕이 출병해 동구를 포위하자 동구는 한무제漢武帝에게 원군을 청했다. 건원建元 3년(기원전 138)의 일이다. 당시 열아홉이던 한무제가 유학을 숭상하고자 했다가 도가사상을 추종하는 두태후의 미움을 사 한 해 전에 태위 자리에서 해임된 전분田蚡에게 하문했다. 전분은 원군을 보내지 않아도 된다는 입장을 내비쳤다. 진나라 때부터 버려둔 땅이었다는 것이 논거였다. 그러나 중대부 장조莊助가 이에 반대했다.

"소국이 궁지에 몰려 있는데 천자가 구해주지 않으면 어디에 호소하겠습니까? 그런 식으로는 천하를 거느릴 수 없습니다."

한무제가 이를 옳게 여겨 장조에게 황명을 표시하는 신표인 절節을 내리며 곧 회계군會稽郡으로 출병하게 했다. 장조는 회계군 출신이었다. 그가 배를 타고 동구로 진격했을 때 민월은 이미 철병한 뒤였다. 민월이 동구를 포위한 지 3년 뒤 광동의 남월南越로 출병했다. 남월 왕이 한무제에게 위급을 알리자 한나라 조정은 왕회王恢와 한안국을 장수로 삼아 원군을 파견했다. 이때도 전투는 벌어지지 않았다. 민월에 내홍이 일어난 결과였다.

당시 호전적인 민월왕은 신민들과 사이가 나빠져 있었다. 민월왕의 동생 여선餘善이 그를 죽인 뒤 수급을 왕회에게 보냈다. 건원 6년(기원전 135), 한나라 조정은 여선의 자립을 인정해 동월왕東越王으로 삼았다. 피를 흘리지 않고 민월을 물리친 장조는 남월에서 환영받았다.《사기》

〈남월열전南越列傳〉에 따르면 장조와 함께 출정했던 파양 현령 당몽唐蒙은 장안에 들어오자 이같이 보고했다.

"남월왕은 황옥좌독黃屋左纛하고 땅은 동서가 만여 리, 명칭은 외신外臣이나 실은 한 주州의 주인입니다."

황옥좌독은 노란 유리 기와로 지붕을 하고 수레 왼편에 기를 세운 것을 뜻하는 말로 천자의 특권을 상징한다. 언젠가 토벌해야 할 대상으로 지목한 것이다.

남월 토벌을 건의한 것은 실로 우연이었다. 당몽은 남월에서 구장枸醬이라는 음식을 먹어본 일이 있다. 구장은 촉 땅에서만 생산되는 구枸라는 식물의 열매로 만든 된장이다. 서북의 장가강牂柯江 상류에서 배로 싣고 온 것이었다. 장안에 돌아온 그는 촉 땅에서 온 상인을 통해 구장이 대량으로 야랑국夜郎國에 팔리고 있음을 알게 되었다.

이로써 장가강 상류가 곧 야랑국이고, 그곳에서 배를 이용해 남월로 내려온다는 사실을 짐작할 수 있었다. 원광 5년(기원전 130), 당몽을 대장으로 하는 1,000명의 사절단 겸 탐험대가 파견되었다. 무위지치無爲之治의 도가사상을 숭상하며 해야 할 일도 하지 않던 한문제漢文帝와 한경제 때는 상상할 수도 없는 일이 빚어졌던 셈이다. 한무제는 이와 정반대로 하지 않아도 될 일도 장차 필요한 것이라면 시험 삼아 해보자는 입장이었다. 당몽이 서남쪽 변방의 소국 야랑국에 도착했을 때 야랑국은 한나라의 존재 자체를 모르고 있었다. 그들이 크게 신기해하며 물었다.

"한나라와 우리 야랑국 가운데 어느 쪽이 큰가?"

여기서 분수도 모르고 잘난 체하는 것을 뜻하는 야랑자대라는 말이 나왔다. 한나라는 이곳에 건위군犍爲郡을 두었다. 서남쪽 변방의 이들

군소국이 한제국의 판도 내에 들어오게 된 배경이다. 〈서남이열전〉에는 이런 일화도 실려 있다. 당시 지금의 운남 일대에 전국滇國이라는 나라가 있었는데 그 크기는 한나라의 일개 현縣 정도에 지나지 않았다. 원수元狩 원년(기원전 122), 한무제가 왕연우王然 등을 야랑국과 전국에 파견했다. 먼저 전국에 도착한 사신들에게 전국의 왕은 세상 넓은 것을 모르고 물었다.

"한나라와 우리나라 가운데 어느 쪽이 더 큰가?"

왕연우 등이 그 이유를 생각해보니 모두 교통이 단절되어 외부 상황을 모르고 있기 때문이었다. 원래 야랑국은 진시황이 천하를 통일했을 때 정식으로 진나라의 판도에 편입된 바가 있다. 진나라가 패망한 후 한나라가 흉노대책에 쫓겨 서남지방을 돌볼 틈이 없는 것을 기회로 야랑 등의 소수민족은 각각 왕이나 후를 칭하며 자립했다. 당시 야랑국의 수령 다동多同은 야랑후夜郎侯를 자칭하고 있었다. 그는 야랑이 천하의 대국이라고 생각하고 있었다. 어느 날 다동이 영내를 순시하다가 좌우에 물었다.

"이 세상에서 어느 나라가 제일 큰가?"

"야랑이 제일 큽니다."

다동이 앞에 있는 높은 산을 가리키며 물었다.

"천하에 이보다 더 높은 산이 있는가?"

"이보다 더 높은 산은 없습니다."

강가에 이른 다동이 또 물었다.

"이 강이 세상에서 가장 긴 강이겠지?"

"물론입니다."

다동은 자신이 세상에서 가장 위대하다고 생각했다. 이후 한나라 사자가 이곳을 찾아오면서 잘못을 깨닫게 되었다. 야랑국의 경우는 망신을 사는 데 그쳤지만 이 우화에 나오는 것처럼 알량한 지식으로 자존망대를 행했다가는 자신뿐 아니라 일족이 횡액을 당할 수도 있다.

원수는 물에 새기고 은혜는 돌에 새긴다

■ 월나라 군사가 침공하자 불위不韋는 전란을 피해 섬剡 땅으로 달아났다. 집안이 가난해 집을 짓지도 못한 채 천모산 아래에 떠돌다가 큰 나무를 찾아 휴식을 취했다. 하룻밤을 쉬고 나서 그 뿌리를 베어 땔나무로 삼으려고 하자 아내가 만류했다.

"우린 집도 없이 이 나무에 의지해 몸을 가리는 형편입니다. 우리가 이 나무에 머문 이후 열기를 자랑하는 햇빛도 우리를 태우지 못하고, 떨어지는 차가운 이슬도 우리를 춥게 하지 못하고, 휘날리는 회오리도 우리를 떨게 하지 못하고, 시꺼멓게 몰려오는 천둥과 폭우도 우리를 놀라게 하지 못합니다. 이것이 누구 덕분입니까? 우리가 마땅히 갓난아이처럼 보호하고, 자상한 어머니를 모시듯 우러르고, 자기 몸인 양 아끼면서도 번성하지 못할까 걱정해야 하는데 오히려 이를 감히 훼손하려는 것입니까? 제가 든건대, 샘물이 줄면 물속 고기가 놀라고, 서리 맞은 종이 울리면 둥우리의 새가 슬퍼한다고 했습니다. 이는 개천이 마르고 숲이 낙엽으로 뒤덮일까 두려워하기 때문입니다. 물고기와 새도 그러한데 하물며 사람의 경우는 어떻겠습니까?"

욱리자가 그 말을 듣고 말했다.

"슬프다, 그 사내는! 지혜가 아낙만도 못하니. 아, 어찌 한 아낙만도 못할 뿐이겠는가? 새나 물고기만도 못하구나!"

越人寇, 不韋避兵而走剡, 貧無以治舍, 俳佪於天姥之下, 得大木而庥焉. 安一夕, 將斧其根以爲薪, 其妻止之曰, "吾無廬, 而托是以庇身也. 自吾之止於是也, 驕陽赫而不吾灼, 寒露零而不吾淒, 飄風揚而不吾慄, 雷雨晦冥而不吾震撼, 誰之力耶? 吾當保之如赤子, 仰之如慈母, 愛之如身體, 猶懼其不蕃且殖也, 而況敢毀傷之乎? 吾聞之, 水泉縮而潛魚驚, 霜鍾鳴而巢鳥悲, 畏夫川之竭·林之落也. 魚鳥且然, 而況於人乎?" 郁離子聞之曰, "哀哉, 是夫也! 而其知不如一婦人也. 嗚呼, 豈獨不如一婦人哉? 則亦鳥魚之不若矣!"

— 제65장 〈불위부지不韋不智〉

해설 눈앞의 이익으로 인해 배은망덕한 행위를 해서는 안 된다는 점을 역설하고 있다. 중국에서는 은혜를 잊고 의리를 저버린다는 뜻의 망은부의忘恩負義라는 표현을 자주 쓴다. 배은망덕의 대표적인 사례로 삼국시대 여포를 들 수 있다. 원래 여포는 지금의 내몽골자치구인 오원군五原郡 출신이다. 그는 타고난 무위를 배경으로 병주자사 정원丁原의 눈에 들어 그 밑에서 일하게 되었다. 그러나 이후 동탁 측의 회유에 넘어간 그는 집금오로 있던 정원의 장막 안으로 들어가 다짜고짜 정원의 목을 벤 뒤 곧바로 밖으로 나와 이같이 외쳤다.

"정원이 어질지 못해 내가 죽였다. 나를 따르려는 자는 여기에 남고 그렇지 않은 자는 가고 싶은 곳으로 가라!"

여포의 첫 번째 배은망덕이었다. 이튿날, 여포가 정원의 머리를 들고 동탁을 찾아갔다. 동탁이 정원의 부대를 곧바로 병합한 뒤 스스로 전장 군을 맡고 여포에게 중랑장을 맡겼다. 여포는 궁마弓馬에 능할 뿐 아니라 힘이 절륜했던 까닭에 이내 동탁의 시위를 맡게 되었다. 두 사람은 이내 부자간의 서약까지 맺을 정도로 가까워졌다. 그러다 여포가 작은 실수를 저질러 동탁과 사이가 벌어지게 되는데, 직접적인 원인은 여포가 동탁의 시첩과 간통한 사건 때문이었다. 그녀가 바로《삼국지연의三國志演義》에 나오는 초선貂蟬이다.

여포는 그 일로 의부義父인 동탁을 척살했다. 두 번째 배은망덕 행보였다. 이후 왕윤과 함께 후한 조정의 실권을 장악했으나 왕윤이 이각李催과 곽사郭汜 등 동탁의 부하들에게 죽임을 당하자 여포도 이내 쫓기는 신세가 되었다.

곧 원술이 있는 남양으로 도주했다. 원술은 원씨 일족의 원수인 동탁을 척살한 여포를 후대했다. 스스로 원씨 가문에 대해 공이 있다고 생각한 여포는 교만한 모습을 보였다. 원술이 크게 우려하자 여포는 불안해진 나머지 하내태수 장양李催을 찾아가 몸을 의탁했다.

이각 등이 현상을 내걸자 불안해진 여포는 핑계를 대고 몰래 빠져나와 원소를 찾아갔다. 당시 원소는 마침 기주 서쪽 상산 일대에서 세력을 뻗치고 있는 흑산군을 공격하고 있었다. 여포는 종횡무진으로 활약하며 적의 예기를 크게 꺾어놓았다. 이때 여포의 장병들이 약탈을 일삼자 원소는 여포를 두려워한 나머지 병력증원 요청을 받아들이지 않았다. 여포가 원소의 속셈을 알아차리고 낙양으로 돌아갈 뜻을 밝히자 원소는 전송하는 길에 역사力士를 보내 그를 죽이려 했다. 낌새를 눈치챈 여포가 달아나 다시 장양을 찾아가던 중에 진류태수 장막張邈을 만났다. 원소·조조와 친구였던 장막은 이내 조조를 배반하고 여포와 함께 조조의 근거지인 연주兗州로 들어갔다. 소식을 접한 조조가 군사를 이끌고 태산을 넘어 여포가 머물고 있는 복양濮陽으로 진군하자, 조조를 배반하고 여포에게 붙은 진궁陳宮이 이같이 건의했다.

"지금 조조의 군사가 멀리서 오느라 지쳐 있으니 속히 싸우는 것이 유리합니다."

여포가 호언했다.

"필마단기로 천하를 횡행한 내가 어찌 조조를 근심하겠는가? 그가 영채를 세우기를 기다린 뒤 사로잡을 것이다."

결국 일진일퇴를 거듭하다가 여포는 조조의 매복계에 걸려 대부분의 군사를 잃고 말았다. 그는 부득불 밤에 도주한 뒤 서주에 있는 유비를 찾아갔다. 유비는 조조를 견제하기 위해서는 여포가 필요하다고 판단했다.

마침 원술이 유비를 치면서 은밀히 여포에게 서신을 보냈다. 내응을 하면 군량미 20만 석을 보내겠다는 미끼를 던졌다. 여포가 크게 기뻐하면서 유비의 본거지인 하비下邳를 급습해 유비의 처자를 볼모로 잡았다. 궁지에 몰린 유비는 곧 여포에게 항복했다. 얼마 후 원술이 약속을 어기고 양곡을 보내지 않자 크게 노한 여포는 곧 유비를 예주자사로 임명해 소패에 주둔시킨 뒤, 유비의 자리를 차지해 스스로 서주목이 되었다. 세 번째 배은망덕 행보였다.

이후 조조는 우여곡절 끝에 유비와 합세한 뒤 여포가 머물고 있는 하비성으로 진공했다. 당시 여포는 성안의 식량이 넉넉한데다 사수泗水가 있는 것만 믿고 농성전을 펼치려 했다. 그러나 여포는 계속 패했다. 여포의 리더십 부족 때문이었다. 마침내 여포는 성안으로 들어가 지키기만 할 뿐 감히 나오려고 하지 않았다. 결국 부하들의 배신으로 여포는 포로가 되고 말았다. 조조는 이내 반복무상한 여포를 살려둘 경우 후환이 있을까 우려해 곧 좌우에 명해 그의 목을 베게 했다. 결국 여포는 건안建安 3년(198) 12월에 역사의 무대에서 사라지고 말았다.

여포는 기본적으로 천하대세를 읽는 식견이 짧았다. 모셨던 사람을 배반하고 정원·동탁·왕윤·장양·원술·원소·유비 등을 두루 찾아다닌 것이 그 증거다. 끝내 조조에게 사로잡혀 죽임을 당한 것은 배은망덕을 일삼은 후과로 해석할 수 있다. 천하의 군웅들이 배은망덕을 일삼은 여포를 크게 경계한 것이 이를 뒷받침한다.

난세에는 배신이 횡행한다. 모두 눈앞의 작은 이익에 현혹된 결과다. 배은망덕의 행동은 스스로 본거지를 훼손하는 식으로 더 큰 화를 불러올 소지가 크다. 새나 물고기도 생래적으로 자신을 보호하는 자연에 고마움을 표할 줄 안다. 유독 인간만이 이를 무시하며 자신의 둥지를 스스로 뒤엎는 우를 범한다. 욱리자가 "지혜가 아낙만도 못하다"고 탄식한 것도 이런 맥락에서 이해할 수 있다.

혼자로 부족하면 함께 채운다

━ 손빈孫臏이 양나라에서 제나라로 오자 대장군 전기田忌가 교외까지 나가 영접하며 군사軍師로 삼았다. 식사 때는 친히 모셨고, 아침에 일어나고 저녁에 취침할 때도 반드시 문안을 올렸다. 손빈이 좋아하는 일은 전기도 좋아했고, 그가 바라지 않는 것은 전기 역시 바라지 않았다. 대부 추석鄒奭이 손빈에게 말했다.

"그대는 공공蛩蛩과 거허駏虛가 궐蟨과 함께 다니는 이유를 아시오? 공공과 거허가 궐을 업고 뛰는 것은 궐이 감초를 물어 자신에게 먹여줄 수 있기 때문이오. 사람들에게 잡힐까봐 걱정이 되어 그런 것이 아니오. 지금 그대는 궐이고, 전기는 공공이나 거허인 셈이오. 그대는 이를 기억하시오."

손빈이 대답했다.

"잘 알겠소."

孫子自梁之齊, 田忌郊迎之而師事焉. 飲食必親啓, 寢興必親問, 孫子所喜, 田忌亦喜之, 孫子所不欲, 田忌亦不欲也. 鄒奭謂孫子曰, "子知蛩蛩駏虛之與蟨

乎? 蛩蛩駏驉負蟨以走, 爲其能齧甘草以食己也, 非憂其將爲人獲而負之也. 今
子爲蟨而田子蛩蛩駏驉也, 子其識之." 孫子曰, "諾."

— 제70장 〈공공거허 蛩蛩駏驉〉

해설 공생의 중요성을 언급하고 있다. 공공과 거허는 말과 비슷한
상상속의 동물이다. 궐은 앞다리가 짧아 잘 뛰지 못하지만 감초를 잘
찾는다. 반면 공공과 거허는 감초를 잘 찾지 못하는 대신 달리는 데 능
하다. 서로 도우면 좋은 공생관계를 이룰 수 있다.

사람의 관계도 이와 같다. 다른 사람이 자신을 후하게 대할 때는 나
름의 속셈이 있다. 도움이 된다고 여기기 때문이다. 무턱대고 좋아하는
관계는 부모자식밖에 없다. 이를 제대로 통찰하지 못할 경우 훗날 커다
란 낭패를 당할 소지가 크다.《채근담》은 공생공영의 필요성을 이같이
역설하고 있다.

좁은 길에서는 한 걸음 양보해 상대방에게 길을 열어주어야 한다. 맛있는 음
식이 있으면 3할을 덜어 남에게 나누어주고 함께 즐긴다. 이것이 한평생을
가장 안락하게 사는 비법이다.

'맛있는 음식' 운운의 원문은 감삼분양인기減三分讓人嗜다. 가지고 있는
것의 3할을 덜어내 다른 사람과 함께 즐긴다는 뜻이다. 이는 맹자가 역
설한 여민동락與民同樂과 취지를 같이하는 것이다. 군주의 입장에서 볼
때 백성과 더불어 슬기는 것을 시칭한다.《맹자孟子》〈양혜왕梁惠王 하下〉

에 이에 관한 유명한 일화가 나온다. 하루는 제선왕齊宣王의 신하 장포莊暴가 맹자를 만나 이같이 물었다.

"제가 군왕을 만났을 때 군왕이 저에게 음악을 좋아한다고 말했으나 저는 아무런 대답도 하지 못했습니다. 군왕이 음악을 좋아하는 것을 어찌 생각합니까?"

맹자가 대답했다.

"제왕齊王이 음악을 좋아한다고 하니 제나라는 거의 잘 다스려질 것이오."

다른 날에 맹자가 제선왕을 만나 이같이 물었다.

"대왕은 언젠가 장포에게 음악을 좋아한다고 말했는데 과연 그런 일이 있었습니까?"

제왕이 얼굴을 붉히면서 대답했다.

"과인은 요순과 같은 선왕의 음악을 좋아하는 것이 아니라 그저 세속의 음악을 좋아할 뿐이오."

맹자가 말했다.

"대왕이 음악을 매우 좋아한다면 제나라는 거의 잘 다스려질 것입니다. 요즈음 음악도 옛날 음악과 같습니다."

제선왕이 청했다.

"그 이유를 들려줄 수 있겠소?"

맹자가 반문했다.

"혼자 음악을 즐기는 것과 다른 사람과 함께 즐기는 것 가운데 어느 쪽이 더 즐겁겠습니까?"

"다른 사람과 함께 즐기느니만 못하오."

"몇몇 사람과 음악을 즐기는 것과 많은 사람과 함께 즐기는 것 가운데 어느 쪽이 더 즐겁겠습니까?"

"많은 사람과 함께 즐기느니만 못하오."

그러자 맹자가 이같이 말했다.

"신이 대왕에게 즐기는 것에 관해 한 말씀 드리겠습니다. 지금 대왕이 여기에서 음악을 연주하는데 백성은 대왕의 종고鐘鼓와 관악管籥 소리를 듣고는 모두 머리를 싸매고 콧등을 찡그리며 이같이 말하면 과연 어떻겠습니까? '우리 대왕은 음악 연주를 좋아하면서 어찌해서 우리를 이토록 고생스럽게 만드는 것인가? 부모자식이 서로 만나보지 못하고 형제와 처자가 이산했는데 말일세!' 또 만일 대왕이 여기서 사냥하는데 백성이 대왕의 거마 소리를 듣고 깃털로 아름답게 장식한 깃발을 보고는 모두 머리를 싸매고 콧등을 찡그리며 이같이 말하면 과연 어떻겠습니까? '우리 대왕은 사냥을 좋아하면서 어찌해서 우리를 이토록 고생스럽게 만드는 것인가? 부모자식이 서로 만나지 못하고 형제와 처자는 이산했는데 말일세!' 이는 다름이 아니라 대왕이 여민동락하지 않았기 때문입니다.

지금 대왕이 여기서 음악을 연주하는데 백성이 대왕의 종고와 관악 소리를 듣고는 모두 즐거운 마음으로 기쁜 낯빛을 해 이같이 말하면 어떻겠습니까? '우리 대왕은 거의 편찮은 데가 없는 모양이다. 그렇지 않다면 어찌 음악을 연주할 수 있겠는가!' 또 만일 대왕이 여기서 사냥하는데 백성이 대왕의 거마 소리를 듣고 깃털로 아름답게 장식한 깃발을 보고는 모두 즐거운 마음으로 기쁜 낯빛을 해 이같이 말하면 어떻겠습니까? '우리 대왕은 거의 편찮은 데가 없는 모양이다. 그렇지 않다면 어찌 사냥할 수 있겠는가!' 이는 다름이 아니라 대왕이 여민동락했기 때문입니다. 지금 대왕이 여민동락을 행할 수만 있다면 이내 천하를 덕으로 다스리는 왕자王者가 될 것입니다."

《채근담》의 감3분과 맹자의 여민동락은 전 국민이 고루 잘 사는 균부均富를 뜻하는 것이기도 하다. 균부는《관자》를 관통하는 키워드다. 《상군서商君書》는 이를 균민均民으로 표현했다. 고금동서를 막론하고 서민이 헐벗고 있는 한 그 정권은 이내 무너지고 만다. 민심이반이 그만큼 무섭다. 마키아벨리가《군주론》에서 어떤 일이 있더라도 인민의 증오를 사서는 안 된다고 역설한 것도 이 때문이다. 치국평천하는 인민이 먹고사는 문제인 민생을 챙기는 데서 시작한다.

의심스러우면 부리지 말고, 부리면 의심하지 않는다

■ 욱리자가 말했다.

"남을 잘 의심하면 남들도 그를 의심한다. 남의 공격을 잘 방어하면 남들도 그의 공격에 대비한다. 남을 잘 의심하는 자는 필시 믿음이 부족하고, 남을 잘 비방하는 자는 필시 지혜가 부족하다. 남이 자신을 의심하는 줄 알면서 떠나지 않는 자는 틀림없이 내심 뭔가를 꾀하는 자이고, 남이 자신을 방비하는 줄 알면서도 피하지 않는 자는 틀림없이 뭔가 믿는 데가 있는 자다. 무릇 천하의 사람들을 어떻게 모두 의심하고 방비할 수 있겠는가? 현명한지 여부를 알 수 있을 만큼 지혜롭지 못하고, 속임수를 막을 만한 믿음이 없을 때는 오직 눈을 부릅뜨고 내가 남을 대한 것처럼 남도 나를 대할까 두려워한다. 남을 믿지 못하고 자신만을 믿는 이유다. 이런 상황에서는 지모가 있는 자는 은둔하고, 식견이 있는 자는 피하고, 현명한 자는 어리석은 척하고, 재주가 있는 자는 멍청한 척하고, 청렴한 자는 숨어버린다. 이를 틈타 처세에 뛰어나거나 어리석고 무시한 선비들이 몰려온다. 이런 자들이 앞에 가득하면 의심과 방비가 더욱 다급해져 술수가 바닥나고 심신은 더욱 흥분하게 된다. 이들은 방비와 의심이 충분치 못했다고 생각해 더욱 후회하게 된다. 이 또한 가슴 아픈 일이 아닌가!"

郁離子曰, "善疑人者, 人亦疑之. 善防人者, 人亦防之. 善疑人者, 必不足於信. 善防人者, 必不足於智. 知人之疑己而弗舍者, 必其有所存也. 知人之防己而不避者, 必其有所倚也. 夫天下之人, 焉得盡疑而盡防之哉? 智不足以知賢否, 信不足以弭欺詐, 然後睢睢焉, 惟恐人以我之所以處人者處我也, 於是不任人而專任己. 於是謀者隱, 識者避, 哲者愚, 巧者拙, 廉者匿, 而圓曲頑鄙之士來矣. 圓曲頑鄙之士盈於前, 而疑與防愈急, 至於術窮而身憤, 愈悔其防與疑之不足, 不亦痛哉!"

— 제90장 〈임기자任己者〉

해설 　신뢰와 지혜의 필요성을 역설하고 있다. 믿음이 부족하면 남을 잘 의심하고, 지혜가 모자라면 남을 잘 비방한다는 것이 논거다. 이러한 행동은 악순환을 부른다. 남을 믿지 못할수록 더욱 상대해야 할 대상만 늘어난다. 이는 이내 한계를 드러낼 수밖에 없다. 상대방이 현명한지 여부를 곧바로 알 수 있을 정도의 지혜가 필요한 이유다.

흔히 말하듯이 인사는 만사萬事다. 그만큼 중요하다. 난세에는 인재의 확보 여부가 승패를 가른다. 먼저 뛰어난 인재들이 자신의 기량을 마음껏 펼칠 분위기를 조성해놓아야 한다. 먼 미래를 보고 과감히 투자하는 안목이 관건이다. 《관자》〈권수權修〉에 이에 관한 구절이 나온다.

일년지계一年之計로 곡식을 심는 것보다 나은 것이 없고, 십년지계十年之計로 나무를 심는 것보다 나은 것이 없다. 종신지계終身之計로 사람을 키우는 것보다 나은 것이 없다. 한 번 심어 한 번 거두는 것은 곡식이고, 한 번 심어 열 배의 이익을 얻는 것은 나무고, 한 번 키워 100배의 이익을 얻는 것이 사람이다. 인재를 키우면 마치 그를 귀신같이 부리는 것과 같다. 일을 귀신같이 행하는 자만이 왕자의 자격이 있다.

곡식을 심는 수곡樹穀은 1년, 나무를 심는 수목樹木은 10년, 사람을 심는 수인樹人은 100년 뒤를 내다보는 사업에 해당한다. 요체는 100년 뒤를 내다보며 100배의 이익을 얻는 수인이다. 이것이 동양 전래의 인재론이다. 동양고전만큼 인재의 중요성을 역설하고 있는 것도 없다. 공자도《논어》〈태백〉에서 인재의 중요성을 이같이 언급한 바가 있다.

순임금이 다섯 명의 신하로 천하를 잘 다스린 것을 두고 주무왕周武王은 말하기를, "나는 잘 다스릴 줄 아는 열 명의 신하를 두었다"고 했다. 인재를 얻기가 어렵다고 하는데 실로 그렇다.

이는 두 가지 의미가 있다. 첫째, 치국평천하의 성패는 인재 확보에 있다. 둘째, 인재를 얻는 것은 매우 어려운 작업이다. 한비자는 전혀 다른 각도에서 이를 바라보았다.《한비자》〈난이難二〉의 대목이다.

무릇 관직은 현자를 등용하기 위한 방편이고, 작록은 공로에 대해 상을 주기 위한 수단이다. 관직을 만들고 작록을 빌리면 인재는 저절로 모여든다. 사람을 찾는 일이 어찌 고생스러울 리 있겠는가?

　군주가 보유하고 있는 위세와 권력을 적절히 활용하기만 하면 인재를 얻는 일은 그리 어려울 것도 없다는 논지다. 권력과 위세의 효능을 이처럼 잘 설명한 것도 없다. 일견 공자와 한비자의 주장은 서로 모순된 듯하나 크게 보면 같은 곡을 달리 연주한 것에 지나지 않는다. 공자는 재덕才德을 겸비한 인재를 얻는 일이 쉽지 않다는 점을 주장한 것이고, 한비자는 재덕의 '덕'을 생략한 채 쓸모 있는 능력인 '재'를 갖춘 인재를 찾는 일은 그리 어렵지 않다는 점을 언급한 것이다.

　예로부터 용인의 요체는 흔히 지용임신知用任信 네 자로 표현되었다. 인재가 있다는 사실을 알게 되면 그를 불러들이고, 일단 불러들인 이상 임무를 맡기고, 임무를 맡긴 이상 믿으라는 것이다. 인구에 회자하는 의인물용疑人勿用·용인물의用人勿疑 성어도 지용임신과 취지를 같이하는 것이다. 이 성어의 출전은《금사金史》〈희종본기熙宗本紀〉다. 여기에는 용用이 사使로 되어 있다. 해당 대목이다.

　사람이 의심스러우면 부리지 말고, 부리면 의심하지 말아야 한다. 지금부터 우리 여진족을 포함해 한족 등 여러 민족 가운데 재능 있는 자는 모두 그 재능을 잘 헤아려 두루 발탁해 써야 할 것이다.

　희종熙宗은 금태조金太祖 아구타[阿骨打]의 적자인 종준宗峻의 큰아들 완안단完顔亶을 말한다. 천하를 평정하고자 하는 영웅의 기개와 포부가 선명히 드러나는 대목이다.

마음은 드러내되 재주는 감춘다

■ 당몽과 벽려薜荔 모두 소나무와 후박나무 밑에서 태어났다. 함께 자신들이 의지할 나무를 찾았다. 당몽이 말했다.

"후박나무는 재목이 될 수 없는 나무다. 빽빽이 자라 그늘을 이룰 정도로 잎과 가지가 무성하다. 소나무는 바위틈에 뿌리를 박고 버섯의 일종인 복령茯苓을 자라게 한다. 복령은 모든 약재 가운데 으뜸으로 신농神農 때 우사雨師가 이를 먹고 신선이 되었다. 소나무 기름은 땅속에 들어가 호박琥珀이 되는데 빙옥冰玉·낭간琅玕과 함께 귀한 보옥 취급을 받는다. 줄기는 골짜기에 우뚝 서서 하늘로 치솟고, 가지는 구불구불하고, 잎은 무성해 온갖 악기의 소리를 낸다. 나는 이 소나무를 제외하면 다른 나무에 의지할 곳이 없을 것이다!"

벽려가 말했다.

"실로 아름답다. 그러나 내가 보기엔 후박나무만 못하다. 무릇 아름다움이 있는 곳에는 많은 사람이 달려간다. 산에서 금이 나오면 그 산은 파이고,

돌에서 옥이 나오면 그 돌은 깎이고, 물고기가 있으면 그 연못은 마르고, 새가 살면 그 덤불은 베인다. 지금 100척 높이로 구름에 닿는 나무가 외진 절벽 골짜기에서 인적이 없는 곳에 자라지 않고 사람들 눈에 띄는 곳에 우뚝 서 있는데다, 복령이 나오고 호박이 나온다면 이내 베일 것이라는 사실을 나는 안다."

그러고는 후박나무에 부드럽게 엉겨 붙어 굼벵이 구멍을 뚫고 가지 속으로 들어간 뒤 속을 감아 돌아 밖으로 나왔다. 후박나무는 잎도 제대로 자라지 못한 채 줄기와 가지 모두 벽려로 뒤덮였다. 속은 비고 껍질이 흩어져 마치 죽순의 껍데기처럼 되었다. 1년 남짓 지나 제나라 왕이 목수를 시켜 당몽이 의지했던 소나무를 베어다가 설궁雪宮의 들보로 삼았다. 당몽은 죽었으나 벽려는 후박나무와 더불어 전과 다름없이 살아남게 되었다.

唐蒙與薜荔俱生於松·樸之下, 相與謀所麗. 唐蒙曰, "樸, 不材木也, 薈而翳. 松, 根石髓而生茯苓, 是惟百藥之君, 神農之雨師食之以仙. 其膏入土, 是爲琥珀, 爰與水玉·琅玕同爲重寶. 其幹聳壑而幹霄, 其枝樛流, 其葉扶疏, 爰有百樂弦筦之音. 吾舍是無以麗矣." 薜荔曰, "信美, 然由僕觀之, 不如樸矣. 夫美之所在, 則人之所趨也. 故山有金則鑿, 石有玉則劚, 澤有魚則竭, 藪有禽則薙. 今以百尺梢雲之木, 不生於窮崖絶穀人跡不到之地, 而挺然於衆覿, 而又曰有茯苓焉, 有琥珀焉, 吾知其戕不久矣." 乃裊而附於樸, 鑽螬螬之穴以入其條, 纏其心而出焉. 於是樸之葉不生, 而柯枚條榦悉屬於薜荔, 中虛而外皮索籜如也. 歲餘, 齊王使匠石取其松以爲雪宮之梁. 唐蒙死, 而薜荔與樸如故.

— 제167장 〈당몽벽려唐蒙薜荔〉

난세에 자신의 재주를 너무 쉽게 드러내면 쉽게 꺾인다는 사실을 경고하고 있다. "아름다움이 있는 곳에는 많은 사람들이 달려간다"는 지적이 그렇다. "모난 돌이 정 맞는다"는 우리말 속담과 취지를 같이한다.

《장자》〈인간세人間世〉에 유사한 우화가 나온다. 이에 따르면 하루는 장석이 제나라로 가다가 곡원曲轅에 이르렀을 때 토지신 사당의 상수리나무를 보게 되었다. 크기는 수천 마리 소를 가릴 만하고 둘레는 100아름쯤 되었다. 높이는 산을 내려다볼 정도여서 땅에서 1,000길이나 올라간 뒤에야 비로소 가지가 뻗어 있었다. 배를 만들 경우 수십 척에 달할 정도였다. 나무를 구경하는 사람이 마치 저잣거리처럼 많이 몰려왔다. 장석은 이를 거들떠보지도 않고 그대로 가던 길을 멈추지 않았다. 그의 제자가 실컷 그 나무를 본 뒤 황급히 달려와 물었다.

"제가 도끼를 잡고 선생을 따른 이래 이처럼 좋은 재목을 본 적이 없습니다. 그런데도 선생은 본체만체하며 가던 길을 멈추지 않으니 이는 어찌된 것입니까?"

장석이 말했다.

"되었다, 더는 말하지 마라. 그것은 쓸모없는 잡목일 뿐이다. 배를 만들면 가라앉고, 관棺이나 곽槨을 만들면 곧바로 썩고, 그릇을 만들면 이내 부서지고, 대문이나 방문을 만들면 나무 진액이 흘러나오고, 기둥을 만들면 좀이 슬 것이다. 그러니 이 나무는 재목이 될 수 없다. 아무짝에도 쓸모없던 까닭에 이처럼 장수할 수 있었던 것이다."

이른바 무용지용無用之用의 이치를 설명한 것이다. 《장자》〈소요유逍

遙遊〉는 형식상 도입부이지만 실제로는 결론에 해당한다. 장자莊子의 사상을 실천에 옮기는 최종 단계가 바로 세속의 모든 관행과 가치에 얽매이지 않고 자유롭게 노니는 소요유逍遙遊의 단계이기 때문이다. 이어지는 〈제물론齊物論〉·〈양생주養生主〉·〈인간세〉 등 내편의 나머지는 모두 소요유의 단계에 오르는 과정을 설명한 것에 지나지 않는다. 소요유의 삶을 다른 말로 표현한 것이 바로 무용지용이다.

《장자》는 속세를 초월해 아무런 거리낌 없이 참되고 자유로운 세계에 마음을 노니는 사람을 지인至人으로 표현했다. 지인은 《장자》를 관통하는 키워드에 해당한다. 〈소요유〉의 해당 대목이다.

지인은 내가 없고, 신인神人은 공적이 없고, 성인聖人은 이름이 없다.

신인은 신과 같은 존재를 말한다. 유가에서 말하는 성인보다 위 단계지만 장자가 말하는 지인보다는 아래 단계다. 장자사상의 관점에서 볼 때 유가에서 말하는 성인 역시 속세의 여러 조건에 얽매인 자에 불과하다. 성인이 아닌 일반인의 경우는 더 말할 것이 없다. 부귀와 명예, 재물 등이 모두 사람들의 자유로운 행동을 구속하는 원인이다. 선악 등의 도덕적인 판단 역시 상대적인 것에 지나지 않는다.

장자는 이런 상대적인 가치판단의 기준으로부터 완전히 벗어날 것을 권하고 있다. 그래야 부귀공명 등의 세속적인 가치는 물론 삶과 죽음까지 초월해 자연과 하나가 되는 삶을 구가할 수 있다고 보았다. 장자는 이런 소요유의 즐거움을, 끝없이 펼쳐진 창공을 힘차게 날아올라 미지의 남해로 날아가는 대붕大鵬에 비유했다. 여기서 상식에 얽매인 사람들의 의표를 찌르는 《장자》 특유의 우언이 시작된다.

장자가 말한 소요유의 세계는 불가에서 말하는 해탈解脫과 사뭇 닮았다. 성인과 신인을 넘어 지인의 단계에 이르면 내가 없는 이른바 무기無己가 이루어지고, 무기가 이루어지면 문득 대붕으로 변해 무용지용의 지혜를 깨닫는다고 주장한 것이 그렇다. 장자가 말한 무기는 불가에서 말하는 몰아沒我와 같다. 우주와 자신이 하나가 되어 자신의 존재 자체를 잊는 범아일여梵我一如의 단계는 무용지용을 불가의 용어로 변용한 것에 해당한다.

제4장

**관계의 우위를
우선 선점한다**

郁離子

부족한 여러 사람이 탁월한 한 사람을 이긴다

▬ 육리자가 말했다.

"호랑이의 힘은 사람의 두 배가 넘는다. 호랑이는 발톱과 이빨을 날카롭게 갈아 사용하지만 사람에게는 그런 것이 없다. 또 그 힘도 배나 되는 까닭에 사람이 호랑이에게 먹히는 일은 괴이할 것도 없다. 그러나 사람이 호랑이에게 잡아먹히는 일은 늘 일어나는 것이 아니다. 호랑이의 가죽을 사람들이 침구로 사용하는 까닭은 무엇인가? 호랑이는 힘을 쓰지만 사람은 지혜를 쓰고, 호랑이는 발톱과 이빨을 쓰지만 사람은 도구를 쓰기 때문이다. 힘을 쓰는 계책은 하나밖에 없지만 지혜를 쓰는 계책은 100가지나 되고, 발톱과 이빨의 쓰임은 하나밖에 되지 않지만 기물의 쓰임은 100가지나된다. 하나로 100을 대적하면 비록 용맹할지라도 반드시 승리를 기약할 수 없다. 사람이 호랑이에게 잡아먹히는 것은 지혜와 기물이 있는데도 이를 사용치 못한 탓이다. 천하 사람들 가운데 힘만 쓰고 지혜를 쓰지 못하거나, 자신의 힘과 지혜만 쓰고 남의 힘과 지혜를 쓰지 못하는 자는 모두 호랑이의 부류에 속한다. 호랑이가 사람에게 잡혀 그 가죽이 침구로 사용되는 것이 어찌 괴이한 일이겠는가?"

郁離子曰, "虎之力, 於人不啻倍也. 虎利其爪牙而人無之, 又倍其力焉, 則人之食於虎也無怪矣. 然虎之食人不恒見, 而虎之皮人常寢處之, 何哉? 虎用力, 人用智, 虎自用其爪牙, 而人用物. 故力之用一, 而智之用百. 爪牙之用各一, 而物之用百, 以一敵百, 雖猛不必勝. 故人之爲虎食者, 有智與物而不能用者也. 是故天下之用力而不用智, 與自用而不用人者, 皆虎之類也, 其爲人獲而寢處其皮也, 何足怪哉?"

— 제98장 〈지력智力〉

해설   용인술의 비법을 언급하고 있다. 요체는 여러 사람의 지혜인 중지衆智의 활용에 있다. 완력은 지혜만 못하고, 한 사람의 지혜는 아무리 뛰어날지라도 여러 사람의 지혜만 못하다. 《한비자》〈팔경八經〉에 이에 관한 이야기가 나온다.

한 사람의 힘으로는 여러 사람의 힘을 대적할 수 없고, 한 사람의 지혜로는 만물의 이치를 다 알 수 없다. 군주 한 사람의 힘과 지혜로 나라를 다스리는 것은 온 나라 사람의 힘과 지혜를 이용하는 것만 못하다. 군주 한 사람의 지혜와 힘으로 무리를 대적하면 늘 무리를 이룬 쪽이 이기게 된다. 설령 가끔 계략이 적중할지라도 홀로 고단하고, 만일 들어맞지 않으면 그 허물은 온통 군주 홀로 뒤집어쓰게 된다. 하급의 군주인 하군下君은 오직 본인 한 사람의 지혜와 힘을 모두 소진하고, 중급의 군주인 중군中君은 사람들로 하여금 자신의 힘을 모두 발휘하게 하고, 상급의 군주인 상군上君은 사람들로 하여금 자신의 지혜를 모두 발휘하게 한다.

《손자병법》〈모공〉에도 유사한 취지의 대목이 나온다.

전쟁을 잘하는 자는 승리의 관건을 전세戰勢에서 찾을 뿐 일부 장병의 뛰어난 용맹에 기대지 않는다. 다양한 인재를 적재적소에 배치하는 식으로 유리한 전세를 만들어내는 것이 요체다.

《손자병법》역시 한 사람의 뛰어난 용사에 기대기보다는 여러 사람의 지혜를 모으는 방법을 통해 승리를 이끌라고 주문하고 있다. 동양이 기원전부터 중지를 얼마나 중시해왔는지 극명하게 보여준다.

중지를 모으기 위해서는《손자병법》이 역설하는 대여대취大子大取의 접근이 필요하다. 뛰어난 인재를 얻고자 하면 큰 미끼를 써야 한다. 관작官爵이나 높은 연봉 등의 예우禮遇로 인재를 유인할 수 있다. 유비가 제갈량을 유인할 때 구사한 삼고초려가 대표적인 실례다.

한비자가 〈팔경〉에서 강조한 중지 역시 눈앞의 이익을 향해 무한 질주하는 인간의 호리지성과 명예를 위해 몸을 내던지는 호명지심好名之心을 적극 활용하는 데서 출발할 수밖에 없다. 이 역시 먼저 베풀어야 사람도 얻을 수 있다는 취여지도取子之道의 토대 위에 있다. 한비자는 〈팔경〉에서 중지를 모으는 구체적인 방안을 제시하고 있다. 크게 두 가지다. 하나는 여론수렴이고, 다른 하나는 공과에 대한 평가다. 먼저 그는 공청회를 통해 여론을 수렴하는 방안을 이같이 평했다.

명군은 일이 빚어지면 여러 사람의 지혜를 하나로 모으기 위해 먼저 개개인의 의견을 일일이 들은 뒤 곧바로 이를 공개적으로 토론해야 한다. 이때 신하 개개인의 의견을 일일이 듣는 과정을 생략한 채 공개적으로 토론을 진행하면 신하들이 나중에 한 말은 대개 앞서 다른 사람이 한 말을 참조해 수정하는 까닭에 신하의 현불초賢不肖를 가려내기가 쉽지 않다. 또한 신하 개개인의 의견을 들은 후 공개적인 토론을 생략하면 머뭇거리며 결단을 내리지 못하게 된다. 결단하지 못하면 이내 일이 지체되어 위기를 키우게 된다. 군주가 이런 과정을 통해 최종적으로 여러 대안 가운데 하나를 독자적으로 결단하면 신하들이 파놓은 함정에 빠질 염려가 없다.

공개적인 자리를 마련해 여론을 수렴하는 과정은 결단의 전前 단계로 꼭 필요하다. 물론 민주적인 리더십이 호황일 때는 시간이 걸려도 문제가 없다. 정작 문제가 되는 것은 위기상황이다. 과감히 도려낼 것은 도려내고 새로운 상황에 맞추어 즉시 변신하는 것이 필요하다. 시간이 많지 않기 때문이다. 평시처럼 개개인의 의견을 일일이 듣고 공청회를 열 여가가 없다. 결단을 미루면 미룰수록 사안은 위중해진다. 이는 패망의 길이다.

혼자 살려 하면 함께 죽는다

얼요산에는 몸은 하나이나 머리는 아홉 개인 구두조九頭鳥가 살고 있다. 머리 하나가 음식을 먹으려 하면 나머지 여덟 개의 머리가 시끄럽게 떠들며 서로 물며 다툰다. 피가 튀고 깃털이 날릴 정도로 격렬히 싸우는 까닭에 먹어도 삼키지 못하고, 아홉 개의 머리 모두 상처를 입고 만다. 바다오리가 이를 보고 비웃었다.

"어째서 아홉 개의 입으로 먹은 것이 같은 뱃속으로 들어가는 것을 생각지 못하는가? 왜 서로 다투는 것인가?"

擘搖之虛有鳥焉, 一身而九頭, 得食則八頭皆爭, 呀然而相銜, 灑血飛毛, 食不得入咽, 而九頭皆傷. 海鳧觀而笑之曰, "而胡不思, 九口之食同歸於一腹乎, 而奚其爭也?"

· 제102장 〈구두조九頭鳥〉

군웅의 난립 양상을 비판하며 상부상조하는 상생의 원리를 이야기하고 있다. 난세에 군웅이 할거해 다투면 고달픈 것은 백성뿐이다. 유기는 새 왕조를 세우고자 할 경우 반드시 천하통일 이후를 염두에 두어야 한다고 주문한 것이다. 고금을 막론하고 천하를 얻는 것은 민심을 얻는 것에서 시작한다. 백성의 마음을 얻어야만 천하를 얻는 것은 물론 이후에 다스리는 것까지도 성공을 기약할 수 있다.

오대십국 가운데 가장 짧은 왕조는 후한으로, 만 4년도 지속되지 못했다. 이는 중국사는 물론 전 세계사를 통틀어 가장 짧은 왕조에 속한다. 나머지 왕조도 별 차이가 없다. 후량後梁은 만 7년, 후주는 만 9년, 후진後晉은 만 10년밖에 존재하지 못했다. 가장 긴 후당後唐의 경우도 겨우 만 14년에 불과하다. 10년 안팎의 왕조가 난립한 것은 동서고금을 통틀어 전무후무한 일이다. 모두 민심을 얻지 못한 결과다.

주목할 것은 오대의 왕조교체 혼란 속에서 잇달아 재상을 지낸 풍도馮道의 행보다. 그는 다섯 왕조의 8성姓, 열한 명의 천자를 잇달아 섬기면서 고위 관리로 30년, 재상으로 20여 년을 지냈다. 어떻게 이러한 일이 가능했던 것일까?

풍도는 장승업張承業에 의해 이존욱李存勗에게 천거되었다. 장승업이 죽자 이존욱이 천자로 즉위했다. 그가 바로 후당의 장종莊宗이다. 풍도는 한림학사翰林學士에 임명되었다. 얼마 후 이존욱이 후량을 공벌하게 되자 풍도도 종군하면서 짚 위에서 잠을 자고, 녹봉을 하인들에게 모두 나누어주고, 먹고 마시는 것을 병사들과 함께했다. 이존욱은 수도를 개봉開封에서 낙양으로 옮겼다. 이때 풍도는 부친의 부음을 듣고 사직한 뒤 곧 낙향해 밭에 나가 농사를 지었다. 지방 관원들이 존경의 뜻으로 곡식이나 비단을 보내면 이를 모두 돌려보냈다.

얼마 후 이존욱이 방탕한 생활로 암군의 행보를 보이자 이극용의 양자로 후량의 토벌에 대공을 세운 이사원李嗣源의 군사가 반기를 들었다. 이존욱은 영격에 나섰다가 반군이 개봉을 점거했다는 소식을 듣고 낙양으로 회군하는 길에 죽임을 당했다. 이에 이사원이 예순하나의 나이로 후당의 명종明宗으로 즉위했다. 풍도는 한림학사에 복직하라는 명을 받고 낙양으로 왔다가 장종이 죽은 까닭에 이내 단명전학사가 되어 명종을 섬기게 되었다. 신설된 단명전학사는 천자에게 고문역할을 하는 자리로 부재상에 해당했다. 풍도는 이듬해 초에 처음으로 재상에 발탁되었다.

당시의 기준으로 볼 때 명문가 출신이 아닌 풍도가 재상으로 발탁된 것은 파격이었다. 명종은 풍도의 박학다식과 온화한 인품을 높이 샀던 것이다. 남북조시대 이래 수당隋唐대를 거치면서 명문가 출신이 아닌 인물이 재상에 발탁된 것은 풍도가 처음이었다. 명문가 출신 관원들은 풍도가 재상에 취임했다는 소식을 듣고 서로 마주 보며 비웃었다. 그러나 풍도의 진가는 곧 드러났다. 하루는 명종이 해마다 이어지는 풍작과 태평성대에 관해 이야기하자 풍도가 이같이 간했다.

"저는 옛날 사자가 되어 험한 길을 지나면서 혹시 말에서 떨어지지나 않을까 조바심을 내며 고삐를 꽉 잡았습니다. 무사히 그곳을 빠져나온 뒤 그만 안심하고 고삐를 놓았다가 말에서 떨어져 하마터면 목숨을 잃을 뻔했습니다. 폐하는 지금 태평세월에 풍작이라고 해 쾌락에 빠져서는 안 됩니다. 스스로 경계하고 삼가기 바랍니다."

그는 농민들을 대신해 명종을 경계한 것이다. 하루는 또 명종이 말했다.

"올해는 풍작이니 백성이 크게 구제될 것이오."

풍도가 이같이 대답했다.

"농민들은 흉년에는 쌀값이 너무 올라 굶어 죽고, 풍년에는 쌀값이 너무 내려 손해를 입습니다. 농민은 백성 가운데 가장 고통스러운 존재입니다. 폐하는 이 사실을 잊어서는 안 됩니다."

풍도의 간언은 간결하면서도 정곡을 찔렀다. 풍도의 간언을 가슴속 깊이 새긴 명종 역시 뛰어난 군주였다. 이에 당초 풍도에게 벼락감투를 쓴 시골뜨기 재상이라는 경멸의 눈초리를 보내던 사람들도 점차 풍도의 교양과 식견에 감복하게 되었다. 이후 풍도가 후당에 이어 후진·후한·후주가 계속 들어서는 와중에도 계속 재상의 자리를 맡게 된 배경이 여기에 있다. 그가 죽었을 때 후주의 세종은 사흘 동안 조정의 모든 일을 중단하도록 지시했다. 세종은 풍도에게 상서령의 관직을 더하고 영왕瀛王으로 추증한 뒤 문의文懿라는 시호를 내렸다.

풍도는 이런 특이한 삶으로 인해 오랫동안 논란의 대상이 되어왔다. 그에 대한 평가는 대략 비판적인 견해가 주류를 이루었다. 그러나 명대 말기의 이탁오李卓吾는 《장서藏書》에서 풍도를 이같이 극찬했다.

풍도는 비록 50년 동안 여러 왕조를 거치면서 많은 군주를 섬겼지만 사직과 군주를 명확히 분별할 줄 알았다. 당시 백성이 끝내 전란의 참화를 모면할 수 있었던 것은 전적으로 풍도가 백성을 편히 해주고 먹여 살리려고 노력한 덕분이다.

풍도는 이탁오가 평한 것처럼 주어진 상황 속에서 백성을 위해 최선을 다한 인물이다. 집안에 효도하고 나라에 충성하기 위해 헌신한 것이 그렇다. 주목할 대목은 그가 자서전에 나라에 충성했다고 쓰면서도 군주에게 충성했다고는 쓰지 않은 점이다. 국가와 정권을 엄히 구별했음을 의미한다. 당시의 기준으로 볼 때 매우 보기 드문 식견이다.

오대십국과 같은 난세에 하나의 왕조, 한 사람의 군주와 무조건 운명을 같이한다면 목숨이 열 개라도 모자랄 것이다. 그런 상황에서는 소수의 군주보다는 절대다수인 일반 백성 쪽이 훨씬 소중한 것이다. 백성의 지지를 얻지 못한 채 여러 왕조가 수시로 명멸하는 와중에 그는 나름대로 백성을 위해 헌신했다는 평을 받을 만하다. 상생의 원리를 터득한 결과로 해석할 수 있다.

내 편이 아니어도 적으로 만들지 않는다

■ 욱리자가 말했다.

"싸움을 잘하는 자는 적을 줄이고, 잘하지 못하는 자는 적을 늘린다. 적을 줄이는 자는 번창하고, 적을 늘리는 자는 망한다. 무릇 남의 나라를 취할 경우 그 나라 사람을 모두 적으로 만드는 셈이 된다. 적을 잘 줄이는 자는 남들로 하여금 나를 적으로 대하지 않도록 만든다. 탕왕과 무왕에게 적이 없었던 것은 내 적으로 적을 대적하게 만들었기 때문이다. 오직 천하의 지극히 어진 자만이 나의 적이 또 다른 나의 적을 대적하게 만들 수 있다. 적이 대적을 포기하고, 천하가 복종하는 이유가 여기에 있다."

郁離子曰, "善戰者省敵, 不善戰者益敵. 省敵者昌, 益敵者亡. 夫欲取人之國, 則彼國之人皆我敵也, 故善省敵者不使人我敵. 湯·武之所以無敵者, 以我之敵敵敵也. 惟天下至仁爲能以我之敵敵敵, 是故敵不敵而天下服."

— 제99장 〈생적省敵〉

득인得人과 득민得民의 이치를 언급한 것이다. 유기는 여기서 적을 줄이는 이른바 생적省敵의 세 가지 방법을 제시하고 있다. 첫째, 처음부터 갈등의 소지를 없애 적을 만들지 않는 방법이다. 둘째, 널리 포용해 적이 나를 적대시하지 않도록 만드는 방법이다. 셋째, 이이제이以夷制夷의 수법을 동원해 나의 적이 또 다른 나의 적을 대적하도록 만드는 것이다.

인간관계도 국가관계도 갈등이 있을 수밖에 없다. 갈등이 나쁜 것만은 아니다. 발전의 동인으로 작용하기 때문이다. 상황에 따라 협력도 하고 치열하게 경쟁도 하는 능굴능신能屈能伸의 지략이 필요하다. 적을 최대한 줄이고자 하는 노력의 일환이다. 삼국시대에 이를 가장 잘 행한 인물이 바로 손권이다.

손권은 비록 창업 면에서는 조조나 유비에 미치지 못하지만, 부형이 남긴 기업을 유지하는 수성守成 면에서는 남다른 점이 있었다. 그는 비록 웅지와 무략 면에서는 조조나 유비 등과 같이 뛰어나지는 못했으나, 변화무쌍한 시변時變을 좇아 능굴능신하는 데에는 귀신도 놀랄 만한 재주를 보여주었다. 요체는 치욕을 굳게 참고 견디는 견인堅忍에 있었다. 이는 명분보다 실리를 취한 결과였다. 손권의 강점이 바로 여기에 있다.

엄법을 강조한 조조가 법가와 병가사상을 대표하고, 덕정을 내세운 유비가 유가를 대표했다면, 견인으로 요약되는 손권은 종횡가의 후신에 해당한다. 전국시대에 종횡가의 대표 격인 소진蘇秦과 장의張儀는 능굴능신의 종횡술을 자유자재로 구사했다. 손권 또한 조조의 위나라와 유비의 촉한을 사이에 두고 자주 우적友敵을 바꾸었다. 손권이 부형의 뒤를 이어 보위에 오른 뒤 멀리 떨어진 중원의 조정에 꼬박꼬박 조공을 보낸 것도 같은 맥락에서 이해할 수 있다. 탁월한 외교 책략이라 할 수 있다. 종횡술에 관한 한 조조와 유비는 손권보다 한 수 아래였다. 손권의 이런 재주는 타고난 것이었다. 실제로 후한 말기 동오에 사신으로 갔던 유완劉琬은 손권을 두고 이같이 평한 바가 있다.

> 손씨네 자제들은 모두 준수하고 활달한데, 유감스럽게도 타고난 운세가 좋지 않다. 다만 둘째 손권만은 용모를 보나 체격을 보나 범상한 인물이 아니다. 크게 귀해질 기품으로 수명 또한 타고났다.

손권이 조조나 유비와 달리 50여 년 동안 보위에 있었던 것도 창업이 아닌 수성에 전념한 보답으로 볼 수 있다. 격렬한 항쟁의 시대에 교묘히 위기를 피하면서 살아남는 데 성공한 손권의 종횡술은 크게 두 가지 측면에서 분석할 수 있다.

첫째, 인재의 등용이다. 그는 우선 모든 것을 군신들에게 맡기는 원칙을 엄수했다. 부형 이래의 원로공신인 장소를 사부로 대접하고, 주유와 정보 및 여범 등에게 군사를 맡기면서 나머지 번잡한 문서처리 또한 모두 아랫사람에게 일임했다. 조조의 인재등용을 공의公義에 입각한 구현求賢, 유비는 사의私義에 기초한 인현引賢이라고 한다면, 손권의 경우는 시의時宜를 좇은 용현用賢에 그 특징이 있다. 그의 용현은 일정한 선을 넘지 않았다. 그 비결은 손권의 다음과 같은 언급에 잘 나타나고 있다.

상대의 장점을 높여주고 상대의 단점을 곧 잊어버린다.

그는 상대의 단점에 눈을 감아버리고 장점을 발휘할 수 있도록 유도했다. 한번 일을 맡긴 뒤에는 전폭적인 신임을 아끼지 않았다. 적벽대전에서 주유에게 모든 것을 맡기고, 이릉대전에서 육손陸遜을 탁용한데 이어, 제갈근諸葛瑾에게 끝없는 믿음을 보낸 것이 그렇다.

둘째, 현란한 종횡술이다. 손권은 삼국 가운데 가장 늦게 황제를 칭한 데서 알 수 있듯이, 끝까지 치욕을 참아내는 '견인'에 능했다. 이를 두고 진수는 《삼국지》의 총평에서 굴신인욕屈身忍辱으로 표현했다. 이는 한고조 유방을 좇아 천하를 거머쥐려고 한 유비와 달리, 강동을 지키겠다는 취지를 살려 종횡술로 발전시킨 결과였다. 몸을 굽혀 치욕을 참아내는 굴신인욕은 원래 월나라의 구천이 구사한 술책이다. 그러나 손권의 굴신인욕은 유비처럼 인仁을 가장한 가인假人으로 나아가지 않았다. 이는 생장배경이 확연히 다른 데 따른 차이에서 비롯된 것이기도 하다. 손권의 종횡술에 유연성이 두드러지게 나타나는 이유다. 손권이 구사한 종횡술은 전국시대에 나타난 합종연횡合從連橫의 술책을 한 단계발전시킨 것으로 해석할 수 있다.

얄팍한 술수는 금세 바닥을 드러낸다

■ 초나라에 원숭이를 사육해 생계를 잇는 자가 있었다. 초나라 사람들은 그를 저공狙公으로 불렀다. 그는 아침이면 마당에서 원숭이를 조별로 나눈 뒤 나이 든 원숭이에게 무리를 이끌고 산에 가서 초목 열매를 구해오게 했다. 그는 그 가운데 10분의 1을 자신의 몫으로 가졌다. 혹 내놓지 않으면 채찍을 가했다. 원숭이들은 모두 크게 두려워하고 고통스러워했으나 감히 그의 뜻을 거스르지 못했다. 하루는 어린 원숭이가 무리에게 말했다.

"산의 열매가 저공이 심은 나무에서 나는 것인지요?"

"아니다. 자연적으로 나는 것이다."

"저공이 없으면 딸 수 없는지요?"

"아니다. 누구나 딸 수 있다."

"그렇다면 우리가 왜 그에게 수확물을 주어야 하고, 그를 위해 일을 해야 하는 것인지요?"

이런 원숭이의 말이 채 끝나기도 전에 다른 원숭이들이 모두 무언가가 잘못되었다는 것을 깨달았다. 그날 밤, 원숭이들은 저공이 잠든 틈을 타 우리와 족쇄를 부순 뒤 그간 모아두었던 과실을 들고 숲 속으로 들어간 후 다시는 돌아오지 않았다. 저공은 끝내 굶어 죽고 말았다. 욱리자가 말했다.

"세상에는 술수로 백성을 부리면서 도의도 기준도 없는 자가 많다. 저공과 같은 자들이다. 단지 우둔해 깨닫지 못해서 그럴 뿐이다. 일단 깨닫기만 하면 그 술수는 이내 바닥이 드러나고 말 것이다."

楚有養狙以爲生者, 楚人謂之狙公. 旦日必部分衆狙於庭, 使老狙率以之山中, 求草木之實, 賦什一以自奉, 或不給, 則加鞭焉. 群狙皆畏苦之, 弗敢違也. 一日有小狙謂衆狙曰, "山之果公所樹與?" 曰, "否也, 天生也." 曰, "非公不得而取與?" 曰, "否也, 皆得而取也." 曰, "然則吾何假於彼, 而爲之役乎?" 言未旣, 衆狙皆悟. 其夕相與伺狙公之寢, 破柵毁柙. 取其積, 相攜而入於林中, 不復歸. 狙公卒餒而死. 郁離子曰, "世有以術使民而無道揆者, 其如狙公乎? 惟其昏而來覺也, 一旦有開之, 其術窮矣."

— 제55장. 〈술사術使〉

해설 백성을 농락하는 위정자들을 질타하고 있다. 고금을 막론하고 백성을 농락한 정권이 오랫동안 유지된 적이 없다. 유기가 착취를 일삼은 저공의 비참한 최후를 언급한 이유다. 이 우화는《장자》〈제물론〉에 나오는 조삼모사朝三暮四 우화를 모방한 것이다. 이에 따르면 일찍이 저공이 원숭이에게 도토리를 나누어주면서 이같이 말한 바가 있다.

"아침에 세 개, 저녁에 네 개를 주겠다."

원숭이가 모두 화를 내자 그가 다시 말했다.

"그렇다면 아침에 네 개, 저녁에 세 개를 주겠다."

원숭이가 모두 기뻐했다. 이를 두고 장자는 이같이 평했다.

하루에 일곱 개를 준다는 점에서 명실名實에 아무 변화가 없는데도 원숭이들에게 희로喜怒의 마음이 작용한 탓이다. 사람들이 원숭이와 똑같은 잘못을 저지르는 것도 바로 희로의 마음이 작용했기 때문이다.

여기서 저공부서狙公賦芧 내지 조삼모사 성어가 나왔다. 조사모삼朝四暮三으로 표현하기도 한다. 이 우화는《열자列子》〈황제黃帝〉가 원전이다. 동일한 것을 놓고도 헛된 명분에 얽매여 다투는 자들을 질타하는《장자》와 달리《열자》는 어리석은 백성을 농락하는 내용이다.

욱리자가 "세상에는 술수로 백성을 부리면서 도의도 기준도 없는 자가 많다"며 저공을 비판한 것은《열자》와 취지를 같이하는 것이다. 백성은 결코 우둔하지 않고, 일시적으로 백성을 속일 수는 있어도 이내 바닥이 드러나 저공처럼 비참한 최후를 맞이하게 된다는 것이 골자다. 《순자荀子》〈왕제王制〉는 일반 백성을 중용민中庸民으로 표현했다. 매사에 한쪽에 치우치지 않고 성실히 살아가는 소박한 사람들이라는 취지에서 나온 것이다. 순박한 백성을 농락하는 자는 그 누구를 막론하고 '인민의 적'이다. 인민의 적이 오랫동안 생명을 유지한 적은 없다.

역사상 반면교사로 삼을 만한 이야기가 매우 많다. 대표적인 사례로 숭정 17년(1644), 지금의 사천성을 중심으로 대서국大西國을 세운 장헌충의 광적인 살인행각을 들 수 있다. 그는 명나라를 멸망시킨 이자성과 함께 농민반란군의 쌍두마차였다. 장헌충은 병졸, 이자성은 역참의 역졸 출신이다. 두 사람 모두 명나라가 어지러워지자 농민반란군에 가담해 두각을 나타내기 시작했다. 고영상高迎祥 휘하에서 승승장구하던 두 사람은 점차 서로를 반목하게 되고 고영상 사후 농민반란군은 이자성과 장헌충의 무리로 나뉘게 되었다. 이후 이자성이 이끄는 농민반란군이 북경北京을 최종목표로 삼아 동북쪽으로 진공하자, 장헌충은 정반대로 서남부를 공략했다.

1644년은 중국사에서 매우 중요한 해다. 이해 3월, 이자성의 군사가 북경을 점령하자 명나라의 마지막 황제 숭정제崇禎帝는 자금성 뒷산에서 목을 매 자결했다. 명나라 멸망의 순간이다. 이해 8월, 장헌충도 성도를 함락시키고, 대서국을 세우고 황제의 자리에 올랐다.

주원장도 홍건적의 소두목에서 출발해 명나라를 세운 만큼 이자성과 장헌충이 세력을 키워 보위에 오를지라도 하등 이상할 것이 없다. 그러나 만주족이 세운 청淸나라는 과거의 원나라와 달랐다. 청나라 조정은 산해관을 지키고 있던 명나라 장수 오삼계吳三桂를 회유해 북경으로 밀고 들어왔다. 이자성은 대순국大順國 황제 즉위식 직후 황급히 지금의 호북성 통산인 통성通城으로 퇴각했다가 구궁산에서 명나라에 충성하는 현지 무장세력에게 살해되었다. 《청세조실록淸世祖實錄》에는 탈출이 어려워지자 자살한 것으로 기록되어 있다. 이자성 사후 대순국 군대는 구궁산 일대를 소탕해 보복하고, 남명南明 정권과 연합해 저항을 계속했다.

당시 장헌충은 청에 대항해 싸웠지만 역부족이었다. 황제에 오른 뒤 2년만인 순치順治 3년(1646), 장헌충은 청나라 군사가 쏜 화살에 맞아 죽었다. 그의 부하들은 양아들 이정국李定國을 중심으로 16년 동안 유격전을 벌이며 청나라와 싸웠다.《명사》〈장헌충전張獻忠傳〉을 비롯해 심순위沈荀蔚의《촉난서략蜀難敍略》, 구양직歐陽直의《촉란蜀亂》, 팽준사彭遵泗의 《촉벽蜀碧》등은 그를 희대의 살인마로 기록해놓았다.

이들 사서의 기록에 따르면 장헌충은 이자성이 북경 점령 70일 만에 청나라 군사에게 쫓겨나자 이제 가망이 없게 되었다고 생각해 사천 일대의 호족과 선비, 승려 등을 무참히 도륙했다. 그는 취해 있을 때는 온순하지만 술에서 깨면 하루라도 눈앞에 피가 흐르는 것을 보지 않으면 언짢아했다. 하루는 "이제 더는 죽일 사람이 없단 말인가"라고 절규하고 부인과 애첩, 자식까지 모조리 죽였다고 한다. 이런 식으로 100만명 가까운 백성이 죽임을 당해 사천 일대가 텅 비었다. 여기서 나온 말이 호광전사천湖廣塡四川이다. 사천 일대가 텅 비어 호남·호북·광동·광서 주민을 대거 이주시켜 사천 일대를 메웠다는 뜻이다.

이는 천하의 모든 인민을 대상으로 새 왕조를 세우고자 했던 이자성과 대비된다. 북경 점령 후 방자한 모습을 보인 이자성을 반면교사로 삼은 모택동이 이자성의 거병에 대해서는 긍정적으로 평가하면서도 장헌충에 대해서는 한마디도 언급치 않은 사실이 이를 방증한다. 이자성을 주인공으로 삼은 역사소설이 계속 나오고 있음에도 장헌충을 주인공으로 삼은 역사소설이 전무한 것도 같은 맥락에서 이해할 수 있다. 청조의 기록이 비록 과장된 면이 있기는 하나 인민을 둘로 쪼개 한쪽을 무참히 도륙한 그의 행적이 결코 미화될 수는 없는 일이다.

마음의 크기가 성공의 크기를 좌우한다

■ 욱리자가 말했다.

"날짐승과 들짐승은 사람과 부류가 다르다. 사람은 짐승을 가르쳐 길들이는 순치馴致를 행한다. 사람이 할 수 없는 것이 무엇이 있겠는가! 날짐승과 들짐승은 산과 숲을 둥지로 삼는다. 사람이 짐승을 우리 안에 기르는 것은 자연의 본성에 반反한다. 그럼에도 끝내 순치가 가능한 것은 짐승이 좋아하는 것을 얻게 하고, 그 뜻을 어기지 않기 때문이다. 지금 날짐승과 들짐승을 기르면서 순치시키지 못하는 것은 짐승이 원하는 것을 먹이지 않고, 본성이 요구하는 장소를 제공하지 않고, 강압적으로 윽박지르기 때문이다. 그러면 죽고 만다. 아, 어찌해야 짐승을 원하는 대로 순치시킬 수 있을까? 사람과 사람은 같은 부류다. 정감이 쉽게 통하는 이유다. 날짐승과 들짐승처럼 무지하지도 않다. 그런데도 좋아하는 것을 빼앗고, 싫어하는 쪽으로 몰아가고, 얻고자 하는 것을 막고, 바라지 않는 것을 강요하면서 윽박질러 복종하게 만들고 있다. 그러니 마음속 깊이 흔쾌히 기꺼워하며 진심으로 복종할 리 있겠는가? 피하고 두려워하는 바가 있어 부득이 그런 것이 아니겠는가? 만일 마음속 깊이 흔쾌히 기꺼워하며 진심으로 복종하는 것이 아니라 부득이해 그런 것이라면 그들에게 나라를 잘 다스리며 나라에 헌신할 것을 기대한들 이는 요순일지라도 불가능한 일이다."

郁離子曰, "鳥獸之與人非類也, 人能攏而馴之, 人亦何所不可爲哉! 鳥獸以山藪爲家, 而關養於樊籠之中, 非其情也, 而卒能馴之者, 使之得其所嗜好而無違也. 今有養鳥獸而不能使之馴, 則不食之以其心之所欲, 處之以其性之所要, 而加矯迫焉, 則有死耳, 烏乎其能馴之也? 人與人爲同類, 其情爲易通, 非若鳥獸之無知也. 而欲奪其所好, 遣之以其所不好. 絶其所欲, 强之以其所不欲, 迫之而使從. 其果心悅而誠服耶? 其亦有所顧畏而不得已耶? 若曰非心悅誠服而出不得已, 乃欲使之治吾國徇吾事, 則堯舜亦不能矣."

— 제69장 〈양조수養鳥獸〉

해설　이 우화는 원나라 말기 당시의 어지러운 정사를 비판한 것이다. 동시에 군웅들을 향한 충고이기도 하다. 욱리자는 용인의 비법을 마음이 감복해 따르는 심복心服에서 찾고 있다. 사람과 부류가 다른 짐승도 그들이 원하는 것을 주어야 길들일 수 있다. 하물며 사람의 경우는 더 말할 것이 없다. 그런데도 위정자들은 좋아하는 것을 빼앗고, 싫어하는 쪽으로 몰아가고, 얻고자 하는 것을 막고, 바라지 않는 것을 강요하면서 윽박질러 복종하게 만들고 있다.

《손자병법》〈모공謀攻〉 역시 최상의 전략을 심복에서 찾고 있다. 해당 대목이다.

용병의 기본이치를 말하면 적국을 온전히 굴복시키는 전국全國이 최상이고, 적국을 무찔러 항복을 받아내는 파국破國은 차선이다. 100번 싸워 100번 이기는 백전백승百戰百勝은 결코 최상의 계책이 될 수 없다. 싸우지 않고도 굴복시키는 부전굴인不戰屈人이야말로 최상의 계책에 해당한다. 전쟁에서 최선책은 지략으로 적을 굴복시키는 것이고, 차선책은 외교수단으로 적을 굴복시키는 것이고, 그다음 차선책은 무력으로 적을 굴복시키는 것이고, 최하 계책은 적의 성을 직접 공격하는 것이다.

부득이 싸움을 하게 될 경우에 구사하는 가장 높은 수준의 전술에서 최하 수준의 전술까지 단계별로 언급해놓았다. 최상의 단계는 상대방을 온전히 굴복시키는 전승全勝이다. 이는 상대방의 마음을 얻어 굴복시키는 심복을 달리 표현한 것이다. 최하 단계는 유혈전을 동반하는 공성攻城이다.

맹자는 이익 앞에서 배신을 일삼는 자들이 횡행할 경우 끝내 군신은 물론 부자 사이에도 등 뒤에 칼을 꽂는 야만적인 '만인의 만인에 대한 투쟁'이 빚어질 수밖에 없다고 경고했다. 장자는 사람이 일생을 살아가는 유형을 크게 네 가지로 나누어보았다. 향락享樂·명리·귀의歸依·초속超俗이 그것이다. 이는 삶과 죽음에 대한 기본입장을 잣대로 삼은 것이다.

한비자는 장자가 생각한 네 가지 유형의 삶 가운데 명리에 초점을 맞추었다. 그가 볼 때 열국의 군주를 위시해 서민에 이르기까지 대다수 사람이 지대한 관심을 기울이는 것은 어디까지나 명리였다. 한비자가 명리에 입각한 용인의 비책으로 제시한 방안은 인심과 기능技能, 세위勢

位 등 크게 세 가지다.《한비자》〈공명功名〉의 해당 대목이다.

군주가 공을 세우고 명성을 떨치는 방법은 네 가지다. 첫째 천시天時, 둘째 인심, 셋째 기능, 넷째 세위다. 천시를 어기면 비록 요임금이 열 명 있을지라도 겨울에 벼 한 포기 살릴 수 없고, 인심을 거스르면 비록 전설적인 용사인 맹분孟賁이나 하육夏育일지라도 사람들로 하여금 힘을 다하게 할 수 없다. 천시를 얻으면 힘쓰지 않아도 저절로 자라고, 인심을 얻으면 재촉하지 않아도 저절로 부지런히 일한다. 기술과 능력을 이용하면 서두르지 않아도 저절로 신속해지고, 권세와 지위를 얻으면 나아가지 않아도 저절로 명성을 이룬다. 마치 물이 흘러가고, 배가 뜨는 것과 같다. 천지자연의 도를 지키는 가운데 무궁한 명령이 저절로 행해진다. 명군으로 부르는 이유다.

천시는 치국평천하에서 가장 중요한 요소이지만 인간의 노력으로 이룰 수 있는 것이 아니다. 한비자가 초점을 맞춘 것은 인간이 할 수 있는 방안인 인심과 기능 및 세위다.

기능과 세위는 법치와 술치 및 세치로 이룰 수 있다. 그러나 인심은 이보다 한 단계 높은 도치道治가 필요하다. 공평무사가 관건이다. 이는 마치 하늘에 떠 있는 해와 달처럼 모든 사람에게 공평한 잣대를 들이대는 것을 말한다. 그래야 백성이 심복한다. 상이한 잣대를 들이대면 피해를 보는 자는 즉각 반발하고, 이익을 보는 자 역시 내심 경멸한다. 한비자가 법치와 술치 및 세치 위에 도치를 둔 이유다.

모두 일하는 것은 아무도 일하지 않는 것과 같다

━ 기리杞離가 웅칩보에게 말했다.

"그대는 검은색 오봉烏蜂에 대해 아시오? 누런 황봉黃蜂이 사력을 다해 꿀을 만들면 오봉은 꿀을 만들지도 못하면서 오직 먹기만 하오. 벌집 입구를 진흙으로 막으면 황봉의 여왕벌은 일벌을 시켜 꿀의 축적을 감시하고 계산하도록 하면서 반드시 오봉을 멀리 쫓아내오. 떠나지 않는 오봉은 벌들이 윙윙 소리를 내며 합세해 죽인다오. 지금 조정에 있는 자는 고하를 막론하고 손에 굳은살이 박이고 발이 어는 것도 아랑곳하지 않은 채 군주의 일을 처리하고 있소. 모두 초나라에 유익한 자들이오. 그런데도 그대만은 유독 놀고먹으면서 별이 뜨기 전에 자고, 해를 보면서도 일어나지 않으니 초나라에 무익한 자요. 아침저녁으로 아무리 생각할지라도 그대가 혹여 오봉이 될까 걱정이오."

웅칩보가 대답했다.

"그대는 사람 얼굴을 보지 못하시오? 눈과 코와 입 모두 매일 긴급히 사용되고 있소. 그런데 유독 눈썹만은 하는 일이 없기에 없애도 될 듯싶소. 그러나 사람들 모두 눈썹이 있는데 유독 그대만 없다면 얼마나 가관이겠소? 초나라가 이처럼 방대한데 놀고먹는 선비 한 사람도 용납할 수 없다는 말이오? 그러다가 눈썹 없는 사람이 되어 구경꾼의 비웃음을 살까 두렵소.”

초나라 왕이 이 이야기를 듣고는 웅칩보를 더욱 우대했다.

杞離謂熊蟄父曰, “子亦知有烏蜂乎? 黃蜂殫其力以爲蜜, 烏蜂不能爲蜜, 而惟食蜜. 故將墐戶, 其王使視蓄而計課, 必盡逐其烏蜂, 其不去者衆嘬而殺之. 今居於朝者, 無小大無不胝手瘃足以任王事, 皆有益於楚國者也. 而子獨邀以食, 先星而臥, 見日而未起, 是無益於楚國者也. 且夕且計課, 吾憂子之爲烏蜂也.” 熊蟄父曰, “子不觀夫人之面乎? 目與鼻·口皆日用之急, 獨眉無所事, 若可去也. 然人皆有眉而子獨無眉, 其可觀乎? 以楚國之大, 而不能容一邀以食之士, 吾恐其爲無眉之人, 以貽觀者笑也.” 楚王聞之, 益厚待熊蟄父.

— 제75장 〈오봉 烏蜂〉

해설 마치 눈썹처럼 일견 무용한 듯이 보이면서도 유용한 경우가 있는 만큼 판정에 신중을 기할 필요가 있다는 점을 역설하고 있다. 주목할 것은 개미사회의 모습이다. 주지하듯이 개미와 꿀벌은 인간과 마찬가지로 잘 꾸민 사회조직 속에서 살아간다. 학자들의 연구 결과, 놀랍게도 70퍼센트 정도의 개미가 몸을 핥거나 꼼짝도 하지 않는 등 노동과 전혀 관계없는 행동을 한다. 개미의 종류를 불문하고 이는 모두 같다. 무려 아무 일도 하지 않는다는 것이다. 모든 개미가 늘 열심히 일하는 것으로 알려진 것과 정반대다.

인간을 위시한 모든 동물은 움직이면 에너지를 소비하고, 에너지가 소비되면 피로해지고, 피로를 풀기 위해서는 반드시 휴식을 취해야 한다. 모두가 쉬지 않고 일하는 시스템에서는 일제히 피로에 지쳐 아무도 일을 하지 않는 경우가 생길 수 있다. 역설적으로 이야기하면 아무 일도 하지 않는 개체가 있는 비효율적인 시스템이야말로 조직의 생존에 필요한 효율적인 시스템이라는 이야기가 된다. 우화에 나오는 눈썹의 역할과 닮았다.

개미사회에서는 다른 길로 가는 개미가 많을수록 유리하다. 다른 길로 가는 개미가 바로 새로운 먹이의 이동경로를 찾아내는 개척자 역할을 수행하기 때문이다. 이를 사회 전체로 확대하면 다른 길로 가는 사람이 많이 존재하는 사회가 오히려 역동적이면서 크게 발전할 가능성이 높다는 이야기가 된다.

꿀벌의 경우도 크게 다르지 않다. 좁은 공간에 많은 꽃이 있는 하우스에 풀어놓은 꿀벌은 일찍 죽는다. 과로 때문이다. 과잉노동이 개인과 조직의 수명을 단축시키는 것과 같다. 사회구성원 모두가 지치면 그 사회는 이내 궤멸하고 만다. 일을 잘하는 규격품 같은 개체만으로 구성된 조직이 여유를 잃고 자멸하는 것과 닮았다.

장점은 주목하고 단점은 개선한다

■ 문객 가운데 위무후魏武侯 앞에서 오기를 헐뜯은 자가 있었다.

"오기는 탐욕스럽습니다. 등용해서는 안 됩니다."

위무후가 오기를 멀리한 이유다. 공자公子 성成이 위무후를 알현하는 자리에서 물었다.

"군주는 왜 오기를 멀리하는 것입니까?"

"누군가 말하기를 '오기는 탐욕스럽다'고 했소. 그래서 좋아하지 않는 것이오."

공자 성이 말했다.

"이는 군주의 잘못입니다. 오기의 능력은 천하의 어느 선비보다 앞섭니다. 그는 탐욕스럽기에 군주를 섬기러 온 것입니다. 그렇지 않다면 군주는 어떻게 그를 신하로 삼을 수 있었겠습니까? 군주는 자신을 은나라 탕왕이나 주周나라 무왕과 비교할 때 누가 더 현명하다고 여기십니까? 무광務光과 백이伯夷는 천하에 욕심이 없는 자들입니다. 탕왕이 무광을 신하로 삼을 수 없었고, 무왕이 백이를 신하로 삼을 수 없었던 이유입니다. 지금 무광과 백이 두 사람처럼 욕심 없는 자가 있다면 과연 군주의 신하가 되려고 하겠습니까? 지금 군주의 나라는 동쪽으로 제나라, 남쪽으로 초나라, 북쪽으로 조나라 및 한나라와 대치하고 있습니다. 서쪽에는 호랑이나 이리 같은 진秦나라가 있습니다. 군주는 홀로 사방에서 싸움이 벌어지고 있는 전쟁터의 한복판에 있습니다. 그런데도 저 다섯 나라가 군사를 주둔시키고 좌시만 한채 감히 위나라를 넘보지 못하는 것은 바로 위나라가 오기를 장수로 삼고 있기 때문입니다.

주나라 때 나온 《시경詩經》에 '용맹한 무인이여, 나라를 보위하는 간성幹城이라네!'라고 했습니다. 오기가 바로 그런 사람입니다. 군주가 나라의 사직을 염려한다면 오기가 바라는 것을 기꺼이 주어 마음이 흡족해 다른 것을 바라지 않도록 만드십시오. 앉아서 다섯 나라의 군사를 겁준다면 잃는 것은 아주 적고, 얻는 것은 매우 큽니다. 만일 거친 쌀과 채소를 먹이고 짧은 소매 옷을 입고 도보로 다니면서 군주의 명이나 충실히 받들라 하면 오기는 필히 떠날 것입니다. 오기가 떠나고 오기와 같은 천하의 인재가 걸음을 멈추고 위나라 도성에 들어오지 않는다면 위나라는 이내 텅 비고 말 것입니다. 신은 군주를 위해 이를 우려할 수밖에 없습니다."

"훌륭한 말이오!"

그러고는 오기를 다시 중용했다.

客有短吳起於魏武侯者, 曰, "吳起貪, 不可用也." 武侯疏吳起. 公子成入見曰, "君奚爲疏吳起也?" 武侯曰, "人言起貪, 寡人是以不樂焉." 公子成曰, "君過矣, 夫起之能, 天下之士莫先焉, 惟其貪也, 是以來事君, 不然君豈能臣之哉? 且君自以爲與殷湯·周武王孰賢? 務光·伯夷天下之不貪者也, 湯不能臣務光, 武王不能臣伯夷, 今有不貪如二人者, 其肯爲君臣乎? 今君之國, 東距齊, 南距楚, 北距韓·趙, 西有虎狼之秦, 君獨以四戰之地處其中, 而彼五國頓兵坐視, 不敢窺魏者何哉? 以魏國有吳起以爲將也. 周《詩》有之曰, '赳赳武夫, 公侯干城.' 吳起是也. 君若念社稷, 惟起所願好而予之, 使起足其俗而無他求, 坐威魏國之師, 所失甚小, 所得甚大. 乃欲使之飯糒茹蔬被短褐步走以供使令, 起必去之. 起去, 而天下之如起者, 卻行不入大梁, 君之國空了. 臣竊爲君憂之." 武侯曰, "善!" 復進吳起.

— 제79장〈사탐使食〉

해설 완전무결한 사람은 없는 만큼 장점에 초점을 맞추어 인재를 선발할 것을 권하고 있다. 오기는 전국시대 초기 위문후魏文侯가 천하를 호령하는 데 지대한 공을 세운 당대 최고의 병법가로,《오자병법吳子兵法》의 저자이기도 하다. 위문후는 당대 최고의 명군으로 이회李悝를 재상, 오기를 장수로 삼아 패업을 이루었다. 오기는 위문후의 뒤를 이은 위무후와 갈등을 빚자 이내 죽임을 당할까 우려해 초나라로 망명했다. 처음에 지금의 하남성 남양인 완宛 땅의 태수로 있다가 얼마 후 영윤으로 발탁되었다. 대대적인 변법을 시행해 초나라를 최강의 군사대국으로 만들었으나 초도왕楚悼王 사후 변법에 불만을 품었던 귀족들의 쿠데타로 살해되었다.

《사기》〈손자오기열전孫子吳起列傳〉에 따르면 당초 그는 증자曾子 밑에서 학문을 닦다가 제나라 대부의 딸을 부인으로 맞이했다. 하루는 증자가 오기에게 물었다.

"그대가 학문을 배운 지도 이미 6년이 지났다. 그런데 한 번도 어머니를 만나러 고국에 가지 않으니 자식 된 도리로 마음이 편안한가?"

"저는 어머니 슬하를 떠날 때 일국의 정승이 되지 않으면 돌아가지 않겠다고 맹세했습니다."

"다른 사람과는 맹세할 수 있으나 어찌 어머니 앞에서 맹세할 수 있단 말인가?"

몇 달 후 위나라에서 오기의 어머니가 죽었다는 소식이 전해졌다. 오기가 크게 통곡한 뒤 다시 책을 읽기 시작했다. 화가 난 증자가 오기를 불렀다.

"나는 너 같은 사람을 제자로 둔 적이 없다. 다시는 나를 볼 생각을 하지 마라!"

〈손자오기열전〉은 오기가 증자의 문하를 떠나 다른 곳으로 가 병법을 익혀 마침내 3년 만에 일가를 이루었다고 기록해놓았다. 오기가 증삼 이외에도 여러 사람 밑에서 두루 공부했음을 시사한다. 오기는 기량을 펼치기 위해 노나라로 갔다. 노나라가 그를 등용하자 그는 그간 갈고 닦아온 능력을 유감없이 발휘하기 시작했다. 제나라 재상 전화田和가 이끄는 군사를 격파했던 것이 그렇다. 오기에게 패해 간신히 제나라로 돌아온 전화는 오기를 두려워한 나머지 휘하 장수 장추張醜에게 이같이 분부했다.

"오기가 노나라에 있는 한 우리 제나라는 불안해 견딜 수가 없다. 내가 장차 노나라에 사람을 보내 그를 매수할 작정이다. 그대가 능히 노나라에 갔다 오겠는가?"

"목숨을 걸고 갔다 와 이번에 패한 죄를 갚도록 하겠습니다."

장추가 장사꾼으로 가장해 노나라로 들어간 뒤 오기의 부중을 찾아가 두 명의 미희와 황금을 바쳤다. 오기가 사례했다.

"그대는 돌아가 감사의 뜻을 전하도록 하시오. 장차 제나라가 노나라를 치지 않는 한 노나라도 결코 제나라를 치는 일이 없을 것이오."

장추가 노나라를 떠나면서 길을 가는 행인들에게 외쳤다.

"오기가 제나라 밀사로부터 많은 뇌물을 받았다. 어떤 일이 있을지라도 제나라를 치지 않겠다고 맹세했다!"

이 말이 삽시간에 퍼졌다. 대부들이 오기를 탄핵했다. 오기는 화가 미칠까 우려해 위나라로 달아났다. 위문후가 인재를 아낀다는 이야기를 들은 결과다. 오기는 재상 척황翟璜의 집에 머물다 척황의 천거를 받고 위문후를 만나게 되었다. 서하西夏 땅의 태수로 임명되자마자 성루를 높이 수축하고, 성지城池를 깊이 파고, 군사를 조련하며 사졸과 숙식을 같이했다. 잠잘 때도 자리를 펴지 않고, 돌아다닐 때도 말을 타지 않고, 먹을 양식도 직접 짊어지고 다니며 병사들과 고락을 같이했다. 모든 것이 노나라에 있을 때와 같았다.

이처럼 그는 당대 최고의 병법가이자 뛰어난 장수였다. 위문후는 이런 점을 높이 사 그를 과감히 장수로 발탁했다. 전국시대 초기에 천하를 호령한 이유다. 그러나 그의 후사인 위무후는 그러지 못했다. 오기는 위문후 사후 이내 궁지에 몰리게 되었다. 적이 너무 많았던 탓이다. 그는 이내 초나라로 망명해 초나라의 개혁에 대공을 세웠다. 초나라가 오기의 망명 이후 최강의 무력을 자랑한 이유다. 위무후는 오기의 망명을 막지 못했고, 이후 위나라는 급격히 국세가 기울어졌다. 누구를 기용하는가에 따라 흥망이 엇갈린 대표적인 사례에 해당한다.

교묘한 속임은 투박한 성실만 못하다

■ 우부虞孚가 계연計然 선생에게 생업으로 부를 쌓는 비법을 물은 덕분에 옻나무 기르는 방법을 배울 수 있었다. 3년이 지나 나무가 자라자 이를 베어 내다 판 덕분에 칠漆 수백 섬을 살 수 있었다. 이를 싣고 오나라로 가 팔고자 했다. 처남이 만류했다.

"내가 일찍이 오나라에서 장사를 했는데 오나라 사람들은 칠로 장식하기를 좋아한다네. 칠 기술자가 많고, 칠 제품이 상등품으로 팔리는 이유지. 내가 보건대, 칠 파는 사람이 옻나무 잎을 달인 기름을 칠과 섞으면 그 이익이 배가 될 터인데 사람들이 이를 모르고 있더군."

우부가 이 말을 듣고는 크게 기뻐하며 그대로 좇았다. 옻나무 잎을 달여 만든 기름이 수백 개의 항아리에 달했다. 이를 칠과 함께 수레에 싣고 오나라로 갔다. 당시 오나라와 월나라 사이가 나빴던 탓에 월나라 상인이 오나라로 가 장사를 할 수 없었다. 그러나 오나라에는 칠이 달려 구하기가 매우 어려웠던 까닭에 오나라 거간꾼이 이 이야기를 듣고는 크게 기뻐하며 교외까지 마중을 나와 오나라로 안내한 뒤 노고를 위로하며 자신의 객관에 머물게 했다. 칠의 품질이 매우 뛰어나자 곧바로 돈을 가지고 와 사겠다고 약속했다. 우부가 크게 기뻐하며 밤에 옻나무 잎 기름을 칠에 섞고 기다렸다. 약속시간이 되자 마침내 거간꾼이 왔다. 그는 칠을 담은 용기를 봉한 표지가 새것으로 바뀐 것을 보고는 크게 의심하며 우부에게 기한을 스무날 연기하자고 했다. 그사이 칠은 모두 변질되었고, 우부는 돌아오지도 못한 채 거지가 되어 오나라에서 객사했다.

虞孚問治生於計然先生, 得種漆之術, 蘭年樹成而割之, 得漆數百斛, 將載而鬻諸吳, 其妻之兄謂之曰, "吾常於吳商, 知吳人尙飾, 多漆工, 漆於吳爲上貨. 吾見賣漆者煮漆葉之膏以和漆, 其利倍而人弗知也." 虞孚聞之喜, 如其言, 取漆葉煮爲膏, 亦數百甕, 與其漆俱載以入於吳. 時吳與越惡, 越賈不通, 吳人方艱漆, 吳儈聞有漆, 喜而逆諸郊, 道以入吳國, 勞而舍諸私館. 視其漆良也, 約旦夕以金幣來取漆. 虞孚大喜, 夜取漆葉之膏和其漆以俟. 及期, 吳儈至, 視漆之封識新, 疑之, 謂虞孚請改約. 期二十日至, 則其漆皆敗矣. 虞孚不能歸, 遂丐而死於吳.

— 제110장 〈우부虞孚〉

해설   여기서는 성실을 강조하고 있다. 앞이 보이지 않는 난세에 성실하게 행동하는 모습은 얼핏 어리석은 것 같지만 크게 보면 이 방법이 최후의 승리를 거두는 길이기도 하다. 사마천은《사기》〈화식열전〉에서 이같이 말했다.

욕심을 부리지 않고 청렴한 관원으로 오랫동안 일하다보면 봉록만으로도 이내 부유하게 된다. 싼값으로 물건을 팔지라도 신용을 얻어 부자가 되는 것과 같다.

〈화식열전〉에는 성실을 배경으로 거부가 된 일화가 많이 나온다. 대표적인 사례로 진시황 때 활약한 오씨烏氏 땅의 나倮를 들 수 있다. 나는 목축으로 성공한 인물이다. 가축 수가 많아지면 팔아서 진기한 물건이나 견직물을 구해 은밀히 융족戎族의 왕에게 바쳤다. 융족의 왕이 그 보상으로 물건 가격의 열 배에 달하는 가축을 그에게 주었다. 소나 말 등의 숫자가 엄청나게 많아져 가축이 있는 골짜기 단위로 수를 세야 할 정도였다. 진시황은 그를 군호에 봉해진 자들과 동등하게 대우했다. 그가 정례적으로 다른 대신들과 함께 조회에 참석한 배경이다.

신용을 가장 중시한 상인문화로는 일본의 오사카상인을 들 수 있다. 일본에서는 상호를 통상 노렌暖簾으로 표현한다. 원래 상호를 새겨 넣은 노렌은 가게 안에 직접 풍광이 들어오는 것을 막거나 추위를 덜기 위한 목적으로 만들어졌다. 영업 중일 때만 내걸고 문을 닫을 때는 떼는 까닭에 그 가게의 신용과 품격을 상징하게 되었다.

오사카를 거점으로 한 상인들은 자신들이 만들어내는 모든 상품에 노렌를 새겨 넣었다. 상호와 상표를 일치시킨 셈이다. 노렌은 전통과 자부심, 신용과 장인정신의 상징이다. 노렌을 귀하게 여긴다는 것은 결국 자신의 일과 가게를 목숨처럼 생각한다는 뜻이다. 집단과 신용을 중시하고 업무에 혼신을 다하는 일본의 상인문화가 여기서 나왔다.

화상華商으로 불리는 중국상인도 일본상인 못지않게 신용을 중시한다. 그들의 신용을 얻기 위해서는 통상 많은 시간이 걸린다. 믿음이 갈

때까지 계속 상대방을 시험하고 관찰하기 때문이다. 그 대신 한번 신용하면 오래간다. 중국상인과 거래할 때는 반드시 작은 것부터 착실히 쌓아나가야 한다. 중국상인은 작은 사업일지라도 근면하게 일한다. 일확천금을 믿지 않는 것이다. 노점으로 큰돈을 벌어 빌딩을 살지라도 계속 노점을 운영하는 것도 이런 맥락에서 이해할 수 있다.

송상松商으로 불리는 우리나라 개성상인들의 신용도 그에 못지않다. 흔히 개성상인을 두고 깍쟁이로 표현한다. 어원은 가게장이에서 나왔다. 개성상인의 철저한 신용과 근검절약, 협동정신을 빗대어 표현한 것이다.

개성상인의 단결과 근검절약, 신용은 유래가 깊다. 고려의 수도였던 개성 사람들은 조선의 개국을 거부하고 대부분 장사를 했다. 상인으로서의 자부심이 강할 수밖에 없었다. 일제 때 일본상인들이 개성상인의 주요 사업영역인 비단과 인삼 등을 빼앗기 위해 온갖 수단을 동원했으나 결국 실패했다. 신용을 목숨같이 여기며 철저히 단결한 결과다.

《육리자》에 나오는 계연은 춘추시대 말기 월왕 구천을 섬긴 인물로 《사기》와 《오월춘추》 등에 범리의 스승으로 나온다. 원래의 성은 신辛, 이름은 연研이다. 계산이 정확하고 경제에 밝아 계연計然이라는 칭호를 받게 되었다. 이 우화에서는 불성실한 자세로 일확천금을 노릴 경우 오히려 낭패를 볼 수 있다는 점을 경고하고 있다. 예나 지금이나 모조품 내지 불량품으로는 일시적으로 이익을 얻을 수 있을지 모르나 이내 커다란 부메랑을 맞을 소지가 크다. 속임수는 결코 오래갈 수 없기 때문이다.

난세일수록 성실한 자세로 임하는 것이 필요하다. 의리를 중시하는 협객이 난세에 각광을 받는 것도 이런 맥락에서 이해할 수 있다. 사마천이 《사기》〈유협열전遊俠列傳〉에서 협객을 대서특필한 이유다. 〈유협열전〉에 나오는 유협은 〈자객열전刺客列傳〉에 나오는 자객과 약간 성격을 달리한다. 〈자객열전〉에서는 나라를 위해 몸을 내던지는 공의公義 차원의 협객을 다루고 있다. 이에 반해 〈유협열전〉의 주인공은 공의가 아닌 사의私義 차원의 협객이 주인공이다. 〈유협열전〉은 춘추전국시대에서 한나라 초기에 이르는 혼란기 때 협객의 무리가 얼마나 신의를 중시했는지를 극명하게 보여주고 있다.

운명이 아닌 스스로를 믿는다

■ 전한 초기 동릉후東陵侯 소평邵平이 후작의 자리에서 쫓겨난 뒤 점복占卜에 뛰어난 초나라 출신 사마계주司馬季主를 찾아가 점을 쳤다. 사마계주가 물었다.

"그대는 무슨 점을 치려는 것입니까?"

동릉후가 대답했다.

"오래 누워 있으면 일어나고 싶고, 오래 칩거하면 나오고 싶고, 오래 번민하면 이를 밖으로 토해내고 싶어 하는 법이오. 내가 듣건대, 극도로 쌓이면 새고, 극도로 닫히면 도달하고, 극도로 더우면 찬바람이 일고, 극도로 막히면 통한다고 했소. 겨울 뒤에는 봄이 오고, 굽었다가는 펼쳐지고, 일어섰다가는 엎드리고, 갔다가는 돌아오지 않는 것이 없소. 그럼에도 이해할 수 없는 것이 있기에 가르침을 받고자 하는 것이오."

사마계주가 물었다.

"그런 것이라면 이미 그대도 알고 있는 것입니다. 또 무슨 점을 치려는 것입니까?"

동릉후가 대답했다.

"나는 그 깊은 뜻을 모르겠소. 선생이 속히 가르쳐주시오."

사마계주가 반문했다.

"아, 하늘이 무엇을 가까이합니까? 덕을 가까이할 뿐입니다. 귀신은 어떻게 신통해집니까? 사람이 신통하기 때문입니다. 점을 치는 시초蓍草는 마른풀이고, 점을 치는 귀갑龜甲은 마른 뼈로 모두 사물입니다. 사람은 사물보다 신령스러운 존재입니다. 어째서 자신에게서 듣지 않고 사물에게서 들으려는 것입니까? 그대는 왜 옛일을 반성하지 않는 것입니까? 과거가 있기에 오늘이 있습니다. 깨진 기왓장과 허물어진 담이 있는 곳은 전에 춤추고 노래하던 곳이고, 황폐한 덤불과 꺾인 가시나무가 있는 곳도 전에 고운 꽃과 멋진 나무로 뒤덮였던 곳입니다. 이슬 맞은 귀뚜라미 소리와 바람 속의 매미 소리는 이전의 생황과 피리 소리를 방불케 하고, 귀신불과 반딧불은 이전의 금 촛대와 화려한 초에 비유할 만하고, 가을의 씀바귀와 봄날의 냉이는 이전의 코끼리 기름과 낙타 혹 요리에 해당하고, 붉은 단풍잎과 흰 갈대 옷은 옛날 촉 땅의 비단, 제 땅의 비단과 같습니다. 옛날에 없던 것을 오늘날 갖고 있다 한들 지나칠 것이 없고, 옛날에 있던 것을 오늘날 갖고 있지 않다 한들 부족할 것이 없습니다. 낮이 있으면 밤이 있고, 꽃은 피었다가 지고, 봄이 있으면 가을이 있고, 낡은 것이 새로울 수 있습니다. 거센 물길 아래 반드시 깊은 못이 있고, 높은 언덕 아래 반드시 깊은 골짜기가 있습니다. 그대도 이런 이치를 알고 있는데 무엇 때문에 굳이 점을 치려는 것입니까?"

東陵侯旣廢, 過司馬季主而卜焉. 季主曰, "君侯何卜也?" 東陵侯曰, "久臥者思起, 久蟄者思啓, 久懣者思嚏. 吾聞之畜極則泄, 閟極則達, 熱極則風, 壅極則通,一冬一春, 靡屈不伸, 一起一伏, 無往不復. 僕竊有疑, 願受教焉." 季主曰, "若是則君侯已喩之矣, 又何卜爲?" 東陵侯曰, "僕未究其奧也, 願先生卒教之." 季主乃言曰, "嗚呼, 天道何親, 惟德之親. 鬼神何靈, 因人而靈. 夫蓍枯草也, 龜枯骨也, 物也, 人靈於物者也, 何不自聽而聽於物乎? 且君侯何不思昔者也, 有昔者必有今日. 是故碎瓦頹垣, 昔日之歌樓舞館也. 荒榛斷梗, 昔日之瓊蕤玉樹也. 露螢風蟬, 昔日之鳳笙龍笛也. 鬼磷螢火, 昔日之金釭華燭也. 秋荼春薺, 昔日之象白駝峰也. 丹楓白荻, 昔日之蜀錦齊紈也. 昔日之所無, 今日有之不爲過. 昔日之所有, 今日無之不爲不足. 是故一晝一夜, 華開者謝. 一秋一春, 物故者新. 激湍之下必有深潭, 高丘之下必有浚谷, 君侯亦知之矣, 何以卜爲?"

— 제124장 〈동릉후東陵侯〉

해설 세월이 흐르면 세상도 변하고 왕조의 흥망도 교체될 수밖에 없다는 엄연한 역사적 사실을 언급하고 있다. 여기의 동릉후는 실존인물이다. 《사기》〈소상국세가蕭相國世家〉 등에는 소평召平으로 되어 있다. 유기는 운명 등과 관련해 점을 치는 것을 반대했다. "사람은 사물보다 신령스러운 존재인데 어째서 자신에게서 듣지 않고 사물에게서 들으려고 하는 것이냐?"는 사마계주의 반문이 이를 뒷받침한다.

원래 인간의 길인 인도人道는 인간 스스로 만들어나가는 것이다. 하늘은 재난을 통해 경고하거나 천명을 바꾸는 식의 일을 벌이지 않는다. 왕조교체의 역사를 개관하면 쉽게 알 수 있듯이 천명도 인간이 만들어내는 것에 지나지 않는다. 승리를 거두면 천명을 받은 것이 되고, 패하면 그렇지 못한 것이 될 뿐이다. 과거를 오늘의 거울로 삼아야 하는 이유다.

당태종이 치국평천하와 관련해 위징魏徵과 나눈 대화를 수록한《정관정요貞觀政要》에서 역사를 통해 흥망성쇠의 이치를 깨닫는 사감史鑑을 역설한 이유가 여기에 있다. 점괘로 앞일을 알려고 하는 것만큼 어리석은 일도 없다는 것이 요지다. 존망을 가르는 중차대한 시기에 점술에 기대서는 안 된다는 교훈을 전해주는 대표적인 사례로 태공망 여상呂尙이 주무왕을 도와 은나라를 정벌한 일화를 들 수 있다.

기원전 1046년 2월 갑자일, 주무왕의 군사가 지금의 하남성 기현인 은나라 수도 조가朝歌 근교의 목야牧野에 이르렀을 때 문득 벼락이 치고 폭우가 쏟아졌다. 깃발과 북이 모두 찢어지자 군심이 흉흉해졌다. 주무왕의 한 측근이 점을 친 뒤 길조가 있을 때 진군해야 한다며 즉각 행군을 중단할 것을 주장했다. 여상이 일갈했다.

"썩은 풀과 말라빠진 거북등으로 무엇을 묻겠는가? 지금은 비상한 시기로 신하로서 군주를 치러 가는 때다. 점괘가 불길하다고 해서 어찌 훗날 다시 거병할 날을 기다릴 수 있단 말인가!"

그러고는 주무왕을 설득해 곧바로 진격했다.《서경書經》〈주서周書〉는 당시 은나라 마지막 왕 주紂가 황급히 군사들을 이끌고 영격에 나섰으나 은나라 군사들이 창을 거꾸로 해 길을 열어주는 바람에 대패했다고 기록해놓았다. 죽은 병사의 피에 절구 공이가 떠다녔다는 혈류표저血流漂杵 표현이 여기서 나왔다. 주무왕의 대승은 오랫동안 치밀하게 준비해온 데 있다. 후세의 사가들은 이를 은주혁명殷周革命으로 불렀다. 이기면 혁명, 지면 모반이 되는 이치는 오늘날도 다르지 않다. 스스로를 채찍질하며 전진해야 하는 이유다.

준비 없는 결단은 재앙을 부른다

■ 욱리자가 유람객과 함께 팽려호彭蠡湖를 지날 때 바람도 구름도 일지 않고 오직 따사로운 햇빛만이 수면 위를 밝게 비추었다. 평온한 수면은 마치 숫돌처럼 매끈했고, 물고기와 새우의 움직임까지 훤히 보였다. 물빛이 몹시 희고 확 트인 까닭에 좌로 가든 우로 가든 거칠 것이 없었다. 유람객이 말했다.

"과연 이런 것이있는가, 유람하는 즐거움이! 내가 죽을 때까지 이런 즐거움 속에 살면 참으로 좋겠다!"

얼마 후 산에 구름이 실처럼 생겨나더니 이내 해를 가렸다. 광풍이 문득 일어나 돌덩이를 날리고 나무를 넘어뜨린 데 이어 깊은 계곡을 두드리자 그 소리가 깊은 팽려호의 물결을 진동시켰다. 그 모습이 마치 수레바퀴가 빙글빙글 돌고, 키로 곡식을 까부는 듯했다. 사람들은 서 있지도 못하고 일부는 몸을 구부려 토하고, 일부는 엎드린 채 고개를 들지 못했다. 사람들 모두 혼비백산해 마치 죽을 것만 같았다. ㄱ 유람객이 말했다.

"내가 돌아가면 죽을 때까지 다시는 찾아오지 않을 것이다!"

욱리자가 말했다.

"세상일이 꼭 이와 같다. 병거兵車 1,000승을 지닌 나라의 군주가 조정에 앉아 군신들을 접견할 때 말을 듣고 건의를 받아들이는 모습이 부드럽지 않은 경우가 거의 없다. 그러나 군주가 한번 화를 내면 아무도 그 위엄을 거스를 수 없으니 팽려호의 모습과 다를 것이 뭐가 있는가? 천하가 오랫동안 안정되면 사람들은 평안에 젖어 환난을 모른다. 경계를 당부해도 이를 믿지 않다가 꿈결에 죽어가는 자가 한없이 많은 이유다. 유람의 즐거움만 알고 광풍의 두려움은 모르는 것과 같다.

신긍愼兢이 여량에서 구경할 때 파도가 바위를 치며 하얗게 거품이 이는 것을 보고는 발을 끌고 달아나며 외치기를, '내가 왜 이런 모험을 하랴!'고 한 뒤 죽을 때까지 이곳을 건너지 않았다. 군자는 그가 두려워할 줄 아는 까닭에 바다를 배경으로 무역을 하는 장사꾼보다 훨씬 현명하다고 생각했다. 장강 삼협三峽의 성난 물길을 바라보면 그것이 능히 배를 전복시킬 수 있다는 것을 알게 된다. 무모하게 목숨을 걸고 뛰어든다면 살아날 사람은 없다. 유람의 즐거움만 알고 바람의 두려움을 모르는 자는 그 위험에 처해보지 않은 자다. 공자가《논어》〈술이述而〉에서 '범을 맨손으로 때려잡기 위해 무모하게도 맨몸으로 황하를 건너면서 죽어도 후회하지 않을 자와는 내가 함께하지 않을 것이다'라고 언급한 이유다. 이는 환난이 있음을 알고도 피하지 않는 것을 지적한 것이다."

郁離子與客泛於彭蠡之澤, 風雲不興, 白日朗照, 平湖若砥, 魚蝦之出歿皆見, 晶如也, 豁如也, 左之右之無不可者. 客曰, "有是哉, 泛之樂也! 吾得托此以終其身焉足矣!" 已而, 山之雲出如縷, 不頃刻而翳日, 風歘然, 薄石而偃木, 鼓穹嶄而雷九淵, 輪旋而箕簸焉. 客躇不能立, 俯而嘅, 伏而不敢仰視, 神逝魄奪如死, 曰, "吾往矣! 吾終身不敢復來矣!" 郁離子曰, "世事亦若是也. 夫千乘之君, 坐朝而臨群臣, 受言接詞, 鮮不溫溫然. 一朝而怒, 莫敢嬰其鋒, 其何以異於水乎? 天下之久安也, 人恬不知患. 謂之微, 不信, 而死亡於夢寐者亡限也. 無亦知泛之樂而不知風之可畏乎? 愼蕘觀於呂梁, 見其觸石而煦沫也, 曳足而走曰, '吾何爲冒是哉?' 沒齒而不涉. 君子以爲知畏, 其賢於海賈遠矣. 故三峽之驚湍, 望而知其能覆舟也, 而蹈之以死者, 不有其生者也. 知泛之樂而不知風之可畏者, 未嘗夫險者也. 故曰, '暴虎馮河, 死而無悔者, 聖人不與也.' 言其知禍而弗避也."

─ 제131장 〈포호빙하暴虎馮河〉

해설   환난이 있다는 사실을 알고도 피하지 않는 무모함을 비판하고 있다. 공자가 《논어》〈술이〉에서 포호빙하暴虎馮河를 비판한 것과 같은 취지다. 포호빙하는 범을 맨손으로 때려잡으려 들고, 황하를 배도 없이 맨몸으로 건너는 것을 말한다. 포暴는 맨손으로 친다는 의미이고, 빙馮은 건널 섭涉의 뜻이다. 〈술이〉에 따르면 하루는 공자가 제자 안연顔淵에게 말했다.

"발탁하면 행하고, 버려두면 숨는 것은 오직 나와 너만이 할 수 있을 것이다."

그러자 자로子路가 물었다.

"선생님은 삼군三軍을 지휘하게 되면 누구와 함께하겠습니까?"

공사가 대답했다.

"나는 포호빙하를 행하다가 죽는데도 후회하지 않을 자와는 함께하지 않을 것이다. 그러나 일에 임해 두려워하며 즐겨 계책을 세워 일을 성사시키는 자와는 함께할 것이다."

자로의 충동적인 용맹을 경계하고자 한 것이다. 자로는 흔히 유협의 효시로 불리고 있다. 여기서 유협은 유가사상을 공부한 협객을 뜻한다. 원래 자로는 공자의 제자가 되기 전에 협객으로 활약했다. 난세에는 협객이 횡행하게 마련이다. 이들은 협기가 넘치는 까닭에 포호빙하를 거리낌 없이 택하곤 한다. 자로가 꼭 그와 같았다. 실제로 자로는 자신이 모시던 주군이 위험에 처하자 온몸을 내던져 싸우다가 분사憤死했다. 죽을 때조차 갓끈을 맨 것이 여느 협객과 다르다면 다른 점이다.

포호빙하와 유사한 취지의 성어가 있다. 사마귀가 수레바퀴에 감히 맞선다는 뜻의 당랑거철螳螂拒轍이 그것이다.《장자》〈인간세〉에 처음으로 나온다. 해당 구절이다.

사마귀는 성을 내면 앞발을 들고 수레바퀴에 맞선다. 감당할 수 없음을 알지 못하니 이는 자신의 재능이 뛰어나다고 생각하기 때문이다. 재주를 자랑하며 남을 업신여기는 자는 크게 위태롭다.

포호빙하와 당랑거철 모두 "하룻강아지 범 무서운 줄 모른다"는 속담과 취지를 같이한다. 태어난 지 1년밖에 안 된 강아지는 범이 무섭다는 사실을 알 길이 없다. 눈에 보이는 게 없는 안하무인眼下無人 행보와 통한다.

대표적인 사례로 삼국시대 당시 요동의 공손연公孫淵을 들 수 있다.

당초 그는 207년에 원소의 아들 원상이 요동으로 도망쳤을 때 원상을 죽인 뒤 조조에게 목을 바쳤다. 공손연의 야심은 여기에 그치지 않았다. 하룻강아지인 그는 238년에 힘을 길러 15만의 군사를 일으킨 뒤 연왕을 칭하며 위나라 황제 조예曹叡에게 반기를 들었다. 사마의가 4만의 병사를 이끌고 요동으로 출정하자 공손연은 장수 비연卑衍과 양조楊祚에게 명해 8만 대군을 이끌고 가 요동에 진을 치게 했다. 이들은 주위 20여 리에 참호를 파고 견고한 진영을 세웠다. 사마의는 양평성의 수비가 허술할 것으로 판단해 곧 군사를 이끌고 양평성으로 진격했다. 사마의의 진군 소식을 들은 요동군은 급히 양평성으로 회군했다. 그러나 결국 협공에 걸려 대패했다. 공손연이 군사를 이끌고 양평성에 들어가 움직이지 않았다. 이때 비가 퍼붓기 시작했다.

마침내 지루하게 내리던 비가 그치고 맑은 하늘이 모습을 드러냈다. 다음날부터 양평성 공격에 들어갔다. 토산을 쌓고 땅굴을 파고, 높은 사닥다리인 운제雲梯를 이용해 밤낮없이 공격을 퍼부었다. 성안에 갇혀 있던 공손연의 군사들은 식량이 떨어져 말을 잡아먹으며 버티고 있었다. 민심도 흉흉해졌다. 반란의 조짐마저 보였다. 공손연이 투항을 결심하고 사자를 보냈지만 사마의는 무례하다며 사자의 목을 베어버렸다. 다시 세자를 인질로 보내겠다고 제의하자 사마의가 힐책했다.

"군사의 요체는 다섯 가지가 있다. 능히 싸울 만하면 맞서 싸워야 하고, 능히 싸울 수 없으면 지켜야 하고, 지킬 수 없으면 도망쳐야 하고, 도망칠 수 없으면 항복해야 하고, 항복할 수 없으면 마땅히 죽어야 한다. 자식을 인질로 보낸다는 것은 이 가운데 어느 쪽인가?"

결국 공손연은 제대로 싸워보지도 못한 채 목이 달아나고 말았다.

안하무인의 자고자대가 불러들인 재난이었다. 난세에는 하룻강아지 협객이 넘쳐난다. 새 왕조의 창업 같은 대업을 이루기 위해서는 장량과 제갈량 및 유기 등과 같은 책사가 오히려 절실하다.

문제는 뛰어난 책사를 얻는 게 결코 쉬운 일이 아니라는 데 있다. 그런 인재가 많지도 않을 뿐 아니라 단순히 예물을 보내 초빙했다는 이유만으로 달려오지도 않기 때문이다. 유비가 제갈량을 얻기 위해 삼고초려를 행한 것도 이런 맥락에서 이해할 수 있다. 역사상 삼고초려의 원형에 해당하는 정중한 예빙禮聘의 모습을 취한 최초의 인물은 춘추시대 첫 패업을 이룬 제환공이다. 당초 그는 보위에 오른 직후 포숙아鮑叔牙를 재상에 임명하고자 했다. 포숙아가 정중히 사양하며 노나라에 포로로 잡혀 있던 관중을 적극 천거했다. 《국어國語》〈제어齊語〉의 해당 대목이다.

신은 단지 군주의 평범한 일개 신하에 불과할 뿐입니다. 군주가 신에게 은혜를 베풀려 한다면 제가 헐벗고 굶주리지 않게만 해주십시오. 이는 군주의 막대한 은혜입니다. 만일 나라를 잘 다스리고자 하면 이는 제가 능히 할 수 있는 일이 아닙니다. 그리하고자 하면 오직 관중이 있을 뿐입니다. 신은 다섯 가지 점에서 그를 따라갈 수 없습니다. 백성이 편히 살며 즐거이 생업에 종사하게 할 수 있는 점에서 신은 그만 못합니다. 나라를 다스리면서 근본을 잃지 않는 점에서 그만 못합니다. 충성과 신의로써 백성의 신임을 얻는 점에서 그만 못합니다. 예의규범을 제정해 천하 인민의 행동법칙으로 삼는 점에서 그만 못합니다. 군영의 문 앞에서 북을 치며 전쟁을 지휘해 백성을 용기백배하도록 만드는 점에서 그만 못합니다.

당시 제환공은 관중을 맞이하기 위해 세 번 목욕하고 세 번 향을 몸에 뿌리는 이른바 삼흔삼욕三釁三浴의 예를 갖추었다. 제환공이 보여준 삼흔삼욕의 행보는 뛰어난 현사를 얻기 위해 기울이는 군주의 지극한 정성을 상징적으로 보여준다.

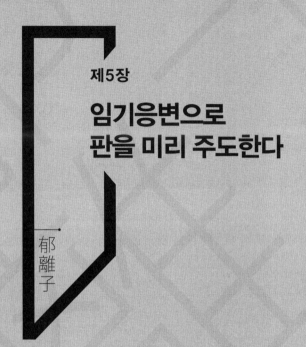

제5장

임기응변으로
판을 미리 주도한다

郁離子

발 빠른 결단이 승패를 가른다

■ 회수淮水의 신 무지기無支祈가 황하의 신 하백河伯과 다투면서 수신水神 천오天吳를 원수元帥, 공공共工의 신하인 상억씨相柳氏를 부원수로 삼았다. 구름의 신 강의江疑는 구름을 타고, 천둥의 신 열결列缺은 천둥을 부리고, 바람의 신 태봉泰逢은 바람을 일으키고, 비의 신 평호萍號는 비를 뿌리고, 교룡과 큰 도마뱀과 악어 및 천산갑이 파도를 일으켰다. 선봉대만 해도 300개 부대에 달했다. 북쪽으로는 패잔병을 쫓아 갈석산까지 나아갔고, 동쪽으로는 여량에 이르렀다. 하백이 몹시 놀라 달아나려 하자 고소산의 산신 영고서靈姑胥가 만류했다.

"우선 싸우는 것이 낫습니다. 패했을 때 달아나도 늦지 않습니다."

이에 원수로 삼을 인재를 의논하자 영고서가 건의했다.

"커다란 거북인 비희贔屓면 가할 것입니다."

하백이 물었다.

"천오는 머리가 여덟 개에 발이 여덟 개이고, 상억씨는 머리가 아홉 개나 되는데 이들이 무지기를 보좌하고 있소. 또 천둥과 바람과 비와 구름의 신이 각기 자신의 능력을 다해 본진을 호위하고 있소. 교룡과 큰 도마뱀과 악어와 천산갑 모두 꼬리는 칼과 같고, 주둥이는 날카롭고, 비늘은 뾰족하고, 지느러미는 칼날 같소. 머리를 흔들면 산이 무너지고, 등지느러미를 세우면 연못이 뒤집히오. 어찌 비희가 감히 이들을 감당할 수 있겠소?"

영고서가 대답했다.

"그것이 바로 신이 비희를 천거한 이유입니다. 무릇 원수는 홀로 전군을 통솔하는 자입니다. 전군의 이목이 한 사람에게 집중되는 이유입니다. 귀를 기울여 잘 듣고, 눈을 집중해 잘 보고, 마음을 하나로 다져 모든 사람의 힘을 뭉치도록 만드니 실로 천하무적입니다. 지금 천오의 머리는 여덟 개인데 부원수는 머리가 아홉 개입니다. 신이 듣건대, 마음의 신은 귀와 눈에 집중되어 있는 까닭에 눈이 많으면 오히려 보는 것에 미혹되고, 귀가 많으면 듣는 것에 미혹된다고 합니다. 지금 두 장수의 두 마음으로 예순여덟 개에 달하는 눈과 귀를 통제해야 하니 어찌 미혹되지 않을 수 있겠습니까? 게다가 구름과 천둥과 바람과 비의 신이 이끄는 군사들 모두 각자 자신의 능력을 뽐내고자 하니 누가 그들을 하나로 만들 수 있겠습니까? 비희가 능히 그들을 당할 수 있는 이유가 여기에 있습니다. 비희는 묵묵히 정성을 다하는 까닭에 유혹이나 위협을 동원하거나 흥분을 유도하는 식의 계책이 통하지 않습니다. 또한 그의 의지가 굳건해 반드시 저들을 격파할 것입니다."

이에 비희에게 아홉 마리의 외발 짐승인 기夔를 통솔해 적들을 치게 했다. 과연 대승을 거두었다. 그래서 이런 말이 나왔다.

"다수의 의지가 충돌해 머뭇거리는 것은 홀로 결단하느니만 못하다."

無支祈與河伯鬪, 以天吳爲元帥, 相抑氏副之, 江疑乘雲, 列缺禦雷, 泰逢起風,澣號行雨. 蛟黿鱷鯪, 激波濤, 而前驅者三百朋, 遂北至於碣石, 東及呂梁. 河伯大駭欲走, 靈姑胥止之曰, "不如且戰, 不捷而走未晚也." 乃謀元帥. 靈姑胥曰, "贔屭可." 河伯曰, "天吳八首八足, 而相抑氏九頭, 實佐之. 雷風雨·雲之神, 各專其能, 以衛中堅. 蛟黿鱷鯪, 莫不尾劍口鑿, 鱗鋒鬐鍔, 掉首摧山, 捷鬐倒淵, 而豈贔屭所敢當哉?" 靈姑胥曰, "此臣之所以擧贔屭也. 夫將以一身統三軍者也. 三軍之耳目齊於一個, 故耳齊則聰, 目齊則明, 心齊則一, 萬夫一力, 天下無敵. 今天吳之頭八, 而副之者又九其頭. 臣聞人心之神, 聚於耳目, 目多則視惑, 耳多則聽惑. 今以二將之心而禦其耳目六十有八, 則已不能無惑矣. 加以雲雷風雨之師, 各負其能, 而畢欲逞焉, 其孰能一之? 故惟贔屭爲足以當之. 贔屭之冥冥, 不可以智誘威脅而謀激也, 而其志有必至, 破之必矣." 乃使贔屭帥九夔以伐之, 大捷. 故曰, "衆志之多疑, 不如一心之獨決也."

— 제104장 〈독결獨決〉

![해설]

　전투에서 장수의 결단이 승패를 좌우한다. 패하면 장수 이하 모든 장병이 몰살을 당한다. 생사를 가르는 갈림길에 해당한다. 군주의 독결獨決은 병가와 법가사상이 만나는 지점이다. 위기상황에서 장수는 참모의 의견을 토대로 신중히 결정해야 하지만 궁극적으로는 스스로 결단해야 한다. 그래야 장수와 병사가 한 몸이 되어 적과 싸울 수 있다. 상앙과 한비자 등의 법가사상가가 군주의 결단을 중시한 이유가 여기에 있다. 이를 제대로 대처하지 못하면 이내 패망하고 만다. 반면교사로 삼을 만한 이야기가 있다.

　청나라가 북경으로 무혈입성하기 네 달 전인 순치 원년(1644) 정월

초하루, 북경의 자금성에 있던 명나라 마지막 황제 숭정제는 이자성이 서안西安에서 즉위했다는 소식을 듣고 격노했다. 청나라가 장성 밖에서 황제를 칭한 것은 그렇다 치더라도 감히 장성 안에서 황제를 칭한 것을 묵과할 수는 없는 일이었다. 청나라를 치기에 앞서 대명大明의 황제인 자신을 무시한 이자성부터 토벌하는 것이 급선무라고 판단했다.

숭정제가 군신들 앞에서 친정에 나설 뜻을 밝히자 대학사 이건태李建泰가 극구 만류했다. 그는 사비를 들여 모집한 군사를 이끌고 갈지라도 능히 반적들을 토벌할 수 있다고 호언했다. 이자성을 비롯한 반란군 모두 명나라 조정을 인정하지 않는 상황이 빚어지고 있는데도 명나라 군신들은 모두 희극적인 허위의식에 젖어 위기상황을 하루하루 넘기고 있었다.

숭정제는 출정하는 이건태를 정양문의 문루에서 전송했다. 이건태가 사재를 털어 모은 군사는 겨우 고작 500명 정도에 지나지 않았다. 수십만 명에 달하는 반란군과 대적하는 것은 애초부터 불가능한 일이었다. 이를 모를 리 없는 이건태도 보정保定까지 진군한 뒤 이내 성안에 틀어박혀 꼼작도 하지 않았다.

서안에서 황제 즉위식을 마친 이자성은 곧바로 대군을 이끌고 산서山西로 진격했다. 이해 2월에 산서 최대의 도시인 태원太原을 점령하고 진왕晉王 주구계朱求桂를 생포했다. 여세를 몰아 대주代州를 공격했다. 총병 주우길周遇吉은 식량이 떨어지자 부득불 영무寧武로 후퇴해 시가전을 벌이다가 이내 패사하고 말았다. 그러나 주우길의 선전으로 이자성도 적잖은 피해를 보게 되었다. 《명사》에 따르면 이자성은 이때 겪은 고전으로 이내 마음이 약해져 제장들 앞에서 일시 후퇴할 뜻을 밝혔다.

"만일 대동大同 등지의 수비가 모두 영무와 같다면 앞으로 어찌하겠는가? 잠시 서안으로 돌아가 다시 거병하느니만 못하다."

당시 숭정제는 자신의 잘못을 스스로 질책하는 〈죄기조罪己詔〉를 발표한 데 이어 황실 재산을 털어 친위군을 널리 모집했다. 그러나 이미 때가 늦었다. 총병 주우길이 선전할 때 구원병을 보내는 것이 옳았다. 어사 이방화李邦華가 절충안으로 남경으로 천도할 것을 건의했으나 이 또한 시기를 놓쳤다.

후세의 사가들은 숭정제의 가장 큰 문제점으로 매사를 믿지 못하는 이른바 다의多疑를 들었다. 적과 접전할 때 중구난방衆口難防은 패망의 길이다. 유기는 적과 접전할 때 중구난방하는 모습을 보이면 이내 패망할 수밖에 없다는 점을 강조하고 있다. "사공이 많으면 배가 산으로 간다"는 우리말 속담과 취지를 같이한다. 유기가 군주 내지 장수의 독자적인 결단인 독결을 역설한 이유가 여기에 있다. 제자백가 가운데 한비자가 군주독재를 역설한 것은 그것이 국가존망과 직결된다고 판단한 데 따른 것이다. 그는 〈외저설 우상〉에서 신불해의 말을 인용해 군주독재의 외로운 측면을 이같이 설명해놓았다.

일을 처리할 때 남의 눈치를 보지 않고 홀로 진상을 파악하는 것을 명明, 어떤 일이 일어나도 남의 말에만 귀를 기울이지 않고 홀로 판단하는 것을 총聰이라고 한다. 이처럼 남의 말과 뜻에 흔들리지 않고 총과 명에 따라 홀로 결단하는 사람은 가히 천하의 제왕이 될 수 있다.

한비자와 상앙의 주장에 따르면 독단은 오직 총명한 사람만이 행할 수 있다. 홀로 결단하지 못한다는 것은 사태를 종합적으로 판단할 식견이 없기 때문이다. 좌우 측근에 휘둘릴 수밖에 없다. 총명하지 못한 탓이다. 한비자와 상앙이 군주의 외로운 '독재 리더십'을 바람직한 군주의 리더십으로 제시한 배경이 여기에 있다.

독결은 스스로 판단하고 결단하는 까닭에 해당 사안에 대해 최종적인 책임을 질 수밖에 없다. 결코 휘하의 참모나 기관장에게 책임을 뒤집어씌워서는 안 된다. 이는 자신의 우유부단을 호도하는 것에 지나지 않는다. 위기상황에서 지도자의 우유부단처럼 위험한 것은 없다. 난세의 시기에는 붓 대신 칼을 들어야 한다. 조선조의 패망이 이를 웅변한다. 상황에 따른 왕도와 패도의 절묘한 혼용이 필요한 이유다.

증세가 다르면 처방도 다르다

■ 욱리자가 말했다.

"천하를 다스리는 자는 의원과 같다. 의원은 맥을 짚은 뒤 증세를 잘 살펴 처방을 내린다. 증세에는 음양과 허실이 있고, 맥에는 부침과 강약이 있다. 처방에는 땀을 내게 만드는 한하汗下와 대소변을 잘 보게 하는 통변通便, 피를 뽑거나 보충하는 보사補瀉, 침이나 뜸을 놓는 침작鍼灼, 탕약을 복용하는 탕제湯劑 등이 있다. 인삼과 복령, 생강, 계피, 마황麻黃, 망초芒硝 등의 약이 있다. 처방이 증상에 부합하면 살아나고, 그렇지 않으면 죽는다. 증세를 잘 알고 맥을 잘 짚어 처방하지 못하면 제대로 된 의원이 아니다. 비록 전설적인 명의인 편작扁鵲과 같은 식견을 지녔을지라도 떠들어대기만 하고 치료하지 않거나, 증세도 모르고 맥도 제대로 짚지 못하고 떠도는 말을 좇아 처방을 내리면서 스스로 '나는 유능한 의사다'라고 떠벌이면 이는 천하를 해치는 짓이다. 치란治亂은 증세, 기강紀綱은 맥, 정령政令은 처방, 인재는 약이다. 하나라는 충직을 숭상했다. 은나라는 충직의 단점을 질박質樸으로 만회했다. 주나라는 질박의 단점을 문아文雅로 만회했다. 진秦나라는 가혹한 형법으로 천하를 구속해 모든 사람이 고통을 당했다. 한나라는 진나라의 법제를 그대로 이어가면서도 관대함으로 이를 보완했고, 안정과 통일로 수성에 성공했다. 처방이 증세에 부합하고, 약도 오차가 없었던 까닭에 천하의 병은 치유되지 않은 것이 거의 없었다."

郁離子曰, "治天下者其猶醫乎. 醫切脈以知証, 審証以爲方. 証有陰陽虛實, 脈有浮沉細大, 而方有汗下·通便·補瀉·針灼·湯劑之法, 參苓·薑桂·麻黃·芒硝之藥, 隨其人之病而施焉, 當則生, 不當則死矣. 是故知証知脈而不善爲方, 非醫也, 雖有扁鵲之識, 徒曉曉而無用. 不知証不知脈, 道聽塗說以爲方, 而語人曰我能醫, 是賊天下者也. 故治亂証也, 紀綱脈也, 道德·政刑方與法也, 人才藥也. 夏之政尙忠, 殷承其敝而救之以質. 殷之政尙質, 周承其敝而救之以文, 秦用酷刑·苛法以箝天下, 天下苦之, 而漢承之以寬大, 守之以寧壹. 其方與証對, 其用藥也無舛, 天下之病有不瘳者鮮矣."

— 제15장 〈유치喻治〉

해설　병의 증상에 따라 처방하는 이른바 응병시약應病施藥을 역설하고 있다. 병이 났을 때는 우선 정확한 진단이 필요하다. 진맥을 하는 이유다. 이를 토대로 환자의 체질에 맞는 처방을 내려야 병을 제대로 치유할 수 있다. 인재등용과 천하경영도 같은 맥락이다. 적재적소의 인물을 발탁하고 근신하는 자세로 정사에 임해야 나라의 병을 치료할 수 있다. 문제가 된 현실이 증세라면 이에 대한 정확한 분석은 진단, 제도 정비 등을 통한 일련의 개혁은 처방에 해당한다.

치병治病과 치국을 같은 차원에서 논한 것은 나라를 하나의 유기체로 본 결과다. 예로부터 정치와 의술을 같은 이치 위에 있는 것으로 간주한 이유다. 이는 비단 중국에 그친 것이 아니다. 인류학자들은 정치와 의술을 하나로 보는 생각이 원시시대부터 매우 보편적인 현상이었음을 밝혀냈다. 현존 원시부족 역시 부족의 우두머리는 대개 주술 내지 간단한 시술 등을 통해 사람의 병을 치료하는 자였다. 치국의 이치를 치병의 이치에서 찾는 대목이《정관정요》〈논정論政〉에 나온다. 이에 따르면 정관貞觀 5년(631), 당태종이 좌우 시신侍臣에게 이같이 말한다.

치국과 치병은 아무 차이도 없소. 병자의 상태가 좋아졌다고 생각되면 오히려 더욱 잘 보호해야 하는 것 등이 그렇소. 그리하지 않아 병이 재발하면 틀림없이 운명하게 될 것이오. 나라를 다스리는 것 또한 그러하오. 천하가 약간 안정되면 반드시 더욱 다투어 신중해야만 하오. 평화롭다고 교만하고 안일한 모습을 보이면 틀림없이 패망하게 될 것이오. 지금 천하의 안위는 짐에게 달려 있소. 짐이 날마다 더욱 근신하며, 비록 즐거움을 누릴 정황이 되어 있는데도 이를 추구하지 않는 것은 바로 이 때문이오. 짐의 이목耳目과 고굉股肱의 역할을 경들에게 맡기겠소. 군신은 한 몸이니 의당 한마음으로 서로 협력해야 할 것이오. 일을 하면서 이치에 맞지 않는 부분이 있으면 서슴없이 간하고, 이를 숨기는 일이 없도록 해주시오. 군신이 서로 의심해 마음속의 말을 다하지 못하면 이는 실로 나라를 다스리는 데 큰 해가 될 것이오.

이목과 고굉은 각각 군주의 눈과 귀, 팔다리의 역할을 하는 신하를 뜻한다. 대개 이목은 감찰, 고굉은 집행기능을 지칭한다. 이는 사람들이 끊임없이 건강을 보살피듯 제왕을 비롯한 위정자 모두 정성을 다해 국사에 임해야 한다는 취지에서 나온 것이다. 당태종과 같은 제왕을 최상의 의원으로 간주한 것은 제왕의 다스림이 먹고사는 민생 문제와 직결되어 있다는 판단에 따른 것이다. 명나라 건국에 대공을 세운 유기가 정치를 의술에 비유한 것도 같은 맥락에서 이해할 수 있다. 그의 분석은 당태종의 언급보다 한 단계 더 진전한 것이다. "치란은 증세, 기강은 맥, 정령은 처방, 인재는 약"이라는 그의 말을 풀이하면 '나라의 기강이 무너지면 어지러운 양상이 나타나는 만큼 이를 치유할 수 있는 방법은 바로 인재를 적재적소에 배치해 올바른 정령으로 다스리는 길밖에 없다'는 이야기가 된다. 인재의 유무를 치란의 관건으로 파악한 점이 돋보인다.

동양의학에서는 약과 독을 같은 차원에서 다룬다. 약독藥毒의 용어가 그렇다. 서양도 별반 다를 것이 없다. 약의 조제를 뜻하는 pharmacy의 어원인 희랍어 pharmakon은 약과 독이라는 두 가지 뜻이다. 양자 모두 약도 잘못 쓰면 독이 되고, 독도 잘만 쓰면 약이 된다는 생각에서 나온 것이다. 세상에 부작용이 전혀 없는 약은 없다. 조제가 필요한 이유다. 환자의 증상에 따라 어떤 약재를 어떻게 얼마만큼 섞을 것인지 결정하는 것은 전적으로 의원의 몫이다. 어지러운 증상을 보이고 있는 나라를 고치는 것도 같은 차원에서 접근할 필요가 있다. 제왕이 바로 이런 역할을 수행한다. 유기가 인재를 약, 정령을 처방으로 본 것은 탁견이다.

힘은 적을 만들고 덕은 힘을 낳는다

■ 누군가 나 욱리자에게 천하를 놓고 다투는 싸움에서 승리하는 비법을 묻는다면 '덕'이라고 답할 것이다. 어찌해서 덕이 이기는지 묻는다면 이같이 대답할 것이다.

"큰 덕은 작은 덕을 이기고, 작은 덕은 무덕無德을 이긴다. 큰 덕은 큰 힘을 이기고, 작은 덕은 큰 힘에 필적한다. 힘은 적을 만들고, 덕은 힘을 낳는다. 힘이 덕에서 생겨난 것이라면, 그 힘은 천하무적이다. 힘에 의한 승리는 한때이지만, 오래된 덕에 의한 승리는 그만큼 오래간다. 무릇 힘은 혼자만의 힘이 아니다. 사람들은 각자 자신의 힘을 쓴다. 오직 큰 덕만이 여러 사람의 힘을 얻을 수 있다. 덕에는 궁박함이 없으나 힘은 곤경이 있을 수 있다."

사람들이 춘추오패의 거짓된 인의仁義에 대해 말하자 누군가가 물었다.

"그들을 두고 어찌 뭐라고 말할 가치가 있습니까?"

욱리자가 대답했다.

"그건 어진 사람이 할 말이 아니오. 춘추오패의 시대는 천하가 극도로 어지러웠소. 제후들의 덕은 더 나아질 수 없었소. 비록 거짓된 것이기는 하나 그렇지 못한 것보다는 나았소. 이 때문에 공자 같은 성인이 그들을 인정한 것이오. 그래서 말하기를, '진실한 인의는 거짓된 인의보다 낫고, 거짓된 인의라도 없는 것보다 낫다'고 하는 것이오. 천하에 지성至誠은 만나볼 수 없으니 거짓된 인의라도 만날 수만 있다면 그나마 다행일 것이오."

或問勝天下之道, 曰, "在德." 何從勝德? 曰, "大德勝小德, 小德勝無德. 大德勝大力, 小德敵大力. 力生敵, 德生力. 力生於德, 天下無敵. 故力者勝, 一時者也, 德愈久而愈勝者也. 夫力非吾力也, 人各力其力也, 惟大德爲能得群力, 是故德不可窮, 而力可困." 人言五伯之假仁義也, 或曰, "是何足道哉?" 郁離子曰, "是非仁人之言與. 五伯之時, 天下之亂極矣, 稱諸侯之德無以加焉, 雖假而愈於不能. 故聖人有取也. 故曰, '誠勝假, 假勝無.' 天下之至誠, 吾不得見矣, 得見假之者亦可矣."

— 제24장 〈덕승德勝〉

해설　덕에 기초한 평천하를 역설하고 있다. 왕조교체기에 군벌 사이 싸움의 결판은 결국 힘의 우열로 가려진다. 그러나 오랫동안 유지될 왕조를 건립하기 위해서는 덕정에 기초해 민심을 수습해야 한다. 덕정이야말로 득천하得天下와 치천하治天下의 근원에 해당한다.

주목할 것은 "거짓된 인의라도 없는 것보다 낫다"고 언급한 대목이다. 일견 덕정만이 치천하뿐 아니라 득천하에도 유리하다고 언급한 앞 대목과 모순된 것처럼 보인다. 앞의 대목은 어떤 경우든 반드시 덕정에 입각해 천하를 통일해야 한다는 맹자의 왕도론王道論을 추종한 것이고,

뒤의 대목은 부득이하다면 패도霸道도 가능하다는 순자荀子의 선왕후패先王後霸의 입장에 서 있는 것이다. 맹자와 순자의 주장을 하나로 녹인 점에서 유기의 창견創見에 해당한다.

사실 치세와 난세를 막론하고 왕도와 패도를 섞어 쓰는 왕패병용王霸幷用의 입장에서 보면 그리 새삼스러운 것도 아니다. 《욱리자》도 이런 입장에 서 있다. 《명사》〈유기전〉에 나오는 그의 유언이다.

무릇 정치는 너그러움과 엄함이 순환하는 관엄호존寬嚴互存이 전제되어야 한다. 지금은 덕을 닦고 형을 줄여서 하늘이 나라의 천명을 늘려주는 것을 기도하는 데 있다.

관엄호존은 왕패병용을 달리 표현한 것이다. 관맹호존寬猛互存으로 표현하기도 한다. 치세에는 너그러운 관정寬政을 위주로 하되 간간히 상황에 따라 맹정猛政을 섞고, 반대로 난세에는 엄정을 위주로 하되 간간히 관정을 섞는 것이 그것이다. 《채근담》에도 유사한 구절이 나온다.

치세에는 몸가짐을 방정히 하고, 난세에는 원만히 하며, 중간에 해당하는 용세庸世에는 방정과 원만을 병용하는 방원병용方圓幷用으로 임해야 한다. 선인을 대할 때는 너그러워야 하고, 악인을 대할 때는 엄해야 하고, 일반인을 대할 때는 너그러움과 엄함을 아울러 지니는 관엄호존으로 대해야 한다.

제왕의 통치술은 치세와 난세를 막론하고 관엄호존에 있다고 해도 과언이 아니다. 《춘추좌전》에 이에 관한 일화가 나온다. 기원전 496년,

정나라 재상 자산子産이 병으로 자리에 누워 사경을 헤맸다. 그는 자신의 수명이 다된 것을 알고 곧 후임자로 지목된 대부 유길遊吉을 불러 당부했다.

"내가 죽게 되면 그대가 틀림없이 집정이 될 것이오. 오직 덕이 있는 자만이 관정으로 백성을 복종시킬 수 있소. 그렇지 못한 사람은 맹정으로 다스리느니만 못하오. 무릇 불은 맹렬하기 때문에 백성이 이를 두려워하므로 불에 타 죽는 사람이 많지 않소. 그러나 물은 유약하기 때문에 친근하게 여겨 쉽게 가지고 놀다가 이로 인해 많은 사람이 물에 빠져 죽게 되오. 그래서 관정을 펴기가 매우 어려운 것이오."

그러나 유길은 자산의 당부를 제대로 이행치 않았다. 맹정을 펴지 못하고 관정으로 일관하자 도둑이 급속히 늘어났다. 유길이 크게 후회했다.

"내가 일찍이 자산의 말을 들었다면 이 지경에 이르지는 않았을 것이다."

그러고는 곧 보병을 출동시켜 무리 지어 숨어 지내는 도둑들을 토벌했다. 도둑이 점차 뜸해졌다. 이를 두고 공자는 이같이 평했다.

"참으로 잘한 일이다. 정치가 관대해지면 백성이 태만해진다. 태만해지면 엄히 다스려 바르게 고쳐놓아야 한다. 정치가 엄하면 백성이 상해를 입게 된다. 상해를 입게 되면 관대함으로 이를 어루만져야 한다. 관대함으로 백성이 상처 입는 것을 막고 엄정함으로 백성의 태만함을 고쳐야 정치가 조화를 이루게 되는 것이다.《시경》에 이르기를, '다투거나 조급하지 않고, 강하지도 유하지도 않네. 정사가 뛰어나니 온갖 복록이 모여드네'라고 했다. 이는 관정과 맹정이 잘 조화된 지극한 정치를 말한 것이다."

공자의 평은 바로 왕패병용의 이치를 언급한 것이다. 춘추시대 전 시기를 통틀어 관중과 자산만큼 국기國紀를 바로잡아 나라를 부강하게 만들고, 백성이 평안히 생업에 종사하게 만들고, 천하를 병란의 위기에서 구한 인물이 없다. 모두 관맹호존의 통치원리를 터득한 덕분이다.

하찮은 일에 마음 쓰지 않는다

━ 한원韓垣이 제나라로 가 왕에게 책략을 제시하며 벼슬을 구했다. 제나라 왕이 등용하지 않자 화가 난 나머지 왕을 비방했다. 왕이 그 말을 듣고는 곧 형옥을 관장하는 사구司寇에게 명해 그를 가둔 뒤 이내 죽이려고 했다. 대부 전무오田無吾가 간했다.

"신이 듣건대, 추맹嫩萌이라는 사람이 코끼리를 길들이는 비법을 깊이 익힌 뒤 북쪽 의거義渠 땅으로 가 그 기술로 벼슬을 얻고자 했습니다. 의거의 군주가 응하지 않자 물러나와 객관에서 군주를 비방했습니다. 객관 주인이 추맹에게 말하기를, '우리 군주는 그대를 등용하지 않은 것이 아니오. 단지 코끼리를 얻을 곳이 없어서 그런 것이오'라고 했습니다. 추맹이 얼굴이 벌겋게 되어 돌아갔다고 합니다. 또 호씨胡氏라는 의원이 위나라로 갔다가 위나라 태자가 정신이 오락가락하며 숨이 들쑥날쑥하는 등 사경을 헤매는 것을 보고는 말하기를, '태자가 병이 났으니 서둘러 치료하지 않으면 구할 수 없다'고 했습니다. 태자가 화를 내며 자신을 비방한다고 여긴 나머지 좌우를 시켜 그를 척살하게 했습니다. 호씨가 죽자 태자 역시 이내 병사하고 말았습니다.

무릇 책략으로 벼슬을 구하다가 여의치 못해 원망하는 것은 잘못입니다. 남이 간하는데 잘 살피지도 않은 채 화부터 내며 원수 대하듯 하는 것 또한 잘못입니다. 신이 듣건대, '장강과 바다는 얕은 우물과 물의 맑기를 다투지 않고, 천둥·번개는 개구리와 소리의 크기를 다투지 않는다'고 했습니다. 어찌 군이 끝내 고집하며 그런 하찮은 자를 죽일 것까지 있겠습니까?"

왕이 이내 한원을 풀어주었다.

韓垣之齊, 以策幹齊王, 王不用, 韓垣怒出誹言, 王聞而拘諸司寇, 將殺之. 田無吾見, 王以語之. 田無吾曰, "臣聞嫩萌學擾象而工. 北之義渠, 以擾象之術幹義渠君, 義渠君不答, 退而誹諸館. 館人曰, '非吾君之不聽子也, 顧無所得象也.' 嫩萌報而歸. 醫胡之魏, 見魏太子之神馳而氣不屬也, 謂之曰, '太子病矣, 不疾治且不可救.' 太子怒, 以爲謗己也, 使人刺醫胡. 醫胡死, 魏太子亦病以死. 夫以策幹人, 不合而怨者非也. 人有言不察, 恚而讎之亦非也. 臣聞之, '江海不與坎井爭其淸, 雷霆不與蛙蚓鬪其聲.' 硜硜之夫, 何足殺哉?" 王乃釋韓垣.

— 제72장 〈한원韓垣〉

하찮은 재주로 벼슬을 구하는 자도 옳지 않지만 그런 자가 불만을 품고 비방한 것을 엄히 다스리는 것 또한 잘못되었다고 지적하고 있다. "장강과 바다는 얕은 우물과 물의 맑기를 다투지 않고, 천둥·번개는 개구리와 소리의 크기를 다투지 않는다"고 언급한 것이 그렇다. 이는《장자》〈칙양則陽〉에 나오는 이른바 와각지쟁蝸角之爭 성어를 차용한 것이다.

이에 따르면 위혜왕과 제위왕이 맹약을 맺었다. 제위왕이 맹약을 배반했다. 화가 난 위혜왕이 사람을 시켜 제위왕을 암살하고자 했다. 자가 서수犀首인 위나라 대신 공손연이 이 말을 듣고는 이같이 만류했다.

"군주는 대국의 군왕인데 필부가 사용하는 방법으로 원수를 갚으려 합니다. 청컨대 제가 갑사 20만 명을 이끌고 가 주군을 위해 제나라 왕을 치겠습니다. 제나라 인민을 포로로 잡고 우마를 탈취해 제나라 왕으로 하여금 몸에 열이 나고 등에 욕창이 나도록 만들겠습니다. 이어 제나라 도성을 점령하고 제나라 장군 전기가 도성을 버리고 달아나면 제나라 왕을 잡아 등을 회초리로 매질해 등뼈를 부러뜨리겠습니다."

위나라 대신 계자季子가 이 말을 듣고는 공손연의 태도를 부끄러이 여기며 이같이 말했다.

"열 길 높이의 성을 쌓기로 해 이미 열 길 높이가 되어가는데 이를 다시 헐어버린다면 공사를 담당한 죄수들만 괴로울 뿐입니다. 지금 전쟁이 일어나지 않은 지 7년이나 되었으니 이는 군주가 왕업王業을 이룰 기초입니다. 전쟁을 주장하는 공손연은 나라를 어지럽히는 자입니다. 그의 말을 들어서는 안 됩니다."

또 다른 신하 화자華子가 이 말을 듣고는 계자의 태도를 부끄러이 여기며 이같이 말했다.

"교묘한 말로 토벌을 주장하는 공손연과 이를 반대하는 계자 모두 나라를 어지럽히는 자입니다. 또한 이들 모두가 나라를 어지럽히는 자라고 비판한 저 역시 나라를 어지럽히는 자입니다."

위혜왕이 물었다.

"그러면 어찌하란 말인가?"

화자가 대답했다.

"군주는 도를 구하는 방법밖에 없습니다."

재상으로 있던 혜자惠子가 이 이야기를 듣고는 위혜왕에게 도인으로 유명한 대진인戴晉人을 만나보게 했다. 대진인이 위혜왕에게 물었다.

"이른바 달팽이라는 작은 벌레를 군주는 알고 있습니까?"

"알고 있소."

대진인이 말했다.

"달팽이의 왼쪽 뿔에 나라를 세운 군주가 있는데 촉씨觸氏라고 합니다. 또 오른쪽 뿔에 나라를 세운 군주가 있는데 만씨蠻氏라고 합니다. 이 두 나라는 서로 땅을 다투며 수시로 전쟁을 한 까닭에 전사자가 수만 명이나 되었습니다. 패배한 적을 쫓을 때는 보름 이후에나 돌아오기도 했습니다."

"에이, 무슨 실없는 소리를 하는가?"

"신이 군주를 위해 이 이야기가 사실임을 보여드리겠습니다. 군주는 우주공간의 상하사방에 끝이 있다고 생각합니까?"

"끝이 없을 것이오."

"끝없는 상하사방에 마음을 노닐게 할 줄 알면서 다시 인적이 통하는 한 나라에 마음을 두면 한 나라가 있는 것 같기도 하고 없는 것 같기도 한 작은 존재로 여겨질 것입니다."

"그럴 것이오."

"인적이 통하는 나라 가운데 위나라가 있고, 위나라 안에 도성인 대량이 있고, 대량 안에 군주가 있습니다. 이같이 볼 때 군주의 존재와 달팽이 오른쪽 뿔 위의 군주 만씨와 무슨 구별이 있겠습니까?"

"구별할 수 없을 것이오."

대진인이 나가자 위혜왕이 잠시 멍하니 있었다. 여기서 나온 성어가 바로 와각지쟁이다. 달팽이 더듬이 위에서 싸운다는 뜻으로 하찮은 일로 벌이는 싸움을 비유적으로 이르는 말이다.

예나 지금이나 생각이 짧고 도량이 작으면 화부터 내는 경우가 많다. 자존심 때문이다. 난세에 이런 알량한 자존심에 얽매이면 대사를 그르치게 된다. 초한전 때의 항우와 삼국시대의 원소 등이 대표적인 인물이다. 이들 모두 자존심에 얽매여 쓴소리를 하는 참모에게 벌컥 화를 내며 내치는 식의 행보를 보이다가 끝내 패망하고 말았다.

행동이 아닌 능력에 주목한다

▬ 조나라 사람이 쥐로 인한 폐해를 걱정해 중산 땅에서 고양이를 구했다. 중산 사람이 그에게 고양이를 내주었다. 이 고양이는 쥐와 닭을 모두 잘 잡았다. 한 달 남짓 사이에 쥐는 자취를 감추고 말았다. 그러나 닭 역시 모두 사라지고 말았다. 아들이 걱정이 되어 부친에게 간했다.

"어째서 고양이를 없애지 않는 것입니까?"

부친이 대답했다.

"그건 네가 모르는 이야기다. 우리의 걱정은 쥐에 있지, 닭이 없어지는 것에 있지 않다. 쥐가 있으면 우리 음식을 훔치고, 옷을 훼손하고, 담장을 뚫고, 기물을 부순다. 이를 방치하면 장차 굶주리고 추위에 시달릴 것이다. 닭이 없는 것보다 심각하지 않은가? 닭이 없으면 닭고기를 먹지 않으면 그뿐이다. 굶주림과 추위보다 훨씬 낫다. 그러니 어찌 고양이를 없앨 수 있겠는가!"

趙人患鼠, 乞貓於中山, 中山人予之. 貓善捕鼠及雞, 月餘, 鼠盡而其雞亦盡, 其子患之, 告其父曰, "盍去諸?" 其父曰, "是非若所知也, 吾之患在鼠, 不在乎無雞. 夫有鼠則竊吾食, 毀吾衣, 穿吾垣墉, 壞傷吾器用, 吾將饑寒焉. 不病於無雞乎? 無雞者弗食雞則已耳, 去饑寒猶遠, 若之何而去夫貓也?"

— 제78장 〈포서捕鼠〉

해설　이루고자 하는 목표의 크기와 우선순위 등을 세심히 살필 것을 주문하고 있다. 중산의 고양이는 쥐를 박멸하는 능력이 탁월함에도 닭까지 잡아먹어 씨를 말리는 문제점을 안고 있다. 문제는 쥐의 창궐이다. 방치할 경우 전부 굶어 죽게 된다. 쥐를 소탕할 수 있다면 닭고기를 먹지 않는 정도의 손해를 감수할 수도 있는 것이다.

어떤 일이든 순기능과 역기능이 있다. 난세에는 특히 더 그렇다. 기존의 규율과 관행 등이 무너진 까닭에 순기능과 역기능이 뒤섞인 모순이 부지기수로 나타나게 된다. 마냥 사안을 늦출 수도 없는 만큼 우선 주된 목적과 득실에 초점을 맞추어 결정할 수밖에 없다. 도덕적으로 문제가 있을지라도 능력만 있으면 과감히 발탁하는 유재시용惟才是用 내지 유재시거惟才是擧 원칙이 통용되는 이유가 여기에 있다.

고금을 막론하고 난세에 재덕을 겸비한 인재를 찾는 것은 지난한 일이다. 그러나 한 가지 재주만 있을지라도 과감히 발탁해 필요한 부분에 투입한다면 그리 어려운 일만도 아니다. 실제로 삼국시대 당시 조조는 유재시거 원칙을 관철해 천하를 호령했다.

건안 15년(210), 조조는 천하의 인재를 널리 구하기 위해 〈구현령求賢令〉을 발표했다. 골자는 대략 다음과 같다.

자고로 천명을 받아 창업을 하거나 나라를 중흥시킨 군주로서 일찍이 현인 군자를 얻어 그들과 함께 천하를 통치하지 않으려고 한 자가 어디 있었겠는 가? 천하가 아직도 안정되지 않아 현자를 구하는 일을 더욱 서둘러야 할 시 기다. 지금 천하에 피갈회옥被褐懷玉의 자세로 위수 가에서 낚시질이나 하는 현자가 어찌 없겠는가? 또 도수수금盜嫂受金의 재능을 갖추고도 위무지魏無知 의 천거를 받지 못한 자가 어찌 없겠는가? 여러분은 나를 도와 누항陋巷에 있 는 자일지라도 오직 능력만 있으면 천거하도록 하라. 내가 그들을 얻어 임용 할 것이다.

피갈회옥은 남루한 옷을 걸치고 웅지를 품은 사람을 말한다. 주왕조 개국공신인 여상이 그 주인공이다. 형수와 사통하고 뇌물을 받은 도수 수금은 전한의 개국공신 진평이 당사자다. 위무지는 진평을 천거한 사 람이다.

〈구현령〉의 핵심은 크게 두 가지다. 하나는 피갈회옥의 현인군자를 구하는 것이고, 다른 하나는 도수수금의 인재를 구하는 것이다. 이른바 강태공으로 불리는 여상은 주문왕을 위수 가에서 만나기 전까지 궁핍 하게 살며 낚시로 소일했다. 주문왕은 여상을 만나 곧바로 그를 국사國 師로 삼음으로써 마침내 주나라 건국의 기틀을 다지게 되었다.

조조가 여상을 예로 든 것은 재덕을 겸비한 현인군자의 지혜를 빌어 야 비로소 새로운 왕조를 개창하거나 피폐한 왕조를 중흥시킬 수 있다 는 판단에 따른 것이다. 피갈회옥의 현인군자를 모으고자 한 것은 득천 하를 넘어 치천하까지 염두에 두고 있음을 시사한다. 치천하는 유재시 거와 반대되는 유덕시보惟德是輔에 방점을 찍고 있다. 재덕을 겸비한 자만이 보필로 발탁할 만하다는 뜻이다.

당시 조조의 휘하에서 피갈회옥의 현인군자에 가장 가까웠던 인물은 다름 아닌 순욱荀彧과 순유荀攸였다. 두 사람은 재덕을 겸비한 뛰어난 인물이었다. 그러나 불행하게도 두 사람 모두 조조가 위공 및 위왕이 되는 것을 반대했다가 조조의 손권 토벌전에 종군해 병사하고 말았다. 이에 대한 여러 이야기가 나오나, 근본적으로는 두 사람 모두 조조가 득천하를 거쳐 치천하까지 나아가려는 것을 원치 않은 사실과 무관하지 않다. 이들은 조조의 속셈을 읽고는 한나라의 앞날에 대한 우려와 조조와의 의리에 대한 번민을 이기지 못하고 병사했던 것이다.

득천하는 치천하와 달리 오직 능력만 있으면 발탁하는 유재시거의 원칙을 관철하는 것이 요체다. 조조는 유재시거의 원칙을 설파하기 위해 제환공의 경우를 들었다. 관중은 청렴한 선비인 염사廉士가 아니었다. 게다가 그는 훗날 자신이 모시게 된 제환공의 적으로 있던 자였다. 주목할 점은 제환공이 보위를 차지한 뒤 관중을 과감히 재상으로 발탁했던 것이다. 능력을 높이 산 결과다. 그가 춘추시대의 첫 패자가 될 수 있었던 이유다. 조조가 득천하 단계에서 절실히 필요로 한 인물은 바로 관중과 같은 인재였다.

도수수금 일화는《사기》〈진승상세가陳丞相世家〉에 나온다. 일찍이 유방이 항우를 치러 갔다가 패한 후 군사를 이끌고 형양에 이르렀을 때, 한왕韓王 신信 밑에 예속한 바가 있다. 그러자 주발周勃과 관영灌嬰 등이 유방 앞에서 진평을 이같이 헐뜯었다.

"진평이 비록 호남이기는 하나 겉모습만 뛰어나고 그 속은 아무것도 없을 것입니다. 신들이 듣건대 진평은 집에 있을 때는 형수와 사통했고, 위나라를 섬겼으나 받아들여지지 않자 도망해 초나라에 귀순했고, 초나라에 귀순해 뜻대로 되지 않자 다시 도망해 우리 한나라에 귀순했습니다. 그런데 오늘 대왕이 그를 높여 관직을 주고 호군으로 삼았습니다. 또 신들이 듣건대 진평은 여러 장수로부터 금품을 받으면서, 금품을 많이 준 자는 후대하고 금품을 적게 준 자는 박대했다고 합니다. 진평은 반복무상한 역신逆臣이니 원컨대 대왕은 그를 깊이 헤아리기 바랍니다."

유방은 이 말을 듣고 진평을 천거한 위무지를 불러 크게 질책했다. 그러자 위무지가 유방에게 이같이 반박했다.

"신이 응답한 것은 그의 능력이고, 대왕이 물은 것은 그의 행동입니다. 지금 만일 그에게 약속을 지키기 위해 만남의 장소인 다리 밑에서 한없이 기다리다 물에 빠져 죽은 미생尾生과 효성이 지극했던 은고종의 아들 효기孝己와 같은 행실이 있을지라도 승부를 다투는 데는 아무런 도움이 되지 않습니다. 대왕이 어느 겨를에 그런 사람을 쓸 수 있겠습니까? 지금은 바야흐로 초나라와 한나라가 서로 대항하고 있기에 신이 기이한 계책을 내는 뛰어난 책사인 기모지사奇謀之士를 천거한 것이니 그의 계책이 나라에 이로운지만을 살펴야 할 것입니다. 그러니 도수수금이 어찌 문제가 될 수 있겠습니까?"

유방은 위무지로부터 이런 이야기를 듣고도 못내 안심이 되지 않아 진평을 불러 어찌해서 반복무상하게도 여러 사람을 섬기게 되었는지 물었다. 그러자 진평이 이같이 응답했다.

"신이 위왕을 섬겼으나 위왕은 신의 말을 채택하지 않았습니다. 그래서 위왕을 떠나 항우를 섬긴 것입니다. 그러나 항왕은 다른 사람을 믿지 못하고 오직 항씨 일가와 처남들만을 총애했습니다. 설령 뛰어난 책사가 있다 한들 중용될 여지가 없기에 초나라를 떠났던 것입니다. 그런데 도중에 대왕께서 사람을 잘 가려 쓴다는 이야기를 듣고 대왕에게 귀의하게 되었습니다. 신은 빈손으로 온 까닭에 여러 장군이 보내준 황금을 받지 않고서는 쓸 돈이 없었습니다. 만일 신의 계책 가운데 쓸 만한 것이 있으면 원컨대 저를 채용하고, 만일 쓸 만한 것이 없다고 판단되면 황금이 아직 그대로 있으니 청컨대 잘 봉해 관청으로 보내고 사직하게 해주시기 바랍니다.”

유방이 진평에게 크게 사과하고 후한 상을 내린 뒤 호군중위에 임명해 제장들을 지휘하게 했다. 그러자 제장들이 더는 진평을 헐뜯지 못했다. 진평을 과감히 발탁한 덕분에 유방은 마침내 천하통일의 대업을 이루게 되었다. 조조는 바로 이러한 유방의 행보를 본받고자 했던 것이다.

조조의 휘하 인물 가운데 진평과 가장 유사한 인물을 고르라면 단연 가후賈詡를 꼽을 수 있다. 가후는 동탁의 휘하에 있다가 이각 및 곽사를 부추겨 장안정권을 세우게 한 뒤 다시 장수張繡에게 몸을 맡겼다가 마침내 조조에게 귀의한 인물이다. 가후가 장수를 부추겨 함께 조조에게 귀의한 것은 전적으로 자신의 이익을 위한 것이었다. 그의 행보에서는 순욱 및 순유와 같은 절조는 물론 곽가와 같은 충성이 전혀 보이지 않는다. 가후는 난세에 자신의 재능을 팔아 보신하는 요령을 깊이 터득한 인물이었다. 전술 면에서는 조조를 능가할 정도로 재능이 탁월했다. 조조는 가후의 이런 재능을 높이 사 그의 덕성을 전혀 개의치 않았던 것이다. 인재가 있으면 과감히 발탁하고, 발탁했으면 일을 맡기고, 일을 맡겼으면 의심하지 말아야 한다.

꿈도 함께 꾸면 현실이 된다

■ 진평공晉平公이 거문고를 만들었다. 낮은 소리가 나는 대현大弦과 높은 소리가 나는 소현小弦을 같은 굵기의 줄로 맨 뒤 악사인 사광師曠에게 이를 조율하게 했다. 종일 바른 소리를 낼 수 없었다. 진평공이 괴이하게 여기자 사광이 간했다.

"무릇 거문고의 대현은 군주, 소현은 신하에 해당합니다. 각기 서로 다른 역할을 하며 화합해 소리를 냅니다. 서로 역할을 빼앗지 않아야 음양이 조화를 이룹니다. 지금 군주는 대현과 소현을 같게 했으니 근본을 잃은 것입니다. 그러니 아무리 뛰어난 악공인들 어찌 조율할 수 있겠습니까?"

晉平公作琴, 大弦與小弦同, 使師曠調之, 終日而不能成聲, 公怪之, 師曠曰, "夫琴大弦爲君, 小弦爲臣, 大小異能, 合而成聲, 無相奪倫, 陰陽乃和. 今君同之, 失其統矣, 夫豈瞽師所能調哉?"

— 제103장 〈금현琴弦〉

군주와 신하가 힘을 합쳐 나라를 조화롭게 다스리는 이른바 군신공치君臣共治 이념을 역설하고 있다. 군신공치는 공자사상의 핵심이기도 하다. 순자는 공자의 군신공치를 이어받아 군주를 존중하면서 군신이 함께 다스리는 존군공치尊君共治를 역설했다.

군주와 신하가 조화롭게 정사에 임하는 군신공치는 마치 거문고의 대현과 소현이 서로 어울려 화음을 내는 것과 같다. 역할 분담이 되지 않으면 화음을 낼 수 없다. 아무리 뛰어난 군주일지라도 천하는 넓기에 홀로 다스릴 수는 없는 일이다. 상앙과 한비자 등의 법가사상가들이 비록 군주의 결단을 중시하는 군권독치君權獨治를 역설했음에도 신하들의 역할 역시 무시하지 않은 것도 바로 이 때문이다. 《한비자》〈삼수三守〉의 해당 대목이다.

군주가 아무리 현명할지라도 나랏일을 혼자 이끌어갈 수는 없는 일이다. 신하들이 군주를 위해 감히 충성을 다하려 들지 않으면 그 나라는 이내 패망하고 만다. 이를 일러 "나라에 신하가 없다"고 하는 것이다.

신하가 없으면 군주는 단 하루도 나라를 다스릴 수 없다. 그러나 신권을 제압하기가 결코 쉬운 일은 아니다. 군주가 난세는 말할 것도 없고 치세에도 신권에 대한 우위를 유지하기 위해 부단히 노력해야 한다. 그리하지 않으면 군주는 이내 허수아비가 되어 시해를 당하고 나라를 빼앗기게 된다. 동서고금의 역대 왕조사를 개관하면 한비자의 이런 주장이 단 하나의 예외도 없이 그대로 적중했음을 알 수 있다.

한비자가 군권을 공권, 신권을 사권으로 간주한 것도 이런 맥락에서 이해할 수 있다. 공권은 확고한 군권을 배경으로 통용되는 천하의 저울을 뜻한다. 군주는 천하의 저울을 거머쥔 자다. 공권이 널리 통용되기 위해서는 저울질이 공정해야 한다. 관건은 공정한 법집행에 있다. 사사로운 저울질은 공권의 존재 자체를 위태롭게 만든다. 한비자는 군주가 신하들을 제대로 제어하지 못한 데서 사사로운 저울질이 등장하게 된다고 보았다. 권신이 등장해 백성을 그물질하는 것을 사권의 전형으로 간주한 이유다.

한비자가 볼 때 신하는 군주에게 고용된 가신家臣에 해당한다. 신권의 상징인 승상 역시 군주의 집안을 돌보는 집사에 불과하다. 집사가 주인행세를 하는 기미를 보일 때는 상벌권을 발동해 과감히 제거해야만 한다. 군주는 집사가 은밀히 세력을 키우는 것을 막기 위해 감시를 게을리해서는 안 된다. 일꾼들과 연계해 집사의 일거수일투족을 상시 감시하는 방안을 제시한 이유다. 《한비자》〈팔경〉의 해당 대목이다.

군주는 아랫사람들과 연계해 상관의 비리를 고발하도록 조치해야만 한다. 재상은 조정대신, 조정대신은 휘하 관속, 장교는 병사, 현령은 지방 관속, 후비后妃는 궁녀들로 하여금 고발하게 한다.

한비자가 말한 공권은 군주가 독점적으로 행사하는 인사대권과 상벌권을 달리 표현한 것이다. 《춘추공양전春秋公羊傳》은 이를 전봉권專封權과 전토권專討權으로 표현했다. 전봉권은 천자가 제후에게 관작과 봉지를 내리는 권한을 말하고, 전토권은 천자의 권위에 도전하는 제후를 토벌하도록 명하는 권한을 뜻한다. 천자의 전봉권과 전토권은 춘추시대에만 작동했다. 한비자는 전국시대의 인물이다. 전국칠웅 모두 왕을 칭하며 천하통일의 주역이 되고자 했다. 한비자가 말한 공권은 곧 천자의 전봉권과 전토권을 달리 표현한 것으로 천하통일의 주역이 될 새 왕조의 창업주를 염두에 둔 개념이다. 유기가 언급한 군신공치와 별반 차이가 없다.

역사적으로 볼 때 군주와 신하는 태생부터 불가분의 관계를 맺고 있다. 문제는 조화다. 이것이 말처럼 쉽지 않다. 고금동서를 막론하고 군권과 신권의 절묘한 조화가 영원한 과제로 부상하는 이유다.

사람은 이익이 없으면 떠난다

■ 욱리자가 말했다.

"천하에 엄금하는 사항은 먹고 입는 것 등 몇 가지만 아니라면 괜찮다. 화폐 주조는 비록 백성의 절실한 필요에 따른 것이기는 하나 화폐 자체는 배고플 때 먹을 수도 없고, 추울 때 입을 수도 없는 것이다. 화폐가 반드시 국가권력에 의존해 세상에 통용되는 이유다. 사람들은 이와 관련한 금령을 어겨 사형에 처해지더라도 원망하지 않는다. 그 죄가 자신에게 있음을 알기 때문이다. 소금은 바다에서 나오는데 바닷물은 천연물이다. 졸이면 누구나 먹을 수 있다. 국가권력에 의존하지 않고도 세상에 널리 통용되는 이유다. 조정이 이를 사유화해 자신만을 위해 사용하면 이는 백성과 음식을 다투는 짓이다. 엄하게 금할수록 위반하는 이가 더욱 많아지는 것은 이 때문이다. 그 잘못은 백성에게 있지 않다."

어떤 사람이 물었다.

"그렇다면 '촘촘한 그물로는 연못에 들어가지 말라'거나 '때가 되었을 때

도끼를 들고 산림에 들어가라'는 선왕의 금령 역시 잘못된 것입니까?"

욱리자가 대답했다.

"선왕의 금령은 이익을 독점해 사유하려는 것이 아니다. 더욱 풍족하게 만들어 백성의 필요에 부응하려는 것이다. 사정이 전혀 다르다. 맹자는 100무畝의 땅을 한 가구에 나누어주어 경작하게 하면 여덟 가구의 식구가 춥거나 배고픈 일이 없다고 했다. 그런데 이를 여러 가구에 나누어주면 어찌 춥고 배고프지 않을 수 있겠는가?"

郁離子曰, "天下之重禁, 惟不在衣食之數者可也. 故鑄錢造幣雖民用之所切, 而饑不可食, 寒不可衣, 必藉主權以行世. 故其禁雖至死而人弗怨, 知其罪之在己也. 若鹽則海水也. 海水天物也, 煮之則可食, 不必假主權以行世, 而私之以爲己, 是與民爭食也. 故禁愈切, 而犯者愈盛, 曲不在民矣." 或曰, "若是, 則'數罟不入洿池, 斧斤以時入山林.' 先王之禁亦過?" 曰, "先王之禁, 非奄其利而私之也, 將育而蕃之, 以足民用也. 其情異矣, 矧百畝之田, 無家不受, 而不饑不寒乎!"

— 제179장 〈중금重禁〉

해설　국가의 소금 전매제도를 강력하게 비판하고 있다. 소금은 바닷물을 졸이면 누구나 손에 넣을 수 있다. 국가권력에 의존하지 않고도 통용되는 이유다. 그럼에도 중국의 역대 왕조는 한무제 이래 청조 말까지 이를 국가 전매품으로 분류해 재정을 충당해왔다. 이를 유기는 조정이 백성과 음식을 다투는 행위로 보았다. 심하게 금할수록 오히려 위반하는 사람이 더욱 많아지는 이유를 여기서 찾은 것이다.

이는 기본적으로 기아와 추위를 면하기 위한 백성의 경제활동을 금하는 것은 잘못이라는 논리 위에 있다. 《맹자》〈양혜왕 상上〉의 구절을 인용한 것도 이런 맥락에서 이해할 수 있다. 화폐와 달리 기아와 추위를 면하기 위한 일을 엄금하면 안 된다는 것이 논거다. 이는 사마천이 《사기》〈화식열전〉에서 역설한 것이기도 하다. 해당 대목이다.

나는 삼황오제인 신농씨 이전의 일에 대해서는 잘 알지 못한다. 그러나 《시경》이나 《서경》에 있는 요순과 하나라 이후의 정황을 보면 눈과 귀는 아름다운 소리나 모습을 끝까지 보고 들으려 하고, 입은 여러 맛있는 고기를 맛보려 하고, 몸은 편하고 즐거운 것에 머물려 하고, 마음은 권세와 재능이 가져다준 영화를 자랑하고자 한다. 이런 풍속이 백성을 전염시킨 지 이미 오래되었다. 설령 아무리 오묘한 이론으로 집집마다 들려줄지라도 끝내 교화할 길이 없다. 그래서 최상의 통치자는 백성을 천지자연의 도에 부합하도록 이끌고, 그다음은 백성을 이롭게 하는 식으로 이끌고, 그다음은 가르쳐 깨우치는 방법을 택하고, 그다음은 백성을 가지런히 바로잡는 식으로 다스린다. 최하의 통치자는 백성과 이익을 다투는 자다.

최상의 방안으로 제시한 "천지자연의 도에 부합하도록 이끄는 방식"은 노자의 무위지치를 언급한 것이다. 사마천의 입장이 결코 노자사상과 배치되는 것이 아님을 알 수 있다. 그러나 사마천은 무위지치가 이상적이기는 하나 곧바로 현실에 적용할 수 있는 논리가 아니라는 사실을 통찰했다. 그가 방점을 찍은 것은 차상의 방안인 "백성을 이롭게 하는 방식"이다. 이는 관중을 사상적 시조로 하는 상가의 입장을 그대로 드러낸 것이다.《관자》〈오보五輔〉에 해당 대목이 나온다.

백성을 얻는 방안으로 백성에게 이익을 주는 것보다 더 나은 방안은 없다.

백성에게 이익을 가져다주는 이민이 바로 득민의 요체라고 지적한 것이다.《관자》는 전 편을 통해 득민의 요체가 백성을 배불리 먹이며 이익을 안겨주는 데 있음을 거듭 역설하고 있다.

사마천과 순자는 인간의 호리지성을 적극 수용한 점에서는 일치하고 있으나 호리지성의 충돌에 따른 혼란을 막는 해법에서는 차이가 난다. 순자는 예치를 통해 혼란을 막고 나라와 백성을 바르게 이끌 수 있다고 주장했다. 공자가 역설한 극기복례克己復禮로 되돌아간 것이다.

그러나 사마천이 볼 때 이는 백성을 이롭게 하는 방식보다 한 단계 낮은 "가르쳐 깨우치는 방식"에 지나지 않는다. 나아가 "백성을 가지런히 바로잡는 방식"은 공자와 순자가 역설한 극기복례의 예치보다 한 단계 낮은 법가의 방식이다.

제자백가 가운데 인간의 호리지성에 가장 예민한 반응을 보인 것은 한비자를 비롯한 법가사상가들이다. 이들은 성인이 만든 예제를 통해 능히 사람들을 교화할 수 있다는 순자의 주장을 좇지 않았다. 한비자가 볼 때 인간의 호리지성은 결코 예치로 다스릴 수 있는 것이 아니었다. 군신은 물론 부자 및 부부 사이에서도 예외 없이 드러나는 근원적인 문제에 해당하는 까닭에 강력한 법제를 동원하지 않으면 그로 인한 혼란을 막을 길이 없다고 보았다.《한비자》〈육반六反〉의 해당 대목이다.

남아를 낳으면 축하를 하고 여아를 낳으면 죽인다. 나중의 편안함을 고려해 장기적인 이익을 계산했기 때문이다. 하물며 부자의 관계도 없는 경우야 더 말할 나위가 없다.

인간은 본질적으로 이해관계를 벗어날 수 없다고 본 것이다. 장의사가 사람이 많이 죽어 장례식이 이어지는 것을 바라고, 의사가 사람들이 싫어하는 종기를 기꺼이 빼는 것은 바로 이해관계 때문이라는 것이 그의 해석이다. 모든 인간관계는 이기심에 따른 끈으로 연결되어 있다고 본 이유다. 그가 설령 신하가 군주에게 충성스러운 모습을 보일지라도 사실은 영달하려는 마음에서 군주에게 아첨을 하는 것에 불과하다고 경고한 배경이 여기에 있다.

고금동서를 막론하고 최고통치권자가 백성과 이익을 다투면, 사리사욕을 채우는 수단으로 권력을 동원하게 되고, 그리되면 관기가 무너지고, 관기가 무너지면 민심이 이반하고, 민심이 이반하면 천하대란이 온다. 이는 패망을 자초하는 길이다. 욱리자가 "100무의 땅을 여러 가구에 나누어주면 어찌 춥고 배고프지 않을 수 있겠는가?"라고 반문한 것도 이런 맥락에서 이해할 수 있다. 전 인민이 고루 먹고살 기반을 확충해야 치국평천하에 성공할 수 있다고 주장한 것이다. 백성의 창고를 가득 채우는 부민과 서민을 고루 잘 살게 만드는 균부가 관건이다.

함께 꿈꾸고 함께 성장한다

━ 바다 한가운데 있는 섬에 사는 오랑캐는 날것을 좋아해 새우와 게, 소라, 대합을 잡으면 모두 날로 먹는다. 손님에게도 그같이 대접하면서 손님이 먹지 않으면 시끄럽게 떠들어댄다. 나양裸壤이라는 나라에서는 옷을 입지 않는다. 모자나 옷을 보면 놀라 뒤돌아 달아난다. 오계五溪 일대에 거주하는 야만족은 꿀을 먹여 키운 새끼 쥐를 맛있는 음식으로 여기며, 계피나 무나 좀 벌레를 진귀한 음식으로 친다. 이를 특산물로 바치면서 받아들이지 않으면 따돌리는 것으로 의심한다. 욱리자가 말했다.

"세상에서 한 모퉁이에 있는 것만 보고 들으면 누구인들 이와 같지 않겠는가? 술에 취한 다수가 멀쩡한 자를 미워하고, 탐욕스러운 다수가 청렴한 자를 미워하고, 음탕한 다수가 절개를 지키는 자를 미워하고, 더러운 다수가 정결한 자를 미워하고, 거짓된 다수가 정직한 자를 미워하고, 게으른 다수가 근면한 자를 미워하고, 아첨하는 다수가 충성된 자를 미워하고, 사사로운 다수가 공정한 자를 미워하고, 버릇없는 다수가 예의 바른 자를 미워하는 이유다. 이는 마치 올빼미가 썩은 쥐를 잡고는 혹여 빼앗길까 두려운 나머지 사람을 보고 놀라는 것과 같다. 중원의 사람은 사방의 오랑캐를 도적으로 보지만, 사방의 오랑캐 역시 중원의 군사를 도적으로 본다. 이를 능히 변별할 줄 아는 사람이 틀림없이 있을 것이다. 천하가 대동大同을 중시하는 것이 그렇다."

海島之夷人好腥, 得蝦·蟹·螺·蛤皆生食之, 以食客, 不食則咻焉. 裸壤之國不衣, 風冠裳則駭, 反而走以避. 五溪之蠻, 羞蜜唧而珍桂蠧, 貢以爲方物, 不受則疑以逃. 郁離子曰, "世之抱一隅之聞見者, 何莫非是哉! 是故衆醉惡醒, 衆貪惡廉, 衆淫惡貞, 衆汙惡潔, 衆枉惡直, 衆惰惡勤, 衆佞惡忠, 衆私惡公, 衆嫚惡禮, 猶鴟鴞之見人而嚇也. 故中國以夷狄爲寇, 而夷狄亦以中國之師爲寇, 必有能辨之者, 是以天下貴大同也."

— 제161장 〈대동大同〉

해설 　중원과 사방의 이적夷狄이 하나가 되는 대동을 역설하고 있다. "중원의 사람은 사방의 오랑캐를 도둑으로 보지만, 사방의 오랑캐 역시 중원의 군사를 도둑으로 본다"는 지적이 그렇다. 원나라가 이민족인 몽골의 나라였던 점을 감안한 이야기로 보인다. 썩은 쥐를 운운한 것은 원나라 말기의 부패한 상황을 언급한 것으로 《장자》〈추수秋水〉에 나오는 우화를 인용한 것이다. 이에 따르면 한번은 장자의 친구 혜시惠施가 양나라 재상으로 있을 때 장자가 그를 찾아갔다. 어떤 자가 혜시에게 말했다.

"장자가 오면 장차 그대를 대신해 재상 자리를 차지하려 할 것이오."

혜시가 두려운 나머지 사흘 낮밤을 샅샅이 수색해 장자를 잡으려 했다. 장자가 스스로 혜시를 찾아가 이같이 꼬집었다.

"남쪽에 봉황을 닮은 새가 있는데 이름은 원추라고 한다. 그대는 이를 알고 있는가? 원추는 남해에서 날아올라 북해로 날아가는데 오동나무가 아니면 머물지 않고, 연실練實이 아니면 먹지 않고, 예천醴泉이 아니면 마시지 않는다. 마침 올빼미가 썩은 쥐 한 마리를 얻게 되었다. 올빼미는 원추가 자신의 곁을 지나가자 썩은 쥐를 빼앗길까 두려운 나머지 위를 올려다보며 꽥 하고 소리를 질러댔다. 지금 그대도 양나라 재상 자리가 걱정되어 나에게 꽥 하고 소리를 질러대는 것인가?"

유기가 원나라 말기의 피폐한 상황을 썩은 쥐에 비유하면서 대동을 역설한 것은 새 왕조의 기본 틀을 제시한 것이나 다름없다. 그런 점에서 주원장이 한족만의 나라를 고집한 것은 유기의 기대에 어긋나는 것이었다. 실제로 유기는 과거시험을 통해 관원으로 재직하면서 원나라의 패망을 막기 위해 나름대로 애썼다. 방국진의 참수를 주장했던 것이 그렇다. 이후 비록 조정관원과의 불화로 사직했으나 새 왕조가 한족만의 나라가 되는 것을 바란 것은 아니었다. 이 우화에서 대동을 역설한 것은 그의 포부와 식견이 그만큼 컸음을 반증한다.

예나 지금이나 많은 민족으로 구성된 대국을 다스리기 위해서는 먼저 편견과 불평등을 제거해야 한다. 그러기 위해서는《예기》〈예운〉에서 역설한 대동의 관점을 견지할 필요가 있다. 천하위공의 자세가 바로 그것이다. 〈예운〉은 대동을 이같이 표현해놓았다.

대도大道가 행해지는 세계에서는 천하가 공평무사하게 된다. 어진 자를 등용하고 재주 있는 자가 정치에 참여해 신의를 가르치고 화목함을 이루기 때문에, 사람들은 자기 부모하고만 친하지 않고 자기 아들만을 귀여워하지 않는다. 나이 든 사람들이 그 삶을 편안히 마치고, 젊은이들은 두루 쓰이고, 어린이들은 안전하게 자라날 수 있고, 홀아비와 과부와 고아와 자식 없는 노인과 병든 자들은 모두 부양되고, 남자는 모두 일정한 직분이 있고, 여자는 모두 시집갈 곳이 있다. 땅바닥에 떨어진 남의 재물을 반드시 자기가 가지려 하지 않는다. 사회적으로 책임져야 할 일들은 자기가 하려 하지만, 반드시 자기만이 할 수 있다고 생각하지는 않는다. 이 때문에 간사한 모의가 끊어져 일어나지 않고, 도둑이나 폭력배가 생기지 않는다. 모든 사람이 외출할 때 문을 열어놓고 닫지 않는 이유다. 이를 일컬어 대동이라 한다.

한마디로 지상낙원의 모습이다. 청나라 말기에 강유위康有爲는《대동서大同書》를 저술해 대동사상을 전개한 바가 있다. 그는 대동사회가 나타나지 못한 근본원인을 자기 자신과 가족에 집착하는 이기심에서 찾았다. 가족제도의 폐기라는 과격한 주장을 펼친 이유다. 여러 해석이 가능하겠지만 〈예운〉은 동반성장 등으로 풀이해도 좋다. 부익부 빈익빈은 패망의 길이다. 하후상박의 연금제와 누진세 등을 적극 활용해 균부 이념을 실천해야 하는 이유다.

눈앞의 작은 이익을 넘어 큰 이익을 본다

■ 호리자瓠裏子가 애艾 땅으로 가 그곳 대부에게 말했다.

"전에 군주의 수레를 끄는 말에 병이 났소. 수의獸醫가 말하기를, '살아 있는 말의 피를 구해 마시게 하면 낫는다'고 했소. 군주의 말을 다루는 관원이 내 마차를 끄는 말의 피를 요구한 것이오. 나는 이를 거절하기 어렵다고 생각해 응답을 하지 않았소."

대부가 말했다.

"살아 있는 말을 죽여 다른 말을 살리는 것은 실정에 맞지 않소. 어떻게 감히 그럴 수 있는 것이오?"

호리자가 말했다.

"나도 속으로 의아하게 생각했소. 그러나 이미 군주의 마음을 알고 있던 까닭에 이내 군주에게 간하기를, '제가 듣건대, 군주는 반드시 농민과 병사들로 하여금 농사짓고 전쟁에 대비하게 했습니다. 농민과 병사 가운데 그 누군들 군주의 백성이 아니겠습니까? 병사가 부족하면 농민을 방어해줄 수 없고, 농민이 부족하면 병사는 먹고살 수가 없습니다. 병사와 농민은 마치 손과 발의 관계와 같아 어느 것 하나도 없어서는 안 됩니다. 지금 군주의 병사가 농민을 폭행해도 금지하지 않고 있습니다. 병사와 농민 사이에 소송이 나면 필시 농민이 패해 곤경에 처할 것입니다. 이는 손만 보고 발을 보지 않는 것과 같습니다. 지금 군주의 말을 관리하는 관원은 군주에게 말이 없어서는 안 되는 사실만 알고, 자신 또한 말이 없어서는 안 되는 사실은 모르고 있습니다. 옛날 진陳나라 호공胡公의 정부인인 태희大姬가 춤을 좋아하자 진나라 도성인 완구宛丘 땅 사람들 모두 농사의 근간인 뽕나무를 뽑아내고, 춤추는 듯한 버드나무를 심었다고 합니다. 저는 내심 장차 그리될까 두렵습니다'라고 했소.'

瓠裏子之艾, 謂其大夫曰, "日君之左服病, 獸人曰, '得生馬之血以飮之, 可起也.' 君之圉人使求僕之驂, 僕難, 未與也." 大夫曰, "殺馬以活馬, 非人情也, 夫何敢?" 瓠裏子曰, "僕亦竊有疑焉. 雖然, 亦卽知君之心矣, 願因而有所請, '僕聞有國者, 必以農耕而兵戰也. 農與兵, 孰非君之民哉? 故兵不足, 則農無以爲衛. 農不足, 則兵無以爲食, 兵之與農猶足與手, 不可以獨無也. 今君之兵暴於農而君不禁, 農與兵有訟, 則農必左, 耕者困矣. 是見手而不見足也. 今君之圉人, 見君之不可無服, 而不見僕之不可無驂也. 昔者陳胡公之元妃大姬好舞, 於是宛丘之人皆拔其桑而植柳. 僕竊爲君畏之.'"

— 제51장 〈거폐祛蔽〉

해설
관자사상을 관통하는 최고의 이념을 하나만 꼽으라면 우선 백성을 부유하게 만든다는 뜻의 필선부민必先富民으로 표현된 '부민'에 있다. 부민은 부국강병의 대전제다. 부민이 이루어져야 부국이 가능하고, 부국이 가능해야 강병이 실현된다는 지극히 간단한 이치에 기초해 있다. 그의 경제사상을 부민주의로 요약하는 이유다. 이에 관한 대목이 《관자》〈목민〉에 나온다.

> 창고 안이 충실해야 예절을 알고, 의식衣食이 족해야 영욕을 안다.

국가가 존립하기 위해서는 백성 개개인이 예의염치를 좇고 국법질서와 국가존엄을 존중하는 지례지법知禮知法이 전제되어야 한다고 설파한 것이다. "병사와 농민은 마치 손과 발의 관계와 같아 어느 것 하나도 없어서는 안 된다"고 언급한 호리자의 언급과 취지를 같이한다. 여기의 예절은 예의염치의 도덕적 가치, 영욕은 존비귀천尊卑貴賤의 국법질서와 존엄을 말한다. 부국강병의 필요성은 치세보다 난세에 더욱 부각된다. 이를 간과했다가는 이내 국가패망의 참사를 맞을 수밖에 없다.

대표적인 사례로 왜란 당시 붕당정치를 조장해 나라를 패망 일보직전까지 몰고 간 선조宣祖의 암군 행보를 들 수 있다. 그의 치세에 들어와 사림세력이 거대한 붕당을 형성해 왕권을 위협하는 막강한 신권세력으로 부상했다. 이는 기본적으로 모든 신권세력이 너나 할 것 없이 사림을 자처한 결과이기도 했다. 이전의 훈신勳臣과 척신戚臣조차 사림을 자처하는 상황에서 한 사람의 고독한 군왕이 사림으로 통일된 거대한 신권세력을 상대하는 것은 버거운 일이었다. 조선조가 중국의 명나라 및 청나라와 달리 후기에 들어와 군약신강君弱臣强의 신권국가臣權國家로 치달은 이유가 여기에 있다. 선조 때부터 시작된 붕당정치가 배경이 된 것은 말할 것도 없다.

조선조는 선조 때 붕당정치가 등장한 이후 시간이 지나면서 왕비 간택과 왕세자 책봉 문제는 말할 것도 없고 후사 문제조차 이들 사림세력에 의해 좌지우지되는 신권국가로 변질되기 시작했다. 이는 사림세력으로 통일된 조선의 신권세력이 얼마나 막강했는지를 반증하는 것이기도 하다. 사림세력은 《예기禮記》〈예운禮運〉에 나오는 이른바 천하위공天下爲公을 명분으로 내세워 군주 또한 사대부의 일원에 불과한 것으로 간주했다. 조선의 사대부들이 남송대의 사대부들처럼, 천하를 실제로 통치하는 자는 군왕이 아니라 바로 자신들이라고 자부한 것이다.

선조는 군주가 아니라 신하의 일원에 지나지 않았다. 군권이 제 기능을 하지 못한 곳에서는 붕당과 권신이 발호하게 마련이다. 그 폐해는 고스란히 힘없는 백성의 몫이다.

아무리 태평시절이라 할지라도 무비武備를 소홀히 하면서 본업인 군도君道의 길을 마다한 채 신도臣道의 길로 나아가는 것은 결코 바람직하지 않다. 두 차례에 걸친 왜란이 증명하듯, 난세의 경우는 매우 심각해진다. 이는 패망을 자초하는 것이다. 붕당의 결성을 조장하며 최고의 선비가 되고자 한 선조는 그런 사태를 자초했다는 비난을 면할 길이 없다.

연호		나이	내용
지대	4년(1311)	1세	절강행성 처주부 청전현 산무양촌山武陽村에서 태어나다.
태정泰定	원년(1324)	14세	《춘추》를 능히 암송하며 천문과 병서 등을 두루 꿰다.
	5년(1328)	18세	석무서원에서 공부하다. 주원장이 태어나다.
지순至順	3년(1332)	22세	과거에 응시해 거인擧人이 되다.
	4년(1333)	23세	진사 시험에 합격하다.
지원至元	2년(1336)	26세	강서의 고안현승에 제수되다.
	5년(1339)	29세	강서행성의 속관이 되다.
	6년(1340)	30세	탄핵을 받고 은거하며 학문에 매진하다.
지정	6년(1346)	36세	도성인 대도로 올라오다. 〈북상감회〉 등을 짓다.
	8년(1348)	38세	절강행성 유학부제거에 제수되다. 방국진이 거병하다.
	11년(1351)	41세	홍건적이 사방에서 일어나다.
	12년(1352)	42세	절동 원수부 도사에 임명되다.
	13년(1353)	43세	방국진의 참수를 건의하다. 장사성이 거병해 성왕誠王을 칭하다.
	14년(1354)	44세	소흥에 머물며 시를 대거 짓다.
	15년(1355)	45세	유복통劉福通이 한림아韓林兒를 옹립해 송나라를 세워 박주亳州에 도읍하다.
	16년(1356)	46세	행성도사가 되다. 주원장이 집경을 점령하고 응천부應天府로 개명한 뒤 오국공吳國公을 칭하다.

17년(1357)	47세	행성 추밀원 경력에 제수되어 처주를 수비하다.
18년(1358)	48세	행성 낭중으로 일하다. 유기의 군공을 누락하자 사직하고 귀향하다. 유복통이 변량汴梁을 함락시키고 새 도읍지로 정하다.
19년(1359)	49세	고향에 은거하며《욱리자》를 저술하다.
20년(1360)	50세	주원장이 사자를 보내 부르다. 송렴 등과 함께 와〈시무십팔책時務 十八策〉을 올리다. 진우량陳友諒이 대군을 이끌고 쳐들어왔다가 패하다.
22년(1362)	52세	모친상을 당해 귀향하다. 금화金華와 처주의 묘군 반란을 진압하는 데 협조하다.
23년(1363)	53세	응천부로 돌아오다. 유복통이 피살되다. 진우량이 파양호 전투에서 패사하다.
24년(1364)	54세	주원장과 모의해 장사성을 제압하다. 주원장이 오왕吳王을 칭하다.
26년(1366)	56세	새 궁전의 터를 정하다. 한림아가 익사를 당하다.
27년(1367)	57세	태사령을 맡으면서 어사중승에 제수되어 이선장李善長과 함께 율령 을 정하다. 방국진이 항복하다.

홍무洪武	원년(1368)	58세	주원장이 황제를 칭하다. 유기를 태사원사, 어사중승에 임명하다. 서달徐達이 대도에 입성하다.
	2년(1369)	59세	주원장의 고향인 봉양에 도읍하는 것을 반대하다. 원나라 순제가 장성 밖으로 달아나다.
	3년(1370)	60세	홍문관학사를 겸하다. 성의백에 봉해지다.
	4년(1371)	61세	귀향을 청하다. 이선장이 물러나고 호유용胡惟庸이 좌승상이 되다.
	5년(1372)	62세	산속에 은거하다 담양에 순검사를 둘 것을 건의하다.
	6년(1373)	63세	호유용의 무함에 걸려 급히 상경해 사죄하다. 《대명률大明律》을 반포하다.
	7년(1374)	64세	병에 걸리다. 남옥 등이 북원의 군사를 대파하다.
	8년(1375)	65세	병이 심해져 귀향을 했다가 이내 사망하다.

참고문헌

❶ 기본서

《공자가어》,《관자》,《국어》,《근사록》,《논어》,《논형》,《도덕경》,《독통감론》,《맹자》, 《명이대방록》,《묵자》,《사기》,《삼국지》,《상군서》,《설문해자》,《설원》,《세설신어》, 《송명신언행록》,《순자》,《신어》,《안자춘추》,《양자》,《여씨춘추》,《열자》,《염철론》, 《오월춘추》,《윤문자》,《일지록》,《자치통감》,《잠부론》,《장자》,《전국책》,《정관정 요》,《춘추곡량전》,《춘추공양전》,《춘추번로》,《춘추좌전》,《한비자》,《한서》,《회남 자》,《후한서》.

❷ 저서 및 논문

한국   가나야 사다무 외, 조성을 옮김,《중국사상사》, 이론과실천, 1988.

        곽말약, 조성을 옮김,《중국고대사상사》, 까치, 1991.

        김덕삼,《중국도가사 서설》, 경인문화사, 2004.

        김예호,《한비자》, 한길사, 2010.

        김일환,《맹자》, 자유문고, 1990.

김충열, 《노장철학강의》, 예문서원, 1995.

나카지마 다카시, 오상현 옮김, 《머슴형 리더 주인형 리더》, 동방미디어, 2004.

동광벽, 이석명 옮김, 《도가를 찾아가는 과학자들》, 예문서원, 1994.

동양사학회 엮음, 《동아시아상의 왕권》, 한울아카데미, 1993.

류예, 김인지 옮김, 《헬로우 귀곡자》, 미래사, 2008.

리쩌허우, 권덕주 옮김, 《중국미학사》, 미래엔, 1992.

마츠시마 다카히로 외, 조성을 옮김, 《동아시아사상사》, 한울아카데미, 1991.

모리모토 준이치로, 김수길 옮김, 《동양정치사상사 연구》, 동녘, 1985.

모리야 히로시, 고정아 옮김, 《한비자, 관계의 지략》, 이끌리오, 2008.

미조구치 유조, 김석근 외 옮김, 《중국사상문화사전》, 책과함께, 2011.

벤자민 슈워츠, 나성 옮김, 《중국 고대사상의 세계》, 살림출판사, 1996.

변인석 편역, 《중국고대사회경제사》, 한울아카데미, 1996.

북경대학교철학과연구실 엮음, 박원재 옮김, 《중국철학사》, 간디서원, 2005.

서복관, 이건환 옮김, 《중국예술정신》, 이화문화사, 2001.

서울대동양사학연구회 엮음, 《강좌 중국사》 1~7, 지식산업사, 1989~2006.

소공권, 최명 옮김, 《중국정치사상사》, 서울대출판부, 2004.

송영배, 《제자백가의 사상》, 현음사, 1994.

오오하마 아끼라, 임헌규 옮김, 《노자의 철학》, 인간사랑, 2000.

오카모토 류조, 배효용 옮김, 《한비자 제왕학》, 예맥, 1985

유기, 강정만 옮김, 《울리자》, 주류성, 2012.

———, 오수형 옮김, 《욱리자》, 궁리, 2003.

유필화, 《역사에서 리더를 만나다》, 흐름출판, 2010.

윤재근, 《학의 다리가 길다고 자르지 마라》, 등지, 1990.

이상수, 《한비자, 권력의 기술》, 웅진지식하우스, 2007.

이치카와 히로시, 이재정 옮김, 《영웅의 역사》, 솔, 1999.

장자, 김학주 옮김,《장자》, 연암서가, 2010.

전해종 외,《중국의 천하사상》, 민음사, 1988.

조지프 니덤, 이석호 옮김,《중국의 과학과 문명》 1~3, 을유문화사, 1988.

진고응, 최진석 옮김,《노장신론》, 소나무, 2013.

초횡, 이현주 옮김,《노자익》, 두레, 2000.

최명,《춘추전국의 정치사상》, 박영사, 2004.

치엔무, 권중달 옮김,《중국사의 새로운 이해》, 집문당, 1990.

카오노 나오키, 오이환 옮김,《중국철학사》, 을유문화사, 1995.

펑유란, 정인재 옮김,《중국철학사》, 형설출판사, 1990.

한무희 외 엮음,《선진제자문선》, 성신여대출판부, 1985.

홍자성, 이기성 옮김,《채근담》, 홍신문화사, 2009.

황원구,《중국사상의 원류》, 연세대출판부, 1976.

후쿠나가 미쓰지, 이동철 외 옮김,《장자》, 청계, 1999.

중국   高懷民,〈中國先秦道德哲學之發展〉,《華岡文科學報》14, 1982.

顧頡剛 外,《古史辨》1926~41, 上海古籍出版社.

郭沂,《郭店竹簡與先秦學術思想》, 上海教育出版社, 2001.

郭末若,《十批判書》, 古楓出版社, 1986.

金德建,《先秦諸子雜考》, 中州書畵社, 1982.

冀昀,《韓非子》, 線裝書局, 2008.

羅世烈,〈先秦諸子的義利觀〉,《四川大學學報》1988-1, 1988.

戴維,《帛書老子校釋》, 嶽麓書社, 1998.

童書業,《先秦七子思想研究》, 齊魯書社, 1982.

梁佳平,《鬼穀子智贏之道》, 清華大出版社, 2011.

樓宇烈,《王弼集校釋》, 中華書局, 1999.

李鳳飛 外,《菜根譚》, 西苑, 2010.

牟宗三,《中國哲學的特質》, 臺灣學生書局, 1980.

方立天,《中國古代哲學問題發展史》上·下, 中華書局, 1990.

傅樂成,〈漢法與漢儒〉,《食貨月刊》, 1976.

徐復觀,《中國思想史論集》, 臺中印刷社, 1951.

星雲大師,《佛光菜根譚》, 現代, 2007.

蕭公權,《中國政治思想史》, 蕭公權先生全集 4, 臺北聯經出版事業公司,
    1980.

蘇誠鑑,〈漢武帝獨尊儒術考實〉,《中國哲學史研究》1, 1985.

蘇雅麟,《處世絶學》, 光明日報, 2007.

蘇俊良,〈論戰國時期儒家理想君王構想的産生〉,《首都師範大學學報》2,
    1993.

孫謙,〈儒法法理學異同論〉,《人文雜誌》6, 1989.

宋洪兵,《新韓非子解讀》, 人民大學出版社, 2010.

梁啓超,《先秦政治思想史》, 商務印書館, 1926.

楊寬,〈戰國史〉, 上海人民出版社, 1973.

楊榮國 編,《中國古代思想史》, 三聯書店, 1954.

楊幼炯,《中國政治思想史》, 商務印書館, 1937.

楊義,《韓非子還原》, 中華書局, 2011.

楊鴻烈,《中國法律思想史》上·下. 商務印書館, 1937.

餘培林,《老子讀本》, 三民書局, 1985.

呂思勉,《秦學術概論》, 中國大百科全書, 1985.

吳光,《黃老之學通論》, 浙江人民出版社, 1985.

吳辰佰,《皇權與紳權》, 儲安平, 1997.

王明,《道家和道教思想研究》, 中國社會科學出版社, 1990.

王文亮,《中國聖人論》, 中國社會科學院出版社, 1993.

王福振,《菜根譚智慧全集》, 商業, 2008.

王先慎,《新韓非子集解》, 中華書局, 2011.

王少農,《菜根譚人生解讀》, 九洲圖書, 2010.

饒宗頤,《老子想爾注校證》, 上海古籍出版社, 1991.

於霞,《千古帝王術, 韓非子》, 江西教育, 2007.

熊十力,《新唯識論》, 山東友誼書社, 1989.

魏晉風,《菜根譚大智慧》, 華僑, 2005.

劉基, 呂立漢 外 注譯,《郁離子》, 中州古籍出版社, 2010.

———, 王立群 注譯,《郁離子》, 上海社會科學院, 2009.

———, 何向榮 注譯,《郁離子寓言新說》, 人民出版社, 2011.

———, 席永君 注譯,《古今第一寓言》, 四川人民出版社, 2000.

———, 吳家駒 注譯,《新譯郁離子》, 三民書局, 2006.

劉澤華,《先秦政治思想史》, 南開大學出版社, 1984.

遊喚民,《先秦民本思想》, 湖南師範大學出版社, 1991.

李錦全 外,《春秋戰國時期的儒法鬪爭》, 人民出版社, 1974.

李楠主編,《菜根譚》, 北京燕山出版社, 2010.

李宗吾,《厚黑學》, 求實出版社, 1990.

李澤厚,《中國古代思想史論》, 人民出版社, 1985.

人民出版社編輯部 編,《論法家和儒法鬪爭》, 人民出版社, 1974.

任繼愈,《老子新譯》, 中華書局, 1987.

林聿時 · 關 峰,《春秋哲學史論集》, 人民出版社, 1963.

張寬,《韓非子譯注》, 上海古籍出版社, 2007.

張君勱,《中國專制君主政制之評議》, 弘文館出版社, 1984.

張岱年,《中國倫理思想研究》, 上海人民出版社, 1989.

蔣重躍,《韓非子的政治思想》, 北京師範大出版社, 2010.

張春曉,《菜根譚新解》, 巴蜀書社, 2008.

錢穆,《先秦諸子繫年》, 中華書局, 1985.

趙沛,《韓非子》, 河南大學, 2008.

鍾肇鵬,〈董仲舒的儒法合流的政治思想〉,《歷史研究》 3, 1977.

周立升 編,《春秋哲學》, 山東大學出版社, 1988.

周燕謀 編,《治學通鑑》, 精益書局, 1976.

陳鼓應,《老子注譯及評價》, 中華書局, 1984.

陳奇猷,《韓非子新校注》, 上海古籍出版社, 2009.

陳秉才,《韓非子》, 中華書局, 2007.

馮友蘭,《中國哲學史》, 商務印書館, 1926.

許富宏,《鬼穀子》, 中華書局, 2012.

許抗生,《帛書老子注譯與研究》, 浙江人民出版社, 1985.

胡適,《中國古代哲學史》, 商務印書館, 1974.

洪濤,《菜根譚人生大智慧》, 致公, 2009.

洪應明, 韓希明 評注,《菜根譚》, 中華書局, 2008.

侯外廬,《中國思想通史》, 人民出版社, 1974.

侯才,《郭店楚墓竹簡校讀》, 大連出版社, 1999.

일본　加藤常賢,《中國古代倫理學の發達》, 二松學舍大學出版部, 1992.

角田幸吉,〈儒家と法家〉,《東洋法學》 12-1, 1968.

岡田武彦,《中國思想における理想と現實》, 木耳社, 1983.

鎌田正,《左傳の成立と其の展開》, 大修館書店, 1972.

高文堂出版社 編,《中國思想史》上·下, 高文堂出版社, 1986.

高須芳次郎,《東洋思想十六講》, 新潮社, 1924.

顧頡剛, 小倉芳彦 等 譯,《中國古代の學術と政治》, 大修館書店, 1978.

館野正美,《中國古代思想管見》, 汲古書院, 1993.

溝口雄三,《中國の公と私》, 研文出版, 1995.

宮崎市定,《アジア史研究》1~5, 同朋社, 1984.

金穀治,《秦漢思想史研究》, 平樂寺書店, 1981.

大橋武夫,《鬼穀子》, 德間書店, 1982.

大久保隆郎也,《中國思想史》上, 高文堂出版社, 1985.

大濱晧,《中國古代思想論》, 勁草書房, 1977.

渡邊信一郎,《中國古代國家の思想構造》, 校倉書房, 1994.

渡邊精一,《1分間でわかる菜根譚》, 三笠書房, 2008.

服部武,《論語の人間學》, 富山房, 1986.

上野直明,《中國古代思想史論》, 成文堂, 1980.

西野廣祥,《中國の思想 韓非子》, 德間文庫, 2008.

西川靖二,《韓非子 中國の古典》, 角川文庫, 2005.

石原康則,《菜根譚の輝く言葉》, 中央公論事業出版, 2007.

小倉芳彦,《中國古代政治思想研究》, 青木書店, 1975.

守本順一郎,《東洋政治思想史研究》, 未來社, 1967.

守屋洋,《菜根譚 新譯》, PHP研究所, 2011.

安岡正篤,《東洋學發掘》, 明德出版社, 1986.

安居香山 編,《讖緯思想の綜合的研究》, 國書刊行會, 1993.

宇野茂彦,《韓非子のことば》, 斯文會, 2003.

宇野精一 外,《講座東洋思想》, 東京大出版會, 1980.

劉基, 鈴木敏雄 譯,《郁離子全譯》, 白帝社, 2007.

栗田直躬,《中國古代思想の研究》, 岩波書店, 1986.

伊藤道治,《中國古代王朝の形成》, 創文社, 1985.

日原利國,《中國思想史》上·下,ペリカン社, 1987.

前田信弘,《知識ゼロからのビジネス榮根譚》, 幻冬舍, 2011.

酒井洋,《鬼穀子の人間學》, 太陽企劃出版, 1993.

竹內照夫,《韓非子》, 明治書院, 2002.

中島孝志,《人を動かす韓非子の帝王學》, 太陽企畫出版, 2003.

中村哲,〈韓非子の專制君主論〉,《法學志林》74-4, 1977.

中村俊也,〈孟荀二者の思想と公羊傳の思想〉,《國文學漢文學論叢》20, 1975.

紙屋敦之,《大君外交と東アジア》, 吉川弘文館, 1997.

貝塚茂樹 編,《諸子百家》, 築摩書房, 1982.

戶山芳郎,《古代中國の思想》, 放送大教育振興會, 1994.

丸山松幸,《異端と正統》, 每日新聞社, 1975.

丸山眞男,《日本政治思想史研究》, 東京大出版會, 1993.

荒木見悟,《中國思想史の諸相》, 中國書店, 1989.

서양   Ahern, E. M., *Chinese Ritual and Politics*, London Cambridge Univ. Press, 1981.

Allinson, R.(ed.), *Understanding the Chinese Mind*, Hong Kong Oxford Univ. Press, 1989.

Aristotle, *The Politics*, London Oxford Univ. Press, 1969.

Bell, D. A., "Democracy in Confucian Societies", in Daniel Bell et. al., *Towards Illiberal Democracy in Pacific Asia*, Oxford St. Martin's Press, 1995.

Carr, E. H., *What is History*, London Macmillan Co., 1961.

Cohen, P. A., *Between Tradition and Modernity*, Cambridge Harvard

Univ. Press, 1974.

Creel, H. G., Shen Pu-hai, *A Chinese Political Philosopher of The Fourth Century B.C.*, Chicago Univ. of Chicago Press, 1975.

Cua, A. S., *Ethical Argumentation*, Honolulu Univ. Press of Hawaii, 1985.

De Bary, W. T., *The Trouble with Confucianism*, Cambridge, Mass./ London Harvard Univ. Press, 1991.

Fukuyama, F., *The End of History and the Last Man*, London Hamish Hamilton, 1993.

Hsü, L. S., *Political Philosophy of Confucianism*, London George Routledge & Sons, 1932.

Moritz, R., *Die Philosophie im alten China*, Berlin Deutscher Verl. der Wissenschaften, 1990.

Munro, D. J., *The Concept of Man in Early China*, Stanford, Stanford Univ. Press, 1969.

Peerenboom, R. P., *Law and Morality in Ancient China*, Albany, New York State Univ. of New York Press, 1993.

Plato, *The Republic*, London Oxford Univ. Press, 1964.

Pott, W. S., *A Chinese Political Philosophy*, New York Alfred. A. Knopf, 1925.

Rubin, V. A., *Individual and State in Ancient China*, New York Columbia Univ. Press, 1976.

Schwartz, B. I., *The World of Thought in Ancient China*, Cambridge Harvard Univ. Press, 1985.

Stewart, M., *The Management Myth*, New York, W. W. Norton &

Company, 2009.

Taylor, R. L., *The Religious Dimensions of Confucianism*, Albany, New York State Univ. of New York Press, 1990.

Tomas, E. D., *Chinese Political Thought*, New York Prentice-Hall, 1927.

Tu, Wei-ming, Way, *Learning and Politics*, New York State Univ. of New York Press, 1993.

Waley, A., *Three Ways of Thought in Ancient China*, New York doubleday & company, 1956.

Wu, Geng, *Die Staatslehre des Han Fei-Ein Beitrag zur chinesischen Idee der Staatsräson*, Wien & New York Springer-Verl., 1978.

WISDOM
CLASSIC
14

육리자, 한 수 앞을 읽는 처세의 미학

초판 1쇄 발행 2015년 2월 27일 **초판 2쇄 발행** 2022년 11월 2일

지은이 신동준
펴낸이 이승현

출판2 본부장 박태근
지적인 독자 팀장 송두나
기획 설완식
디자인 이세호

펴낸곳 ㈜위즈덤하우스 **출판등록** 2000년 5월 23일 제13-1071호
주소 서울특별시 마포구 양화로 19 합정오피스빌딩 17층
전화 02) 2179-5600 **홈페이지** www.wisdomhouse.co.kr

ISBN 978-89-6086-755-8 03320